Le Tableau volé

Pieter Aspe

Le Tableau volé

ROMAN

Traduit du néerlandais
par Emmanuèle Sandron

Albin Michel

Toute ressemblance avec des personnes ou des situations existantes serait purement fortuite.

Édition originale publiée sous le titre :
ZOENOFFER
chez Manteau, Anvers, 2001

Merci à Stéphanie Parmentier et à Pol Dehullu

« Le superflu, chose très nécessaire. »
Voltaire

1

Les Brugeois respectables préfèrent éviter le lac d'Amour, surtout les soirs d'été. Non pas qu'ils le trouvent laid, car en cela les guides touristiques ont raison : l'endroit est un des plus charmants de la vieille ville. Ce ne sont pas non plus les quelques lapins qui batifolent sur le gazon qui les font fuir, non, mais une autre sorte de faune. Car à la tombée du jour, l'intimité des fourrés attire des hommes qui..., enfin que... Et que fait la police ? Rien, bien sûr ! Même à l'automne, lorsque la chute des feuilles ne cache plus rien de ce que la bonne société ne saurait voir. À condition que ce petit jeu ne se joue que sous le voile pudique de la nuit...

Jos Viaene, mieux connu dans le milieu sous le sobriquet d'Ivan le Terrible pour sa barbe à la Tolstoï, se montrait rarement au lac d'Amour, et encore moins en automne. Mais, ce soir-là, il n'avait pas pu faire autrement. Les mises en demeure atterrissaient dans sa boîte aux lettres avec la régularité d'un métronome. Autour de lui, l'étau se resserrait. Le spectre des huissiers de justice se faisait chaque jour plus menaçant. Quant aux économies que sa mère avait mises de côté en prévision de ses vieux jours, ce n'était plus la peine de compter dessus comme sur un *deus ex machina* : il les avait déjà mangées. Non, Viaene n'avait pas le choix. Il pouvait supporter beaucoup, mais il y avait des limites à tout. La pauvreté, non, ça, c'était au-dessus de ses forces.

Après avoir posé son vélo contre le pont de bois qui relie le parc aux fortifications, il longea le lac, absorbé dans ses pensées, les épaules contractées et le cœur battant. De l'acompte, il ne lui restait déjà plus un sou vaillant : il avait dû le partager avec ses amis. En soi, cela n'avait rien de grave, car la clé qu'il avait chipée valait bien plus que les plans d'Olivier. Il fit rouler ses épaules pour évacuer la pression. *Pourquoi m'en faire ? Ils sont pleins aux as, non ? Te fais pas de bile, Émile !*

« Si tu veux faire impression sur tes collègues, vas-y comme ça ! » lâcha Van In d'une voix indolente.

Hannelore, en petite tenue, observait son reflet dans le miroir. Elle avait déjà enfilé coup sur coup trois robes, un tailleur et une petite jupe. L'heure était grave. Bob, le dogue allemand, qui était en général d'une apathie légendaire, balayait la porte à grands coups de queue énergiques.

« Avec ou sans soutif ? » demanda Hannelore en dégrafant lestement la petite pièce de lingerie.

Les résultats de la biopsie étaient tombés une semaine auparavant : négatifs. Elle et Van In avaient célébré l'événement le soir même, en grande pompe, mais c'était à croire qu'Hannelore commençait seulement à comprendre ce qui serait arrivé si elle avait eu un cancer. Elle n'aimait pas beaucoup l'idée de devoir son salut à l'intervention d'une force supérieure. D'accord, c'était le signe que les dieux d'en haut lui étaient favorables. Mais qu'avait-elle fait pour mériter une telle faveur ? Ce n'était pas juste... Ces pensées la perturbaient et la rendaient irritable. Même la perspective de se rendre au dîner de gala que donnait la Jeune Chambre du barreau de Bruges à l'occasion de l'ouverture de l'année judiciaire ne la déridait pas, alors que cette occasion la mettait d'habitude en joie.

« Tu as tout ton temps, ma chérie ! dit Van In, tentant une autre approche. La fête ne démarre que dans un quart d'heure ! »

Il savait se montrer patient quand elle broyait du noir. D'abord parce que ses coups de cafard ne duraient jamais bien longtemps, ensuite parce qu'ils perdaient régulièrement en intensité. Il y avait en effet de quoi se réjouir, ce qui n'était pas le cas si l'on songeait à son état de santé à lui. « Si vous voulez dépasser les soixante ans, vous avez intérêt à vous prendre en main ! Dès maintenant ! » lui avait dit son médecin traitant d'un air menaçant.

« C'est pas la peine de prendre cet air condescendant !

– Je voulais juste me rendre utile en te donnant l'heure ! répondit Van In avec son sourire le plus charmeur, bien conscient que la moindre étincelle pouvait mettre le feu aux poudres.

– Dis-moi comment m'habiller, alors !

– Je te l'ai dit ! Vas-y à poil, tu es parfaite !

– Ah, mon gaillard ! Tu veux voir du poil ? Eh bien, tu vas en voir ! »

Hannelore ôta son slip d'un geste énergique avant d'arracher à la penderie une petite robe blanche en lin qu'elle enfila en gloussant.

« C'est ça que tu veux ? ! »

Bob se mit à frétiller la queue sans bouger le reste du corps, comme seuls les dogues allemands peuvent le faire. Van In alluma une cigarette. *On n'est pas sortis de l'auberge !*

« Tu as déjà un admirateur ! » dit-il en montrant le chien.

Le sang d'Hannelore ne fit qu'un tour. *Il va voir de quel bois je me chauffe !* Elle s'observa dans le miroir et pivota sur elle-même. *Parfait ! Le lin sur la peau nue, j'adore ! Et lui aussi, il aime ça ! Qu'il ne dise pas le contraire ! Le jour de la Joyeuse Entrée de Philippe et Mathilde à la Maison provinciale, je n'avais rien non plus sous ma robe. Et alors ? ! Est-ce qu'il s'en est plaint ? !*

« Tu ne serais pas un peu jaloux, par hasard ? dit-elle en faisant la révérence.

– Tu... tu... tu n'as quand même pas l'intention de...

– La première fois, tu avais trouvé ça à ton goût, non ?

– Parce que tu ne me l'as dit qu'une fois à table !

– Je ne peux plaire à mon homme qu'à la maison ?

– Là n'est pas la question !

– Elle est où, alors, la question ? »

Il n'aurait pas été très adroit pour Van In d'admettre qu'il était plus que nerveux à l'idée de ne pas boire un seul verre d'alcool à cette fichue soirée. Cela n'aurait fait que renforcer la conviction d'Hannelore que les hommes sont de foutus égoïstes.

En amour, une seule tactique. La fuite.

« Tu es splendide, ma chérie !

– Dis-moi que tu le penses vraiment ! »

La psyché féminine est une maison aux pièces innombrables. L'homme qui voudrait les visiter toutes risque autant de s'égarer que d'être flanqué dehors par la porte de service. Au fil du temps, Van In avait appris qu'il faut surtout soigner ses entrées. La prenant par les épaules, il embrassa Hannelore à pleine bouche.

C'étaient des gars solidement charpentés aux épaules carrées et au regard d'acier. Quand Jos Viaene leur expliqua dans son mauvais anglais qu'il voulait plus que prévu pour la clé, ils se montrèrent assez conciliants. Les choses changèrent quand il lâcha son prix. Un froid glacial s'abattit sur le lac d'Amour. Les deux hommes se retirèrent derrière un fourré pour se concerter. La discussion était animée et, même s'ils chuchotaient, Viaene comprit sans mal qu'il y avait un souci. Il était sur le point de s'esquiver sans demander son reste lorsque les deux hommes revinrent à sa hauteur.

« *We have an agreement, give me the key*, dit l'un, tout sourires, mais d'une voix de commandeur.

– J'ai besoin de cet argent. Si vous n'avez pas cette somme ici, je… »

Il n'eut pas le temps d'achever. L'homme qui ne souriait pas s'était déjà approché de lui et lui envoyait un coup de genou dans les parties. Viaene se rappela la fois où, enfant, il s'était mal reçu sur son vélo. C'était la même impression nauséeuse qui montait en lui maintenant… Sauf qu'il n'eut pas la possibilité de reprendre ses esprits. À l'instant où il portait les mains à son entrejambe, le gars qui souriait l'envoyait valdinguer par terre et le maintenait au sol pendant que l'autre lui martelait les côtes à coups de pied. Ses os craquèrent telles des branches mortes sous les pas d'un promeneur. Viaene se recroquevilla sur lui-même pour protéger son sexe, mais les deux autres en profitèrent pour s'acharner sur sa colonne vertébrale. Un éclair zébra sa boîte crânienne. Black-out. La douleur refluait, comme s'il venait d'être anesthésié. Viaene voyait maintenant des points verts, bleus et violets s'éloigner de lui tels des vaisseaux spatiaux dans l'immensité noire de l'univers. Il flottait dans un entre-deux ouaté, insensible à ce qui l'entourait. Il ne lui restait plus qu'à écouter les coups s'abattre en cadence sur son corps, qui tressautait avant de retomber sur le sol à la manière d'un sac de pommes de terre. Le rythme binaire raviva dans sa mémoire le souvenir lointain d'une musique très ancienne : *« Dies iræ ! Dies illa ! »* Viaene voyait maintenant les souvenirs affluer. Quand il était gosse... Les visites à sa grand-mère... Ses biscuits, sa limonade... Ses doux yeux gris... Le baiser qu'elle déposait sur son front, quand il la quittait quelques heures plus tard... Elle et sa mère avaient été les deux seules femmes qu'il eût jamais vraiment aimées. Sa grand-mère avait pris son parti lorsque la famille, y compris son propre père, l'avait chassé de la maison. Et voilà ! Elle était revenue ! Toute vêtue de blanc, elle s'agenouillait près de lui et l'embrassait sur le front avec une douceur infinie.

La rumeur qui vrombissait jusqu'au hall d'entrée leur annonça que la fête battait déjà son plein. Van In tendit son imper à la jeune fille du vestiaire et attendit qu'Hannelore ait fait de même avant d'empocher les jetons. Il ne dit pas un mot de la foule qui se pressait autour d'eux et évita soigneusement de consulter sa montre. Il ne voulait pas faire un affront à sa compagne. Et puis, surtout, il y avait quelque chose qui le rendait nerveux. Dans certains milieux, arriver en retard est un privilège dont seuls peuvent user et abuser les hôtes de marque, comme pour confirmer leur statut et s'attirer les regards qui, de toute façon, convergeraient vers eux. Or Van In avait plutôt envie de passer inaperçu…

Hannelore avait une vision diamétralement opposée des choses. Lorsque le brouhaha s'était interrompu une fraction de seconde à son apparition, elle s'était dirigée d'un pas résolu vers le bâtonnier et avait accepté avec un sourire on ne peut plus charmant le chaste baiser qu'il lui réservait depuis le début de la soirée. Puis, le visage impassible, elle avait serré la main de chacun des invités de haut rang en respectant très scrupuleusement l'ordre des préséances. Van In s'était contenté de quelques hochements de tête qui n'avaient suscité aucune réaction, hormis une remarque affable sur son costard (à moins que ce ne fût une boutade). Heureusement, Beekman était de la partie. Le procureur accueillit le flic avec un sourire, mais, lui aussi, après l'échange des politesses habituelles, le complimenta sur sa mise.

« Achat ou location ?

– Emprunt. Sauf la cravate. Cadeau d'Hannelore ! »

Si une équipe de chercheurs se mettait un jour en tête d'étudier le quotient intellectuel moyen des professions juridiques et s'il leur prenait l'idée saugrenue de s'appuyer pour cela sur un échantillon représentatif de phrases échangées aux réceptions, ils parviendraient immanquablement à la conclusion que plus on s'élève dans les degrés de la magistrature, plus le niveau baisse. Telle était en tout cas la réflexion que Van In se faisait une demi-heure plus tard, entre le potage et l'entrée, alors qu'il grillait une sèche sur le trottoir de la salle des fêtes. S'il détestait les flonflons, il y avait une chose qui l'horripilait encore davantage : l'excitation des invités, tels des ados prépubères, dès qu'Hannelore pointait le bout du nez. À croire qu'ils savaient que madame le juge se baladait sans slip sous sa robe et qu'ils profitaient de l'occasion pour s'envoyer virtuellement en l'air avec elle. En temps normal, Van In aurait rincé sa frustration au bar, mais le sermon de son médecin tintait encore à ses oreilles et il n'avait pas envie de se ruiner la santé au champagne de supermarché. Il alluma une nouvelle cigarette en regardant distraitement les dizaines de personnes qui traînaient devant le théâtre dans l'espoir de se procurer un billet à la dernière minute. À l'affiche : un remake contemporain flamand (déjà tout un programme) du *Lauréat*, dans une mise en scène vaguement déshabillée. Le rôle principal était confié à une jeune écrivain qui avait les faveurs des médias, mais que la maigreur de ses droits d'auteur avait convaincue de faire l'actrice. Van In ne put s'empêcher de sourire en imaginant la foule se presser aux guichets si Hannelore avait joué Mrs Robinson. C'était peut-être ce qu'il aurait fallu pour convaincre les autorités communales de construire un théâtre avec une jauge dix fois supérieure. Heureusement, le spectacle qu'Hannelore donnait ce soir-là à la Jeune Chambre était destiné à lui seul. Il était sur le point de rentrer dans la salle lorsqu'il entendit une sirène de police dans le lointain. Elle approchait. Il resta un moment sur le trottoir, hésitant. Quand il comprit que la voiture roulait droit sur le théâtre, il ne fit ni une deux. Il partit en courant vers le carrefour de la rue des Académies.

La conduite du brigadier Bruynooghe n'était pas des plus orthodoxes, mais il connaissait Bruges comme sa poche et il était en général le premier sur les lieux quand il y avait du grabuge quelque part. Quand l'officier de garde avait ameuté par radio toutes les patrouilles pour qu'elles convergent au lac d'Amour, il se trouvait cour de

Gand, de l'autre côté de la ville, mais il ne s'estima pas battu pour autant. Il remonta la rue des Académies sur les chapeaux de roues et ralentit au croisement avec la rue des Flamands où, même si c'était la première fois qu'il voyait son patron en complet-veston, il le reconnut aussitôt. Il stoppa net et débrancha la sirène.

« On vient de retrouver un zigoto vachement amoché ! dit-il en soignant son accent brugeois.

– État préoccupant ? »

Bruynooghe haussa les épaules. Ce n'était pas la première fois qu'on s'en prenait à des gays au lac d'Amour, et si certains en sortaient avec quelques ecchymoses, ma foi... Mais les infirmiers qui avaient prodigué les premiers soins à la victime n'avaient pas hésité à appeler les urgences.

« On cherche le problème... », répondit-il.

À croire qu'il parle d'une machine à laver récalcitrante ! se dit Van In. Il jeta sa cigarette dans le caniveau et prit place sur le siège du passager. Il n'avait pas encore attaché sa ceinture que Bruynooghe redémarrait déjà.

« N'oublie pas la sirène, Robert ! »

S'engouffrant à quatre-vingt-dix à l'heure dans la rue de la Monnaie, Bruynooghe ne put s'empêcher de jeter un regard sur le côté. *Van In en costard ! Si on m'avait dit ça !* C'était encore plus impensable que des photos de la princesse Mathilde nue dans *Playboy*.

« Je vous ai reconnu illico, mais les collègues, eux, je crois pas qu'ils vous auraient jamais repéré !

– Regarde plutôt où tu vas ! »

Van In alluma sa énième cigarette de la soirée, passablement énervé par le rictus qui ne quittait pas les lèvres de son subordonné.

« Tu n'aurais pas un peu picolé, toi ? » demanda-t-il alors qu'ils débouchaient sur le *Zand*.

Bruynooghe fit semblant de ne pas comprendre que Van In savait parfaitement qu'il lui arrivait de s'envoyer une pils ou deux derrière la cravate quand il était de nuit. Quelque chose lui disait qu'il devait se tenir à carreau avec le chef.

« J'étais chez les Bostoen », dit-il, comme si cela expliquait tout.

Et, en effet, cela expliquait bien des choses. Le couple Bostoen était connu pour ses bagarres (chaque fois que la cave était vide) et pour ses voisins prompts à crier au tapage nocturne.

« C'était presque terminé quand j'ai entendu l'appel radio. Jef n'avait plus qu'à prendre la déclaration du mari. Il m'a semblé de mon devoir de...

– Mais tu n'as pas à te justifier, Robert ! Il ne manquerait plus que ça ! »

Van In aimait les hommes qui font preuve d'initiative. Il avait d'autant moins envie de rappeler Bruynooghe à l'ordre que, sans lui, il n'aurait pas trouvé cet alibi en or pour échapper à une soirée coincé à table entre deux avocats à la mords-moi-le-nœud. Il y a des fautes de procédure moins graves que d'autres.

Malgré l'obscurité et le caractère mal famé du lac d'Amour, les sirènes hurlantes avaient attiré une vingtaine de curieux de divers plumages. Tous y allaient de leur petit commentaire, et ils ne faisaient pas dans la dentelle. Pour une fois, Van In était content de ne pas voir Versavel dans les parages. Afin de couper court, il ordonna à quelques agents de rembarrer tous ceux qui n'avaient rien à voir avec l'agression, ce qui eut pour effet de disperser ce beau monde. Il ne resta plus qu'un jeune homme de vingt-quatre, vingt-cinq ans.

Quand Van In vit le médecin s'engouffrer dans l'ambulance à la suite des deux infirmiers et de la civière, il comprit que le gars était loin d'être tiré d'affaire.

« Le type s'appelle Jaime Ruiz, dit un agent au commissaire. C'est lui qui a appelé le 100.

– Un Espagnol ? »

L'agent hocha la tête, et Van In poussa un soupir. *Je suis bien, moi ! Où est-ce que je vais trouver un interprète à cette heure-ci ? !*

« Il cause français, ton zigoto ?

– Je parle cinq langues, monsieur ! intervint Jaime Ruiz.

– À la bonne heure ! »

Van In étudia le jeune homme avec un étonnement certain. Ce n'était pas tous les jours qu'il rencontrait un Espagnol s'exprimant couramment en néerlandais.

« Je travaille au Collège d'Europe, expliqua Ruiz.

– Vous m'en direz tant ! »

Van In se tourna vers Bruynooghe pour lui demander de prévenir Hannelore. Puis il invita Ruiz à le suivre jusqu'à un combi de la police garé un peu plus loin sur la pelouse.

« Je vais prendre votre déposition ici », dit-il en regardant l'Espagnol s'asseoir sur la banquette en face de lui.

Le jeune homme ne lui faisait pas l'impression d'être à voile et à vapeur, mais allez savoir ! Il devait lui demander s'il connaissait la victime et ce qui l'avait attiré là à cette heure tardive.

« Je ne connais pas beaucoup de gens à Bruges, répondit Ruiz, énigmatique.

– Je vous ai demandé si vous connaissiez la victime, répéta Van In, amical, mais en insistant légèrement sur le dernier mot.

– Non, bien sûr ! »

La légère irritation qui avait pointé dans la voix de l'Espagnol n'avait pas échappé à Van In.

« Vous vous promenez souvent dans le coin ?

– Non, je me suis retrouvé ici par hasard.

– Je peux vous demander d'où vous veniez ?

– C'est indispensable ?

– Non. »

Ruiz avait appelé les secours. Ce n'était pas le genre des petits malins qui cassaient du pédé. En outre, rien n'indiquait qu'il venait de participer à une bagarre. Son coûteux costume ne présentait aucun pli ni aucun accroc.

« Vous n'avez rien remarqué de suspect ?

– Non. Quand j'ai vu ce type par terre, baignant dans son sang, il n'y avait personne d'autre dans les environs.

– Vous l'avez touché ?

– Non. J'ai seulement vérifié s'il était encore en vie.

– Vous êtes étudiant en médecine ? demanda Van In, un rien condescendant.

– Non. »

L'Espagnol ne se laissait pas facilement intimider. Il répondait aux questions de Van In d'une voix égale, comme s'il passait un partiel trop facile.

« Mais dans ce cas, comment avez-vous pu…

– Il saignait à la bouche. Et il y avait des bulles sur ses lèvres. J'en ai conclu qu'il respirait encore.

– Perspicace. »

Si Ruiz était un de ces universitaires à qui on apprend à garder la tête froide en toutes circonstances, son assurance ne plaisait pas à Van In.

« Avez-vous remarqué un détail qui pourrait être utile à l'enquête ? »

Une ride se creusa sur le front de l'Espagnol et sa pomme d'Adam s'affola une fraction de seconde.

« J'ai appelé les secours immédiatement ! dit-il, sur la défensive.

– Vous vous répétez, monsieur Ruiz », répondit Van In en esquissant un sourire et en secouant légèrement la tête. « Je peux vous demander de signer votre déposition ? » Van In souriait maintenant franchement, comme quand il voulait détourner l'attention de son interlocuteur. « Simple formalité. Il s'agit sans doute d'un règlement de comptes dans le milieu. Il y a peu de chances que nous retrouvions le coupable. Une affaire de plus à classer sans suite ! »

Van In surveillait la pomme d'Adam de Ruiz. Lorsqu'elle s'agita de nouveau, il eut la confirmation que l'homme n'était pas droit dans ses bottes.

« Le commissaire est en train de prendre la déposition d'un témoin, madame le juge ! » dit Bruynooghe dans son néerlandais le plus châtié comme Hannelore arrivait en compagnie de Beekman.

Après avoir porté un doigt au képi, il indiqua le combi où Van In s'était enfermé avec l'Espagnol.

Sans un mot, le juge et le procureur s'engagèrent dans cette direction.

Plus c'est du beau monde, plus la soirée est pourrie ! se dit Bruynooghe en tournant les talons.

« Tu nous accompagnes, Robert, j'espère ? » dit Hannelore en revenant sur ses pas et en prenant le brigadier par le bras.

Plus c'est une belle femme, plus la soirée est réussie ! corrigea Bruynooghe en soutenant son regard merveilleux de douceur.

« Bien sûr, madame le juge ! répondit-il, émoustillé.
– Dans quel état est la victime, Robert ?
– Plutôt amochée, si vous voulez mon avis ! »

Van In et le procureur Beekman se concertaient à voix basse. En approchant, Bruynooghe capta des bribes de phrases qui attestaient du sérieux de l'affaire.

« ... pintadeau aux framboises... », disait Beekman, la mine grave.

Ça me semblait louche, aussi ! Bref, tout le monde se fiche de ce pauvre gars comme de l'an quarante, à part la juge qui téléphone à l'hôpital et au service médical d'urgence ! M'en vais leur jouer un petit tour à ma façon !

« Excusez-moi, monsieur le procureur ! Je viens de recevoir un appel sur mon portable. Un journaliste de la télé locale ! Il vous contactera dans un quart d'heure pour connaître votre sentiment sur l'affaire ! »

Van In consulta Hannelore du regard. Ils demeurèrent impassibles, mais ils savaient pertinemment que Bruynooghe n'avait pas de téléphone mobile.

« Nous n'allons pas t'ennuyer plus longtemps, dans ce cas, Jozef », dit Hannelore.

Comme Van In, elle était au parfum : Beekman aurait commis un meurtre pour passer à la télé. Il suivait d'ailleurs une formation à la communication avec les médias.

« Surtout qu'il fait soif ! » ajouta le commissaire en jetant un coup d'œil derrière lui.

Klaas Vermeulen et ses comparses du labo technique étaient en train de quadriller le parc à la recherche d'indices.

« Bref, c'est pour ma pomme, répondit Beekman, laconique.

– Il faut bien que quelqu'un se dévoue », répondit Hannelore en écho.

Ils refusèrent tous les deux l'offre de Bruynooghe, qui proposait de les ramener jusqu'à l'impasse du Poisson-Gras, et marchèrent la main dans la main jusqu'au petit pont. La plaisanterie du brigadier avait mis Van In en joie, son pas guilleret sur le pavé en témoignait. L'atmosphère nocturne et le cadre idyllique du lac d'Amour faisaient le reste. Hannelore l'attira soudain à elle, car les femmes sentent quand leur homme a l'âme mélancolique, et lui chuchota à l'oreille :

« Tu te souviens… ? »

Elle n'avait pas besoin de terminer sa phrase. Van In se rappelait comme si c'était hier leur rapide partie de jambes en l'air dans les fourrés qu'ils avaient maintenant sous les yeux, quelques années auparavant.

« Tu étais encore substitut, à l'époque.

– Je dois prendre ça comment ? »

Juste avant le pont, ils s'engagèrent dans un sentier minuscule parallèle à la promenade, forcément désert à cette heure de la nuit. L'endroit était connu des amoureux, car nulle part à Bruges on ne trouvait lieu plus sûr pour s'isoler à la belle étoile. Les semaines écoulées avaient été difficiles, et Van In avait la nostalgie de l'insouciance de son adolescence. L'odeur si particulière de la terre mouillée et des feuilles en putréfaction réveillait bien des souvenirs.

« Tu veux que je parte en reconnaissance ? »

Hannelore se mit à rire. La dernière fois, ils l'avaient fait debout, car il pleuvait et il faisait froid. Van In avait failli perdre l'équilibre quand elle avait sauté dans ses bras et accroché ses jambes autour de sa taille. La position n'était pas sans danger, ils s'en étaient rendu compte car Van In avait pataugé dans la crotte de chien et en avait tartiné ses nouveaux mocassins jusqu'à ses chaussettes.

« Ce n'est pas nécessaire, dit-elle, hilare.

– Pourquoi ?

– Tu as tes bottines ! »

2

Depuis que la cellule d'enquête avait quitté la rue des Siliques pour le quai Louis Coiseau, Van In se faisait conduire au bureau tous les matins. C'était Versavel – qui d'autre ? – qui avait hérité cet honneur.

« Salut, Guido ! »

Van In referma la portière, s'affala sur le siège et étendit les jambes. Ses godasses étaient sorties indemnes du petit numéro de voltige qu'il avait offert la veille à Hannelore, mais il ne sentait plus ses mollets.

« Pourquoi tu ne m'as pas appelé hier soir ? » demanda Versavel en s'engouffrant dans la rue des Bouchers.

Même si ce n'était pas un reproche, Van In perçut une once de désapprobation dans sa voix. Bruynooghe avait encore cafté.

« Je ne voulais pas te déranger, Guido. »

L'excuse ne tenait pas. Versavel n'avait jamais rechigné à mettre la main à la pâte. À n'importe quelle heure du jour ou de la nuit, il avait toujours répondu présent. Mais Van In ne pouvait tout de même pas lui dire qu'il avait voulu lui épargner les plaisanteries salaces sur les pédés, si ?

« Tu aurais au moins pu m'appeler après, Pieter.

– Oui, tu as raison. »

Ils n'échangèrent plus un mot jusqu'au commissariat. Cela leur arrivait de plus en plus souvent. Versavel se montrait un brin distant avec Van In depuis que Bruynooghe et Carine Neels avaient rejoint la cellule d'enquête. On aurait pu croire que l'inspecteur était jaloux de ses jeunes collègues, mais Van In savait qu'il y avait autre chose.

« Ce n'est pas parce que Robert était sur les lieux hier soir que je vais lui confier l'enquête, dit Van In au moment où Versavel rangeait la Golf à côté de l'Audi du commissaire en chef De Kee.

– Mais tu n'as pas besoin de t'excuser, Pieter.

– En voilà une autre ! Pourquoi je devrais m'excuser ? ! »

Ils entrèrent côte à côte mais, lorsque Versavel accéléra le pas dans l'escalier, Van In prit la décision de mettre les points sur les i dès le premier café. C'était bien assez qu'il y ait une concurrence entre les services de police, il ne voulait pas de bisbrouille entre ses hommes.

« Van In ! »

Un seul homme était capable de faire claquer le nom du commissaire tel un juron : De Kee. Aussi Van In répondit-il : « Bonjour, monsieur le commissaire en chef » avant même de se retourner.

Solidement campé sur ses jambes écartées au pied de l'escalier, De Kee arborait un sourire sardonique qui ne présageait rien de bon.

« Je sais que vous avez du boulot jusque-là, Van In, mais je dois vous parler ! Maintenant ! »

Van In hocha la tête. Un échevin avait dû profiter d'un déjeuner pour quémander un passe-droit à Kétounet, et celui-ci avait promis d'intervenir rapidement. Le commissariat s'occupait de plus en plus de tout un micmac qui n'avait aucun rapport avec ses missions premières. Surveiller les maisons de citoyens opulents en vacances, par exemple, ou dissuader un voisin de tondre sa pelouse le dimanche pour permettre au fiston chéri de tel ou tel Brugeois au bras long d'étudier sans être dérangé par le bruit...

« Chez vous ou chez moi ? »

De Kee demeura impassible, même s'il n'appréciait pas les manières du petit commissaire. Ce qui confirma une fois de plus que les gens de pouvoir n'ont aucun sens de l'humour.

« Je voudrais vous entretenir de l'exposition HiBrugia, dit-il d'un air important.

– Quoi, elle est annulée ? ! »

Trois conservateurs, quatorze fonctionnaires et trois secrétaires avaient travaillé d'arrache-pied pendant un an et demi pour persuader le gouvernement espagnol de prêter une part non négligeable de son patrimoine artistique à Bruges dans le cadre de ce qui s'annonçait la plus grande exposition d'art hispanique sur le continent européen. D'où le nom « HiBrugia », et non « HiBrujas », comme cela avait été suggéré au départ, car « bruja » signifie « sorcière » en espagnol, ce qui aurait fait mauvaise impression en conjonction avec « hi », censé être une abréviation de « hispanique ». Car « HiBrugia » était une opération de prestige, notamment parce qu'elle permettait de montrer à Bruges, outre les plus belles œuvres de Velázquez, du Greco et de Goya, le fameux *Guernica* de Picasso, un événement qui ne laissait personne indifférent. Pas plus tard que la veille, des journalistes de CNN avaient filmé un reportage sur le « bunker », le bâtiment hyperprotégé qui avait été construit pour l'occasion sur la grand-place pour abriter le tableau qui, en raison de ses dimensions hors normes, n'avait trouvé place dans aucun musée de la ville. À en croire les journaux, l'exposition devait attirer un demi-million de touristes supplémentaires. Un hôtelier avait déclaré à une feuille de chou locale qu'il avait obtenu de la commune l'autorisation d'installer un camping quatre étoiles à la périphérie de Bruges pour combler les attentes de sa clientèle, dont il était de notoriété publique qu'il s'agissait d'Américains incapables de reconnaître un Rembrandt d'un Monet.

« Bien sûr que non, quelle idée ! répondit De Kee. C'est au sujet de la sécurité. Les organisateurs s'inquiètent. »

Le commissaire en chef ouvrit la porte de son bureau et fit signe à Van In d'entrer d'un geste particulièrement inhospitalier.

« Qu'est-ce qu'ils veulent de plus ? Que je soumette tous les visiteurs qui feraient un pas de côté à l'ordalie ou au supplice des pouces ? »

La fine allusion à Torquemada n'échappa pas à De Kee : c'était lui qui avait donné le nom du Grand Inquisiteur d'Isabelle la Catholique à l'escadron spécial chargé d'assurer la sécurité de l'exposition.

« Je crains que vous ne sous-estimiez la gravité de la situation, Van In ! La communauté culturelle du monde entier aura les yeux braqués sur Bruges la semaine prochaine ! Rien ne doit être laissé au hasard ! »

Van In eut envie de rétorquer que la communauté culturelle aurait dû se préoccuper de problèmes autrement plus urgents à résoudre, mais cela n'aurait fait qu'envenimer la discussion.

« La communauté culturelle serait rassurée si vous me remplaciez à la direction de l'escadron Torquemada ! ne put-il s'empêcher de répondre.

– Il n'en est pas question !

– Pourquoi ?

– Parce que je suis commissaire en chef ! »

C'était un jeu dont ils ne se lassaient pas. De Kee n'aimait rien tant que de rappeler à Van In qu'il était son supérieur, et Van In en profitait pour jouer les francs-tireurs. Mais, ce matin-là, il était las par avance de répéter une scène qu'ils connaissaient tous les deux par cœur.

« À votre guise, monsieur le commissaire en chef. Que puis-je faire de plus ? Demander à mes hommes de bivouaquer dans le musée ? »

Il aurait mieux fait de tourner sept fois sa langue dans sa bouche, car De Kee était capable de trouver l'idée excellente.

Le commissaire en chef s'assit derrière son bureau, les mains dans la nuque, comme plongé dans une intense réflexion.

« Je savais que vous alliez m'offrir une mesure de sécurité imparable, Van In ! dit-il enfin en souriant. Je parle de ce pas de cette proposition au comité organisateur ! »

Cette proposition..., pensa Van In. *Dans dix minutes, parions que ce sera la sienne !*

« Et des chiens, monsieur le commissaire en chef ? Qu'est-ce que vous en diriez ?

– Des chiens ? !

– Des chiens policiers !

– On en a ?

– Moi, j'en ai un. »

Avant que De Kee ne soit revenu de son étonnement, Van In avait déjà franchi la porte. Il se retourna au dernier moment pour lâcher :

« Il faut que je passe chez mon libraire. Acheter des livres sur l'art espagnol. Histoire de former Bob ! »

Si on avait demandé à Van In son opinion sur l'époque actuelle, il aurait sans doute répondu qu'il était possible de faire avaler n'importe quelle couleuvre à n'importe qui, à condition de savoir s'y prendre. Il en eut une nouvelle fois la preuve avec De Kee, qu'enfonça définitivement son envie d'avoir le dernier mot :

« Achetez-en plusieurs exemplaires, Van In ! Et gardez le ticket de caisse ! Vous serez remboursé ! »

Quand Van In entra dans son bureau, Versavel téléphonait. Heureusement, Carine Neels était là aussi. D'elle, au moins, Van In reçut un sourire et un petit mot gentil.

« Bonjour, Pieter. Je te fais un café ?

– Avec plaisir, merci ! »

Van In s'assit, alluma une sèche et suivit Carine des yeux. Des femmes flics plus anciennes auraient sans doute mal interprété son regard, mais il se réjouissait qu'un homme n'ait désormais plus à se sentir coupable quand il exprimait son admiration pour une jolie femme. Dommage que le café de Carine ne soit pas extraordinaire, mais rien n'est parfait en ce bas monde.

« Toi aussi, une petite jatte ? demanda-t-il à Versavel lorsqu'il eut raccroché.

– Non merci. »

On est deux, dans une relation. La faute à qui, si ça ne passe pas bien entre Guido et moi, ces temps-ci ? À moi ou à lui ?

« Du nouveau du côté du labo ?

– Non.

– Allez, Guido ! s'exclama Van In en écrasant sa cigarette dans le cendrier et en venant se planter devant Versavel : tu sais que j'irais à Canossa pour toi ! »

Van In comptait amadouer son acolyte en évoquant l'épisode historique où l'empereur du Saint Empire romain germanique Henri IV était allé s'agenouiller devant le pape Grégoire VII pour que celui-ci lève l'excommunication qui le frappait.

« À genoux, dans ce cas !

– À genoux ? ! Avec ou sans mon fute ?

– Qu'est-ce que tu crois ? On ne rigole pas avec ces choses-là !

– D'accord ! »

En voyant son ami remonter les jambes de son pantalon, Versavel ne put s'empêcher de sourire. Une fois de plus, le quotidien lui apportait la preuve que toute communication est malentendu. Il n'était absolument pas fâché contre Van In. Pourquoi l'aurait-il été ? Non, mais Frank, son compagnon, s'était plaint une fois de plus de son insatisfaction sexuelle. Il avait menacé d'aller assouvir ses fantasmes ailleurs si Versavel ne mettait pas plus d'ardeur au pieu.

« Waow ! Quelles jolies jambes ! » s'exclama Carine, son plateau à la main, dans l'embrasure de la porte.

Ils éclatèrent de rire tous les trois.

« Guido prétendait que les fumeurs ont des varices passé quarante ans ! s'exclama Van In.

– Si c'est vrai, les vierges ont toutes les lèvres rose pâle !

– Et tu t'en souviens ? Ça doit faire un bail, pourtant ! »

La voix de Bruynooghe se caractérisait par un timbre à nul autre pareil.

« Tu es en retard, Robert, constata Van In.

– J'arrive de l'hôpital, commissaire. »

Bruynooghe habitait à proximité de la clinique universitaire Saint-Jean. Depuis que le ministère de la Justice avait placé l'aide aux victimes au rang des priorités de la police, il lui arrivait souvent de débuter son service par une tournée dans les odeurs d'antiseptique et de désinfectant.

« Et... ?

– Le pé... Le gars d'hier soir est toujours dans le coma.

– On a pu l'identifier ?

– Non, mais le toubib a bien voulu que je jette un œil à ses effets personnels. »

Comme Bruynooghe laissait entendre qu'il y en avait pour un moment, Van In prit la décision d'étudier le dossier autour de la grande table en chêne. Chacun s'assit devant une tasse de café, à l'exception de Versavel.

« Le type n'avait aucune pièce d'identité sur lui, poursuivit Bruynooghe sur un ton égal. Voici la seule chose qu'on ait trouvée dans ses poches.

– Ah bon ! Parce qu'en plus, tu as pu l'emporter ? !

– On dirait une petite annonce ! »

Van In étudia attentivement le morceau de papier glacé de forme triangulaire, sans doute arraché à la hâte dans une revue.

CANDIDAT
ÉVISION QUI
JEUNE ET LA LANGUE
UNE AVENTURE INCROYABLE
VOUDRIEZ PARTAGER AVEC LE PU
ENVOYEZ-NOUS VOTRE HISTOIRE ET UNE PHOTO
UVAIN, 510 BOÎTE 112

« Tu veux mes lunettes ? » proposa Carine en observant que Van In déchiffrait l'entrefilet en plissant les yeux.

Autant demander à De Kee si ce qu'on racontait était vrai : devait-il vraiment mater un *Playboy* avant de s'envoyer en l'air avec Vera ?

« Quelqu'un cherche des candidats à l'esprit jeune qui ont vécu une aventure incroyable », dit Van In, qui aurait préféré tomber raide mort que d'admettre qu'il avait besoin de bésicles.

Il tendit le morceau de papier à Versavel, un sourire triomphant aux lèvres.

« Qu'est-ce que tu en penses, Guido ? »

Versavel prit le temps de réfléchir.

« Quelqu'un de Zaventem », précisa-t-il enfin.

Bruynooghe ne fit aucun commentaire. Il avait étudié le texte à loisir sans parvenir à aucune de ces conclusions. Carine bouillait d'impatience.

« Vous me laissez voir ? »

Versavel lança un rapide coup d'œil à Van In, qui comprit que l'inspecteur n'appréciait pas les manières de la jeune femme. Le commissaire se frotta le nez. Il regrettait le bon vieux temps où il ne collaborait qu'avec Guido. Pas facile de diriger un groupe ! Il essaya de s'en sortir par une pirouette.

« Regarder, mais pas toucher ! »

Tout le monde rit, sauf Versavel.

L'atmosphère restait tendue, mais Carine ne se formalisa pas. Versavel tendit le papier à Bruynooghe, qui le fit glisser jusqu'à elle. Elle se concentra. Son visage s'illumina avant même que Van In n'ait eu le temps d'allumer une cigarette.

« Attendez-moi un instant ! dit-elle. Je reviens ! »

Le silence s'installa. Van In n'osait pas regarder Versavel. Bruynooghe, qui sentait qu'il y avait de l'orage dans l'air, toussota poliment. Pour lui, Carine était une fille sympa et jolie à regarder, point barre. Il n'imaginait pas qu'elle puisse, en plus, avoir quelque chose dans le ciboulot.

« Rien ne nous dit que ce petit article pourra faire avancer l'enquête, finit par lâcher Van In. Moi aussi, j'ai plein de trucs dans les poches, mais… »

Carine revenait déjà. Radieuse, elle brandissait de la main gauche un magazine télé roulé sur lui-même. Il était de notoriété publique qu'elle le lisait pendant ses heures de travail et qu'elle rangeait tous ses numéros dans une boîte à archives intitulée « Affaires courantes ». Sa collection était surtout prisée les jours d'hiver, quand on s'ennuyait ferme au commissariat.

Pour faire durer le plaisir, Carine se servit une nouvelle tasse de café avant d'ouvrir le magazine à la bonne page.

> **POISSON DU DÉSERT PRODUCTION** cherche de toute urgence des candidats pour une nouvelle émission de télévision qui sera diffusée l'automne prochain. Si vous avez l'esprit jeune et la langue bien pendue et si vous avez vécu au moins une aventure incroyable que vous voudriez partager avec le public, envoyez-nous votre histoire et une photo récente à :
>
> Poisson du désert
> Chaussée de Louvain, 510 boîte 112
> 1950 ZAVENTEM

« Vous voyez ! dit-elle. Mes affaires courantes !

– C'est le titre de l'émission ? » demanda Bruynooghe.

Si Versavel avait été absent, Van In aurait sans doute couvert la jeune femme d'éloges, mais il se contenta d'un petit hochement de tête.

« Il nous reste à espérer que ces messieurs de la télévision accepteront de nous montrer leur liste de candidats.

– Je ne vois pas pourquoi ils refuseraient ! s'exclama Carine. Il s'agit quand même d'un meurtre ! Si le juge d'instruction...

– La victime n'est pas encore morte ! intervint Versavel. Et rien ne nous dit que le gars a répondu à cette petite annonce ! »

Au cours de sa longue carrière, Van In avait assisté des dizaines de fois au torpillage d'une enquête du simple fait des coups bas que s'envoyaient en douce des services de police concurrents. Mais c'était la première fois qu'il voyait le ver s'installer dans le fruit au sein de son propre service.

« Je propose que nous appelions d'abord Poisson du désert Production, dit-il d'une voix ferme. Ensuite, nous aviserons. »

Il n'y eut ni hourrah, ni protestations. Même quand Carine proposa de se charger de la corvée.

Dans le hall du Collège d'Europe, situé le long du Dyver, c'était la cohue. Des étudiants faisaient bruyamment connaissance, d'autres discutaient de problèmes de la plus haute importance, comme leur logement, le restau universitaire ou le prochain T.D. – tout plutôt que de parler des examens ou d'Otto, le recteur allemand, lequel surveillait la scène à distance et déclarerait bientôt, un sourire diplomatique aux lèvres, qu'il était satisfait du nouvel éclairage. Il avait aimé ses vacances en Australie, à preuve les souvenirs qu'il en avait rapportés : un boomerang ancien et un authentique *didgeridoo* que les aborigènes avaient fabriqué spécialement pour lui.

« *Bonjour, monsieur le recteur**[1] ! »

Otto fit volte-face. Lorsqu'il reconnut Jaime Ruiz, il esquissa une légère inclinaison de la tête.

« *Comment allez-vous**, Jaime ? »

Otto vouait une véritable vénération à la langue de Molière, mais il pouvait s'estimer heureux qu'aucun Français ne rôdât dans les parages car, malgré tous ses efforts, son accent était absolument abominable.

Ruiz lui rendit son salut avant de lui tendre le discours qu'il avait rédigé à son intention.

« *À la guerre comme à la guerre** ! » dit-il, un peu ennuyé.

Si un gouffre sépare les étudiants des professeurs, à l'université, le recteur se montrait néanmoins très affable avec le jeune homme, non pas parce qu'il avait des préférences socratiques, mais parce qu'il nourrissait une réelle admiration pour l'Espagnol. Ruiz avait une manière bien à lui de se démarquer du commun des étudiants, surtout avides d'obtenir de bons résultats et l'avis favorable de la commission d'octroi de bourses. Après ses études en sciences diplomatiques à l'université de Salamanque, il avait passé trois ans à bourlinguer aux quatre coins du monde et à travailler pour diverses ambassades, aux postes les plus divers et variés : coursier, assistant polyvalent, sous-secrétaire et même traducteur. Peu importaient les fonctions qu'il avait exercées : pour le recteur, le fait d'avoir travaillé à l'étranger valait un doctorat, aussi avait-il fait de Ruiz son secrétaire particulier à l'issue de l'année académique.

« Vous n'avez pas l'air franchement ravi, Ruiz ! »

---

1. Les mots en italiques et suivis d'un astérisque sont en français dans l'original. *(Toutes les notes sont de la traductrice.)*

Dans le nouvel annuaire du Collège d'Europe, Ruiz était présenté comme un homme sérieux qui voyait dans l'ironie une conséquence du cynisme ambiant depuis une trentaine d'années. Il savait pertinemment qu'Otto y faisait une allusion à peine voilée, mais il n'avait aucune envie de mettre son âme à nu et de confier à son mentor ce qui lui était arrivé la veille.

« Ce sont les jeunes filles qu'on ravit, répondit l'Espagnol, abrupt. Rappelez-vous l'enlèvement des Sabines. »

Le recteur aimait jouer sur les mots, et il ne dédaignait pas de placer ici ou là une allusion à la culture latine si chère à son cœur. Mais il fut un instant décontenancé, et Ruiz profita de son hésitation pour s'évanouir dans la foule. Le recteur le suivit des yeux en secouant la tête. D'expérience, il savait que les jeunes gens se montrent souvent versatiles, mais il ne comprenait pas ce qui avait pu déplaire à Ruiz.

L'Espagnol prit l'ascenseur jusqu'au deuxième étage, chercha refuge dans un bureau et composa un numéro local sur son portable.

« De Kee se fait du mouron pour l'expo », dit Van In dès que Bruynooghe et Carine eurent quitté le bureau.

Versavel s'intéressait beaucoup à l'art. Van In tenait un sujet qui allait lui permettre de reprendre langue, si on peut dire, avec son acolyte.

« Il veut qu'on garde le bunker jour et nuit !

– Qui ça, “on” ?

– Eh bien… toi et moi, ou toi et Carine… Il s'en fiche ! Ce qui compte, c'est que quelqu'un s'y colle ! »

Versavel n'avait aucune envie de voir s'éterniser ces simagrées. Il se força à sourire.

« Je te prépare un café, Pieter ?

– Bonne idée ! »

Le téléphone sonna. Van In décrocha, content que le temps soit revenu au beau fixe, mais à peine eut-il reconnu la voix de Klaas Vermeulen qu'un nuage métaphorique obscurcit son petit soleil intérieur.

« Ils étaient donc deux, dit-il, coupant court à l'interminable rapport du chef du labo. Et vous n'avez rien découvert d'intéressant, Vermeulen ? Leur pointure, je ne sais pas, moi ! Ah bon ! Ils portaient des Nike ! Bien ! Je vais le noter ! Un moment. »

Van In déposa le combiné sur son bureau et se rendit à la cuisine, où Versavel servait le café.

« Vermeulen a encore frappé ! Les agresseurs d'hier portaient des Nike !

– Rien d'autre ? !

– Qu'est-ce que j'en sais, moi ?

– Tu ne le laisses quand même pas poireauter au téléphone ? »

Deux semaines plus tôt, Van In avait laissé Vermeulen patienter cinq bonnes minutes au bout du fil avant de lui expliquer qu'il avait cherché en vain de quoi écrire.

« Je me demande combien de temps il va tenir aujourd'hui, commenta Versavel. Tu veux que je lui parle ?

– Tu es tombé sur la tête ? dit Van In en se dirigeant vers le porte-manteau pour enfiler sa veste. Viens, Guido ! On se barre ! »

Donnez un budget, peu importe le montant, à un architecte, et un immeuble coûtant le double sortira aussitôt de son esprit tordu. Le bunker qui se dressait sur la grand-place correspondait à une facture de quatre cent cinquante mille euros, mais il les valait bien. C'est en tout cas ce qu'affirmaient les amateurs lorsque les journalistes leur demandaient leur avis sur le hangar en forme de U qui dissimulait la double statue de Jan Breydel et Pieter De Coninck, les héros de la ville[1], et que les Brugeois appelaient entre eux « le fritkot », la « baraque à frites ». Van In et Versavel procédaient à contrecœur à l'inspection quotidienne de la chose en se frayant un chemin entre les énormes tuyaux qui jonchaient le sol et les câbles pour le moins traîtres. Ils étaient arrivés dans la branche transversale du U où serait bientôt exposé *Guernica.*

« Si tout est prêt à temps, je t'invite au Karmeliet ! » dit le commissaire à l'inspecteur.

En béton armé, le mur auquel le Picasso devait être accroché était, d'après les spécialistes, capable de résister à une bombe atomique de moyenne puissance. Une vitre à l'épreuve des chocs avait été installée parallèlement, à trois mètres de distance. Entre les deux, une véritable panoplie de détecteurs à infrarouge, d'hygromètres, de calorimètres et de caméras. Les visiteurs entreraient par la branche gauche du U, passeraient devant le tableau et sortiraient par la branche droite, en trente secondes top chrono, pour la bagatelle de dix euros.

« C'est sérieux, pour le Karmeliet ?

– Qu'est-ce que tu crois ? ! Non, bien sûr, Guido ! Allez, viens ! On va se rincer la dalle en face ! »

Versavel ne protesta pas. Van In était sous pression depuis plusieurs semaines. Une Duvel ne lui ferait que du bien. Dans certaines circonstances, il faut savoir se montrer compréhensif.

---

1. Voir Pieter Aspe, *De sang royal*, Albin Michel, 2010.

« On va où ?
– M'en fiche, c'est kif-kif. »

À l'exception d'une antique épicerie et d'un magasin de cadeaux, le côté nord de la grand-place était occupé par des cafés, des restaurants et des hôtels. Le temps où les Brugeois venaient taper la carte ou faire une partie de billard en buvant une pils était bel et bien révolu. Lorsque Van In trempa les lèvres dans le col d'une Duvel pour laquelle Versavel avait déboursé trois euros cinquante, le téléphone de ce dernier sonna.

« Carine a du nouveau, dit-il d'une voix sèche. Elle nous demande de rappliquer fissa. »

Van In ne jura même pas, mais un voile de tristesse flotta un moment sur son visage.

3

Lorsque Carine entra dans le bureau de sa démarche chaloupée, arborant un sourire triomphant, Van In sut qu'elle n'était pas rentrée bredouille et oublia qu'il avait dû abandonner sa Duvel à son sort.

« Trois Brugeois ont répondu à l'annonce de Poisson du désert, dit-elle. Adriaan Vincke, Katrien Devos et un certain Jos Viaene. »

La jeune femme s'était attendue à un compliment, mais elle ne laissa pas voir sa déception quand le boss la renvoya d'un « merci » lapidaire, annonçant que lui et Versavel reprenaient la main. Ce n'était pas la première fois que ses tentatives de semer la zizanie échouaient. Elle avait appris à faire contre mauvaise fortune bon cœur, persuadée qu'un jour ou l'autre, elle parviendrait à ses fins.

« Faut pas non plus la traiter comme si elle avait la lèpre, Pieter ! Je n'en demande pas tant ! dit Versavel dès qu'elle eut franchi la porte.

– Plaît-il ?

– Tu sais très bien ce que je veux dire ! »

Versavel se retenait de sourire, mais l'éclat qui brillait

dans son regard montrait combien il appréciait en réalité l'attitude de son ami.

« Laissons tomber la bonne femme, dit Van In, délibérément ambigu, en jetant un coup d'œil à la liste que lui avait tendue Carine. Concentrons-nous sur Adriaan Vincke et Jos Viaene.

– On leur téléphone ou on leur rend visite ? »

Van In consulta l'horloge murale. Il était onze heures moins le quart, et un premier rayon de soleil perçait entre les rideaux.

« Allons-y, Guido ! »

Tout semblait rentrer dans l'ordre. Versavel resserra son nœud de cravate et prit les clés de la voiture dans l'armoire. Un détail indéfinissable à l'arrondi de ses épaules donnait à penser qu'il souriait. Van In alluma une cigarette. Dans des moments tels que celui-là, il avait particulièrement envie d'une bonne Duvel bien fraîche.

Les braves gens qui jouent quotidiennement au Loto pour augmenter leurs chances de gain devraient se rappeler ce que les statisticiens ont démontré : même à pile ou face, le parieur a toujours plus de chances de perdre. Van In et Versavel le vérifièrent à leurs dépens quand ils constatèrent qu'Adriaan Vincke, chez qui ils étaient allés sonner en premier, tenait une forme éblouissante.

« On aurait dû le savoir », commenta Versavel.

C'était bien Carine : il ne lui était pas venu à l'esprit de vérifier les dates de naissance des candidats. Adriaan Vincke était âgé de soixante-quatorze ans et marié. Jos Viaene, en revanche, répondait parfaitement au profil de la victime, puisqu'il était célibataire et qu'il n'avait que trente-deux ans.

« Tu pinailles, Guido, tu pinailles ! » dit Van In en soupirant à la seule pensée des longues heures qu'ils devraient passer dans le bunker et au musée Groningue.

« Écoute ça, Guido ! Tu savais que Fabiola[1] venait de temps en temps batifoler le long des canaux ?

– Qu'est-ce que tu me chantes ?

– Écoute, je te dis ! "Un jour qu'elle était à Bruges avec de la famille et des amis, la voilà qui visite le musée, accompagnée de son guide personnel. Soudain, celui-ci s'avance vers moi et me demande s'il existe des photos des miniatures médiévales que la reine était en train d'admirer. Je réponds que non, mais que je suis photographe amateur et que je veux bien en faire pour elle et les envoyer au palais."

– Mon dieu, quelle aventure !

– Attends, ça continue !

– "Le bruit a couru que j'avais pris des photos pour la reine, et les collègues en ont voulu aussi. Alors j'ai développé des dizaines de doubles. Mal m'en a pris. La plupart me sont restées sur les bras. Jusqu'au jour où, un an et demi plus tard, une dame de la région de Courtrai qui aimait aussi les miniatures médiévales me pose la même question que le guide personnel de la reine. Je lui montre mes photos et je lui dis qu'elles sont à vendre, enfin, bref, je lui raconte toute l'histoire. La dame s'en va. Cinq minutes plus tard, la porte s'ouvre, et qui voilà ? ! Vous ne devinerez jamais ! La reine Fabiola en personne ! Elle venait me remercier pour mes belles photos !" En tout cas, notre homme n'est pas seulement

1. Veuve du roi Baudouin.

photographe amateur, mais aussi écrivain du dimanche ! » dit Van In, sarcastique.

C'était toucher la corde sensible, car Versavel écrivait pendant ses loisirs. Jusqu'à présent, aucun éditeur n'avait été assez fou pour publier sa prose.

« Les goûts et les couleurs..., fit observer l'inspecteur prudemment. Mais admets quand même que cette histoire...

– Le gugusse que vous cherchez, c'est bien Viaene ?

– Voilà qui est rapide, madame le juge ! »

Lorsqu'ils avaient trouvé porte de bois au domicile de Jos Viaene, une demi-heure auparavant, Van In et Versavel avaient procédé à une enquête de voisinage, dont ils avaient déduit que l'homme travaillait « à la commune ». Un coup de fil, et ils savaient que Viaene ne s'était pas présenté à son bureau de l'administration communale ce jour-là. Van In avait alors appelé Hannelore pour lui demander l'autorisation de quérir un serrurier.

« Depuis le temps, tu devrais savoir que, quand c'est toi qui mènes l'enquête, le parquet se coupe en quatre !

– Tu es un amour ! dit Van In en l'embrassant et en reposant sur le bureau de Viaene le récit des édifiantes aventures de la reine Fabiola à Bruges.

– Tu es sûr que c'est lui ?

– Presque ! J'attends les clichés que Vermeulen a pris hier. »

Partout, des photos de celui qui était sans doute l'occupant des lieux. Ses vêtements et la compagnie avec qui il posait... Tout donnait à croire qu'ils avaient frappé à la bonne porte, jusqu'aux coussins à dentelle, aux meubles design, aux cadres dorés, aux bronzes d'Adonis et au pot de vaseline qui trônait bien en évidence sur le téléviseur.

« J'espère que je me trompe, dit Van In en soupirant.
– Comment ça ? demanda Hannelore.
– Figure-toi que Viaene est agent de sécurité pour les musées de la ville. Je te rappelle que la semaine prochaine…
– Tu ne crois quand même pas que quelqu'un va essayer de piquer *Guernica* ? ! Qui serait assez stupide pour faire ça ? Ce tableau est beaucoup trop connu ! Il serait impossible à vendre ! Et puis, tu as vu sa taille ? ! Non, ce serait de la folie !
– Je te rappelle que la moitié de l'humanité débloque à fond la caisse ! Et que l'autre moitié n'a pas les yeux en face des trous ! »

Van In alluma une cigarette et entreprit de fouiller la maison avec Versavel pour patienter jusqu'à l'arrivée de Vermeulen.

Hannelore ne comprenait pas pourquoi ils se mettaient ainsi tous les deux en frais. Et la seule vue du pot de vaseline lui retournait les tripes.

« Je ferais mieux de me tirer, moi ! dit-elle tout à trac.
– Attends, chérie ! Dès qu'on aura fini, on ira boire un pot tous ensemble ! » dit Van In en fouillant une coupe en verre d'une main distraite.

Il eut un léger sursaut et, un grand sourire aux lèvres, jeta une pleine poignée de préservatifs sur la table du salon. Les emballages bigarrés étaient tous ornés d'un motif de fruit.

« Guido ! Magne-toi ! J'ai trouvé des preuves ! »

Hannelore ne put réprimer un fou rire. Il était souvent difficile de savoir si Van In parlait sérieusement, mais c'était justement cette imprévisibilité qui la séduisait, elle, même si pas mal de ses confrères se demandaient comment une aussi jolie femme avait pu s'enticher d'un pareil soiffard. C'était un homme qui avait du nerf, du caractère et le sens de l'humour – et avec ça, l'âme romantique comme pas deux.

« D'accord, dit-elle. J'attends… »

Une promenade à Bruges en automne, c'est du vrai beurre sur une baguette fraîche. Un plaisir simple dont on ne se lasse pas. Il faisait divinement calme à la terrasse chauffée de L'Estaminet. Le blues diffusé par les haut-parleurs était plus doux qu'en haute saison. Les quelques consommateurs se montraient polis et réservés. Ils sirotaient leur verre en papotant, et seules les douces sonorités de l'accent ouest-flandrien circulaient entre les tables.

« Qu'est-ce que vous prenez ? demanda Van In.

– Une petite sirène, dit Hannelore en souriant.

– Et toi ?

– Le sel de la terre.

– Une Tuborg, un Perrier et une Duvel ! » dit Van In d'autorité lorsque Johan vint prendre la commande.

Comme ils s'y attendaient, les photos prises la veille au lac d'Amour par Vermeulen correspondaient bien à celles qui ornaient les murs chez Viaene.

« Ce n'est pas la première fois qu'un homo se fait passer à tabac ! dit Versavel, dans une énième tentative pour ramener Van In à la raison.

– Avoue que ça pourrait être lié à l'expo au musée Groningue !

– Avoue que ça pourrait être lié au fait que c'est une tantouse ! Il ne faut pas chercher plus loin, malheureusement ! »

Le virage général à droite préoccupait Versavel. La tolérance prenait de plus en plus de coups dans l'aile.

« On t'a déjà attaqué, toi ? » dit Van In en plongeant le nez dans la mousse de sa Duvel.

Le parfum de la bière ambrée lui procura un vertige

euphorisant qu'il ramena à une pondération calviniste en pensant à son médecin. Il se vit en enfer, contraint, tels les séducteurs et les maris infidèles, de regarder sans les toucher de jolies diablesses se trémousser dans le plus simple appareil. Et de se nourrir de souvenirs.

« Un problème ? s'inquiéta Hannelore en observant que Van In n'avait pas vidé son verre en deux traits.

– Au contraire ! Je déguste ! répondit-il en ôtant la mousse qui ourlait ses lèvres. Comme Viaene hier. »

Versavel ne releva pas. Il restait sur sa première impression. Une petite bande d'excités qui avaient voulu s'amuser, sans plus.

« Ils en voulaient peut-être à son vélo, lâcha-t-il finalement.

– Son vélo ? ! dit Van In en s'étranglant dans sa bière.

– Eh bien, oui. Il avait un vélo, et on ne l'a pas retrouvé.

– Comment sais-tu ça ? demanda Hannelore.

– Le papier peint du hall d'entrée est éraflé, juste à la hauteur normale de la selle et du guidon. On a exactement le même problème à la maison. »

Combien de fois n'ai-je pas dit à Frank de ranger son vélo dans la remise ? ! Mais non, monsieur continue à le rentrer n'importe comment dans la maison !

« Les vélos perdus, c'est la spécialité de Bruynooghe, ça ! Passe-moi ton portable ! » dit Van In.

Hannelore ouvrit son sac à main.

« Il serait temps que tu t'en achètes un, Pieter. Les gens vont finir par croire que je vis avec un barbare !

– *Barbarus hic ego sum, quia non intellegor ulli* ! »

Versavel sursauta en entendant le commissaire citer le vers d'Ovide avec l'accent brugeois.

« Et je sais ce que je dis ! brailla Van In. Je suis un barbare parce que personne ici ne me comprend ! »

Hannelore et Versavel en restèrent comme deux ronds de flan.

Le texto qui s'affichait sur l'écran du portable de Jorgi présentait le double avantage de la brièveté et de la clarté : « *Come to Paris* ! »

« *Vaya con dios* ! » répondit Arnaldo lorsque Jorgi le lui montra.

Il prit deux bières dans le frigidaire et les décapsula. *Depuis hier, y a pas à dire, l'ambiance est tendue. Tout ça, c'est à cause de Ruiz. Pourquoi a-t-il fallu qu'il intervienne dans le parc, ce petit con ? ! Viaene avait dénoncé l'accord en faisant monter les enchères, non ? Alors ? ! Il fallait se débarrasser de lui ! Mais Ruiz est une belle poule mouillée ! Soi-disant, monsieur déteste la violence gratuite ! Non, mais je rêve ! En revanche, ça ne le gêne pas de participer à un projet qui va entraîner la mort d'un innocent ! Voilà ce qui arrive, quand on fait appel à des gens qui sont à voile et à vapeur ! La violence gratuite, mon œil ! C'est de la violence, ou ça n'en est pas, point barre ! Mais puisque Jorgi a choisi le camp de Ruiz, j'ai bien dû m'incliner…*

Ruiz leur avait laissé trois minutes avant d'appeler les secours. Même si l'incident avait réduit à néant tous ses projets, Arnaldo essayait de faire contre mauvaise fortune bon cœur, ce qui ne voulait pas dire que l'affaire était close, car il avait une devise : « Pas de témoin ! » *Viaene doit crever, comme les autres !*

« *Salud, amigo* ! »

Arnaldo avait acheté la bière dans un supermarché à bas prix et s'était laissé séduire par une banale imitation. *Parfois, je me demande comment je peux être aussi con !*

« Qu'est-ce qu'on fait avec Ruiz ? » demanda-t-il lorsqu'ils eurent vidé leur première cannette.

L'opération se trouvait maintenant dans sa phase décisive. Cela aurait été vraiment trop dommage de tout laisser gâcher par un second couteau.

Jorgi ouvrit une nouvelle cannette. *Ruiz et moi, on est des potes, des frères ! Qu'est-ce que je dois faire ? Je ne vais quand même pas trahir mon sang ? !*

« Jaime est fiable, dit-il enfin.

– Tu en es sûr ? »

Jorgi fit oui de la tête, en pensant à Inez et au lien qui les unissait.

« Ruiz ne nous trahira pas, dit-il d'une voix ferme. J'en mettrais ma main au feu.

– J'espère pour toi que tu ne te trompes pas. »

Toute sa vie, Jorgi s'était battu pour l'indépendance de son pays. Pour cela, il avait tué des hommes et réduit au silence les traîtres à la cause. Mais personne ne le forcerait jamais à éliminer Ruiz, même pas Pasionario.

Il eut l'impression qu'Arnaldo lisait dans ses pensées.

« Et qu'est-ce que tu feras si Pasionario te demande de…, dit-il en esquissant un geste sans ambiguïté.

– Pasionario ne fera pas ça.

– Il a lu notre rapport… »

Jorgi écrasa sa cannette entre ses doigts. *Il y a eu des ratés, d'accord, mais ça arrive, dans ce genre d'opération. Pasionario comprendra. Ça n'a aucun sens de rejeter la faute sur Ruiz.*

« Je vais chercher une autre solution, Arnaldo.

– Bonne chance ! »

Jorgi lança sa cannette dans la poubelle. *Panier !*

« Je serai de retour dès demain. Garde les yeux grands ouverts !

– Qu'est-ce que je fais si Viaene se réveille ? »

Jorgi alluma nerveusement une cigarette. *Sans ce que la Luftwaffe a fait à mon pays il y a soixante-quatre ans, nous n'en serions pas là. Elle a bombardé Guernica… Résultat : la plupart des membres de ma famille y sont restés. Et ceux qui ont réchappé par miracle aux horreurs nazies ont trouvé la mort dans les geôles de Franco… Comment oublier ? Ils ont torturé l'oncle Juan en lui crevant les yeux et en lui garrottant le sexe avec des lanières de cuir jusqu'à ce que ses couilles tombent sur le sol tels des fruits mûrs… Ils ont éventré Maria pour lui arracher son bébé et le jeter à manger à des chiens sous ses yeux… Ils ont amputé Manuel des jambes avant de le forcer à ramper sur l'esplanade de la caserne… Il a lutté pendant dix-huit heures contre la mort… À part mes grands-parents, la mère d'Inez est la seule de la famille qui a échappé à la chasse aux sorcières. Ah ! La famille ! Laisse-moi rire ! Qu'est-ce que c'est ?*

« Dans ce cas, il faudra le faire taire une fois pour toutes », dit Jorgi laconiquement.

Il sortit une nouvelle bière du frigo en marmonnant une prière. *Tuer Viaene risque d'hypothéquer toute l'opération. Les flics se poseront sans doute des questions. S'ils sont fute-fute, ils pourraient même remonter de Ruiz jusqu'à nous. Le temps joue en notre faveur, mais Arnaldo est un vrai guerrier, avec son caractère explosif et sa volonté inébranlable. En fait, c'est même de mauvais augure que l'incident avec Ruiz ne le mette pas en colère. Viaene ne lui suffira pas… Il voudra d'autres têtes.*

Faisant fi de l'interdiction formelle que lui avait donnée son médecin traitant, Van In commanda une deuxième Duvel. Hannelore n'émit aucune objection. Elle n'avait pas envie d'entendre une ixième fois le discours que servait son homme quand on lui disait qu'il jouait avec sa santé. *Oh ! Après tout, il fait ce qu'il veut ! J'en ai marre qu'il répète qu'il tombe soi-disant malade quand il va voir le toubib !*

« Maintenant que nous connaissons l'identité de la victime et son orientation sexuelle, nous pourrions enquêter dans le milieu homo », dit-elle.

Van In but goulûment sa bière en espérant secrètement que la potion magique qui avait fait des Belges le plus brave des peuples de la Gaule contenait un ingrédient secret qui lui nettoierait le foie.

« Et si Guido s'en chargeait ? dit-il. C'est un biotope qu'il connaît comme sa poche ! »

Avant même que Versavel ait pu répondre, une voiture de police, gyrophare allumé, déboucha sur la place en crissant des pneus. Elle s'arrêta net devant la terrasse.

« Tu as trouvé quelque chose, Robert ? » dit Van In mécaniquement, sûr de l'identité du chauffard.

Bruynooghe porta deux doigts à sa casquette, salua le juge d'instruction et s'assit sur la chaise que lui indiquait amicalement Van In.

« Son vélo ! Dans le parc ! répondit-il.

– Carine ne vient pas ?

– Non, elle… euh… elle est… euh… légèrement indisposée …

– Ah ah ! » s'exclama Hannelore.

Van In s'abstint de tout commentaire. Hannelore savait pertinemment qu'il avait fricoté avec une fliquette du temps où il était marié avec Sonia. Et que Carine ne manquait jamais une occasion de le voir, fût-elle « indisposée ». Bref, Hannelore comprenait aussi bien que lui que, si la jeune femme était restée dans la voiture, c'était à cause de sa présence à elle.

« Tu as appelé Vermeulen ?

– Je lui ai personnellement confié la bicyclette, commissaire, mais pas avant d'avoir procédé à ma propre enquête. »

Bruynooghe ponctua cette sortie d'un clin d'œil appuyé, histoire de bien faire comprendre qu'il n'avait évidemment pas communiqué ses découvertes à ces messieurs du labo.

« Tu me raconteras ça demain au commissariat, dit Van In.

– Je ne sais pas si madame le juge approuve mon mode de conduite, mais…

– Madame le juge doit passer aux toilettes », dit Hannelore en souriant avant de se faufiler entre la petite table et la banquette.

Le moment lui paraissait déontologiquement indiqué pour s'éclipser.

« J'ai trouvé ça dans une des sacoches de son vélo, dit Bruynooghe en brandissant triomphalement une feuille pliée en quatre dès qu'Hannelore eut disparu. Ce n'est peut-être pas important, mais je me suis dit que…

– Excellent boulot, Robert ! Une petite pils ?

– C'est pas de refus, commissaire !

– Une pils, un Perrier, une Tuborg et une Duvel ! » beugla Van In à l'adresse de Johan.

Il lissa la feuille de papier. C'était un plan, un peu du type de ceux que font les électriciens du câblage électrique d'une maison.

« On dirait l'intérieur de mon téléviseur ! dit Van In pensivement.

– Je ne crois pas. »

D'accord, je n'y connais rien en volts et en milliampères, mais il suffit de savoir lire !

« Regarde ! "Siemens Security" ! Je crois que c'est le

schéma d'une installation d'alarme. Et, si je ne m'abuse, tous les musées de Bruges sont sécurisés par Siemens !

– Bordel !

– Et ce n'est pas tout… », dit Versavel en tendant le doigt vers le coin supérieur gauche de la feuille.

Un nom y avait été gribouillé au crayon ; en dessous, une dizaine de numéros, dont un seul avait été souligné.

Van In plissa les yeux.

« Tu lis quelque chose ?

– Avec ou sans mes lunettes ?

– Déconne pas, Guido, s'il te plaît ! »

Versavel déplaça la feuille à la lumière. Les traits de crayon étaient estompés, comme si quelqu'un avait voulu les gommer.

« On dirait "Ruiz"…

– Bordel !

– Tu te répètes.

– J'ai raté quelque chose ? »

Hannelore s'était lavé deux fois les mains et avait encore pris le temps d'étudier les affiches punaisées dans le couloir menant aux toilettes.

« On a un problème, je crois », dit Van In sobrement.

S'il s'avérait que quelqu'un du Collège d'Europe était mêlé à l'agression sur la personne de Viaene, ils étaient dans la panade, car la vénérable institution avait toujours pu compter sur des protections haut placées depuis sa création, cinquante ans plus tôt.

« Pourquoi te ferait-on des difficultés ? demanda Hannelore, mise au parfum.

– Tu connais De Kee ! S'il apprend que je fais des ennuis au secrétaire du recteur du Collège d'Europe, tu peux être sûre qu'il appelle le bourgmestre dans l'heure et que celui-ci…

– De Kee te fait peur ? !

– Non, mon amour ! Mais j'en ai marre de toujours me coltiner les mêmes problèmes. J'entends déjà les discussions interminables sur les gens qu'il faut ménager, et patati et patata… »

Versavel opina du bonnet.

Certaines personnes sont intouchables à Bruges, pensa-t-il amèrement. *Et cela va du patron d'hôtel à qui on ne réclame jamais le paiement de ses p.-v. de stationnement parce qu'il sait se montrer discret quand un homme politique s'envoie en l'air avec une amie dans son établissement, jusqu'au juge qui sait faire preuve de clémence quand on l'invite à une bonne table…*

« Par contre, quand un pédé se fait ravaler le portrait, on s'en fiche ! » lâcha-t-il.

Bruynooghe hocha la tête, moins par empathie que parce que Versavel énonçait un état de fait.

« Tu veux que j'en parle d'abord à Beekman ? » demanda Hannelore.

Il n'en fallait pas plus pour réveiller la pugnacité de Van In.

« Qui voit des fulmars sait que la tempête se prépare… »

Il vida sa Duvel d'un trait et en commanda illico une troisième – ou était-ce une quatrième ? Il n'était pas encore né, celui qui lui rabattrait le caquet.

4

Autrefois, lorsque le Dyver était ponctué de vrais arbres et qu'il ne fallait pas encore slalomer entre les nuées de Japonais et les hordes d'Allemands, Van In aimait flâner le long du canal, surtout en automne, quand le soleil dore les façades d'ocre et que l'eau prend des reflets vert bleu. Il se souvenait des feuilles mortes qui collaient obstinément à ses semelles, du beffroi qui égrenait sa chanson, de l'odeur de terre mouillée qui montait du sol et du doux clapotis des flots quand passait une barque. C'était l'époque où le long bâtiment hideux qu'occupe aujourd'hui le Collège d'Europe était investi par Électrabel, la compagnie belge d'électricité. Van In ne s'y habituerait jamais : il continuerait à penser à ses arriérés de paiement et aux amendes qu'il venait débourser comptant après la troisième injonction de payer.

« Je me demande si les universitaires travaillent encore après quatre heures », dit Van In en constatant qu'il n'y avait personne à la réception.

Il n'avait pas fini sa phrase qu'une jeunette de vingt-cinq ans s'empressait de les accueillir.

« Vous désirez, messieurs ?

– Mon nom est Van In, commissaire Van In. Et voici mon adjoint, l'inspecteur Versavel. Nous souhaiterions rencontrer Jaime Ruiz.

– Un instant, je vous prie. Je vais voir s'il est à son bureau. Asseyez-vous, je vous appellerai », dit-elle en indiquant les fauteuils.

Quelques secondes plus tard, en raccrochant le combiné, elle reprit : « Puis-je vous proposer un café ? Jaime arrive d'ici quelques minutes. »

Il était autorisé de fumer, ce qui faisait un contraste bienvenu avec la plupart des bâtiments publics. Un cendrier trônait sur chaque table basse, et pas n'importe quel modèle : un mastodonte susceptible de rendre des services à au moins deux fumeurs à la chaîne.

« Plutôt frisquet, comme ambiance, tu ne trouves pas ? » demanda Versavel en observant les murs nus, les lignes droites et les couleurs glaciales qui auraient moins détonné dans un service administratif russe qu'à Bruges. L'appareil où les étudiants pouvaient recharger leur carte de cantine était le seul indice rappelant un pays capitaliste.

« Le café n'est pas mauvais, dit Van In, déjà très content de pouvoir fumer sa sèche en paix.

– Alors là ! Tu n'es pas sérieux, j'espère ! »

Van In repensa à une anecdote qu'il avait entendue une semaine auparavant. Dans un grand restaurant de New York, les meilleures places sont réservées aux non-fumeurs. Les fumeurs sont relégués dans une salle moins confortable. Pire, s'ils mangent aussi de la viande, ils sont placés à une des deux petites tables inconfortables situées juste à côté des toilettes. *Où allons-nous s'il faut désormais se cacher pour profiter des bonnes choses…*

Jaime Ruiz les salua avec plus de chaleur qu'ils ne s'y attendaient. Le jeune homme se fendit d'un large sourire en s'excusant de les avoir fait attendre.

« Que puis-je pour vous, commissaire ? dit-il lorsqu'ils pénétrèrent tous les trois dans son local du deuxième étage.

– C'est au sujet de l'affaire d'hier... », commença Van In.

Ruiz prit place derrière son bureau et planta les deux coudes sur le plateau de chêne massif avant de joindre le sommet de ses doigts dans une attitude d'une totale décontraction.

« J'espère que le pauvre homme a survécu », dit-il.

Jorgi lui avait téléphoné une heure auparavant pour lui demander de rester calme à tout prix si la police venait le réinterroger. « Rassure-toi ! lui avait dit Ruiz. Le mensonge coule aussi facilement de la bouche du diplomate que le lait du pis de la vache ! »

« Le pauvre homme, comme vous dites, s'appelle Jos Viaene. Il travaille à deux pas, dans la remise du cocher.

– La remise du cocher ?

– La centrale de sécurité.

– Jamais entendu parler.

– Non ? »

Van In ne pouvait raisonnablement pas reprocher au jeune Espagnol d'ignorer que le premier étage de la remise du cocher abritait la centrale qui commandait l'ensemble des systèmes de sécurité des musées de Bruges. Très peu de gens étaient au courant.

« Vous connaissez donc Jos Viaene ?

– Comment dites-vous ? Jos Viaene ? »

Jorgi n'avait pas dit à Ruiz que la police avait fait le lien entre lui et cet imbécile. Il avait au contraire affirmé que personne ne pouvait avoir eu vent de l'opération, sauf si Viaene avait repris connaissance et s'était mis à table, mais il savait que cela n'avait pas été le cas.

« L'homme qui a été agressé dans le parc, précisa Van In. Il avait dans ses affaires un document portant votre nom. »

Après le tabassage, Jorgi et Arnaldo avaient fouillé Viaene. Jorgi avait emporté le contenu de ses poches et tout brûlé une fois rentré chez lui, à l'exception de la clé et des plans.

Ruiz se félicita d'avoir accumulé une expérience précieuse dans diverses ambassades. Malgré l'angoisse qui coulait dans ses veines, il parvint à se maîtriser et à sourire.

« Cela me semble pour le moins improbable, commissaire.

– Je peux vous le montrer si vous le souhaitez. »

Van In sortit une photocopie du plan de sa poche revolver et la tendit au jeune Espagnol. Lorsque celui-ci la prit, Van In surveilla attentivement ses mains, mais il n'y décela pas le moindre tremblement suspect.

« Ce n'est pas Ruiz, dit enfin le secrétaire. C'est un mot néerlandais : "*ruis*", ce qui est somme toute logique puisque nous nous trouvons à Bruges !

– "*Ruis...* ", répéta Van In, perplexe.

– Pourquoi pas, commissaire ? Beaucoup de gens confondent le "s" et le "z"... »

Viaene avait écrit le mot en capitales, de sorte qu'il était impossible de savoir si la première lettre était plus grande que les autres et donc s'il s'agissait ou non d'une majuscule.

« Vous n'auriez pas étudié le droit, par hasard ? demanda Van In, qui flairait l'argument spécieux d'avocat à plein nez.

– Non, les ressources humaines », dit l'Espagnol, avec une pointe de regret dans la voix.

Toi, mon gaillard… ! Tu es plus rusé que ne le laissait présager ton jeune âge ! Eh bien soit ! Il va falloir monter d'un cran dans la subtilité, se dit Van In.

« Je suppose que vous savez ce que signifie ce mot, monsieur Ruiz, vous qui maîtrisez si bien les finesses de notre langue ?

– C'est un bruit parasite, non ? » répondit Ruiz dans un large sourire, mais en se maudissant aussitôt, car il y avait quelque chose de louche à ce que quelqu'un qui n'avait suivi qu'une initiation intensive de quelques semaines au néerlandais connaisse cette nuance de vocabulaire.

« Ce qui nous inciterait à croire que nous allons devoir filtrer les bruits parasites, monsieur Ruiz », répondit Van In du tac au tac.

Versavel, qui allait d'étonnement en étonnement, vida sa tasse de café et se caressa pensivement la moustache.

« Que voulez-vous dire, commissaire ?

– Vous le comprendrez bien assez tôt, monsieur Ruiz.

– Je suis accusé de quelque chose ?

– L'étude graphologique nous en dira sans doute un peu plus, dit Van In évasivement en jetant un coup d'œil du côté de Versavel.

– Je serais bien curieux de voir ce qu'elle donnera ! » dit Ruiz, sentant que la conversation arrivait à son terme.

Van In écrasa sa demi-cigarette. Il était mal à l'aise. Ce jeunot avait réussi à retourner son argument comme une chaussette. Il repensa avec nostalgie à l'époque pas si lointaine où le parquet aurait rejeté sans appel cette explication foireuse et donné le feu vert à un interrogatoire musclé au poste. Mais la prudence était désormais de mise, et le moindre doute profitait à l'accusé. Ruiz restait hors d'atteinte, en tout cas provisoirement.

« J'espère sincèrement que Jos Viaene se rétablira rapidement, dit Ruiz lorsque les deux flics prirent congé.

– Sincèrement, vraiment ?

– Bien sûr ! »

À force d'assurance, on risque tôt ou tard le faux pas, pensa Van In lorsque le jeune homme lui tendit sa carte et qu'ils se serrèrent la main.

« Bon, et maintenant ? demanda Versavel. On fait quoi ? »

Van In sortit de sa poche le plan que Bruynooghe avait trouvé dans la sacoche de Viaene.

« Ces chiffres m'intriguent, Guido. »

Là où les animaux procèdent par instinct, l'espèce humaine se distingue par sa capacité à raisonner pour résoudre les problèmes. Van In se sentait un peu comme un singe qui aurait raté le train de l'évolution. Il avait là une série de chiffres qui lui faisait penser à un code. Viaene travaillait au poste de contrôle commandant les installations d'alarme de tous les musées brugeois. Dans une semaine se tiendrait HiBrugia, l'exposition la plus prestigieuse de l'histoire de Bruges. Quel était le chaînon manquant ?

« Tu savais que la mère de Picasso s'appelait Ruiz ? »

Versavel, qui n'était pourtant pas un béotien, haussa un sourcil interrogateur.

« Tu es certain de ce que tu avances ?

– Absolument ! »

Van In ignorait totalement pourquoi ce détail émergeait de sa mémoire à ce moment-là et pas avant. *Le cerveau humain suit des cheminements auxquels la logique n'a pas accès, n'en déplaise aux esprits chagrins qui estiment qu'il n'aura plus de secrets pour la science d'ici 2015.*

« Dans ce cas…

– Dans ce cas, nous ne pouvons pas ne pas nous poser de questions sur la sécurité de cette fichue exposition, Guido.

– J'appelle Boedt ? »

Van In hocha la tête en allumant une cigarette. C'était une enquête politiquement délicate. On touchait à des domaines particulièrement sensibles, tant pour ce qui était de l'exposition elle-même que pour le Collège d'Europe. Il devait prendre ses précautions.

Le principe de Peter, selon lequel tout employé tend à s'élever à son niveau d'incompétence, ne vaut pas à Bruges. Car, à la base, les fonctionnaires y sont nommés *pour* leur incompétence. Ferdinand Boedt était un électricien qui se faisait passer pour un ingénieur et à qui on donnait du « monsieur le directeur » depuis qu'il assumait, façon de parler, la responsabilité de la sécurité des musées brugeois (il faut dire que son père avait été militant socialiste).

« Que puis-je pour votre service, commissaire ? » demanda Boedt à Van In, un quart d'heure plus tard, en lui serrant la main à L'Estaminet, où ils s'étaient fixé rendez-vous.

Incompétence rime avec arrogance. Boedt donnait l'illusion d'être un homme rompu aux politesses et aux mondanités. Il commit pourtant l'immense bévue d'ignorer Versavel, ce qui donna à Van In l'envie de lui donner une petite leçon.

« Permettez-moi de vous présenter le colonel Gonzalez Saleos, de la *Guardia Civil*, dit-il sèchement. Il représente le ministre espagnol des Affaires étrangères. Il est chargé de vérifier la stricte application des mesures de sécurité dans le contexte de l'exposition. »

Ferdinand Boedt se sentit encore plus mal que le jour où il avait médit sur son patron avec des collègues avant de l'apercevoir juste dans son dos. L'impair qu'il venait de commettre était encore plus grave, aussi se confondit-il en excuses dans son meilleur français, lequel n'était certainement pas pire que le meilleur espagnol de Versavel.

« Le colonel Saleos se fait du souci, reprit Van In. Il se demande si les mesures actuelles s'avéreront suffisantes pour garantir la sécurité des œuvres d'art. *N'est-ce pas, mon colonel** ? »

Versavel se félicita in petto de s'être récemment coloré les cheveux et de consacrer chaque semaine une heure à des séances d'UV.

« *Claro*, Piedro. »

N'y voyant que du feu, Ferdinand Boedt se montra encore plus obséquieux. Profitant de l'aubaine, Van In brandit le fameux schéma sous le nez de l'électricien.

« Mon ami le colonel Saleos se demande ce que cela signifie ! » dit-il.

Versavel claqua des talons, la mine grave pour ne pas éclater de rire. Cela faisait longtemps que lui et Van In ne s'étaient pas autant amusés. Il trouvait l'idée du colonel espagnol excellente, tout en se demandant combien de temps il parviendrait à donner le change.

Boedt était devenu livide.

« C'est un plan, commissaire, dit-il d'une voix qui tremblait d'émotion.

– Un plan ? Vous en êtes sûr ?

– Est-on jamais sûr de rien, commissaire ?

– Regardez bien ! »

Van In observait l'électricien à la dérobée. L'homme avait reconnu les chiffres, il en aurait donné sa main à couper.

« C'est peut-être un hasard, mais… »

Boedt s'arrêta un moment, pour donner à Van In l'impression qu'il n'avait pas immédiatement établi le lien entre les chiffres et le nom de la société, mais il ne put s'empêcher de se mettre à suer à grosses gouttes lorsqu'il comprit qu'il devrait admettre qu'apparaissaient là, noir sur blanc, les codes de sécurité de tous les musées brugeois. Et que le chiffre souligné désignait celui du musée Groningue. Boedt avait peur, moins parce que tout le patrimoine artistique de Bruges était menacé – il s'en fichait comme de son premier cours de pâte à modeler – que parce que sa carrière était désormais suspendue à un fil.

« Ne me dites pas qu'il s'agit de la liste des codes de sécurité des musées brugeois, monsieur Boedt ? ! s'exclama Van In en secouant vigoureusement la tête pendant que Versavel levait les bras au ciel.

– Je le crains, commissaire.

– Vous le craignez ! Vous rendez-vous compte de ce que cela signifie ? ! dit Van In en agitant de nouveau le document sous le nez du directeur de la sécurité.

– L'avantage des codes, dit Boedt, c'est que vous pouvez les changer quand vous voulez … »

S'il avait atteint le sommet de la hiérarchie, c'est bien qu'il était passé maître dans l'art de se débiner.

« Vous feriez bien de vous en occuper tout de suite ! dit Van In.

– Mais il ne suffit pas de connaître les codes pour entrer sans se faire repérer, continua Boedt, reprenant du poil de la bête. La plupart des musées sont aussi équipés de détecteurs de mouvements et de caméras.

– Sont-ils infaillibles ? Ne peut-on les désactiver ?

– Vous oubliez que nous avons des hommes jour et nuit à la centrale, commissaire ! Ils ont pour mission de téléphoner immédiatement au directeur du musée si quelqu'un introduit le code pendant les heures de fermeture.

– À condition que vos hommes soient fiables à cent pour cent ! Qui me dit que vous n'avez pas un autre Viaene à votre service ?

– Soyez sans crainte, commissaire. Je vais veiller personnellement à ce que tous les codes soient modifiés d'ici à ce soir. Cela vous convient-il ? dit Boedt en se permettant un petit sourire. Je vous tiens au courant. »

Van In hocha la tête, leva la main à l'adresse de Johan et commanda une Duvel et un Perrier. *Ce connard a raison. S'il change les codes, cette liste n'a plus aucune valeur.*

« Je vous appelle demain matin sans faute, commissaire. »

Boedt se leva, salua les deux hommes et les quitta, la tête haute.

« Une Duvel pour le commissaire et un Perrier pour le colonel, dit Johan en riant.

– *Salud* !

– Santé ! »

Van In but une longue lampée de bière. *Voilà l'affaire réglée en un tournemain ! Reste maintenant à retrouver les gars qui ont amoché Viaene. La suite va être d'un chiant… à moins que ce ne soit Bruynooghe et Carine qui se coltinent la surveillance du musée Groningue. Avantage : je pourrai la mater sur les images des caméras…*

La nuit était déjà tombée lorsque Van In rentra à l'impasse du Poisson-Gras. Il en connaissait les moindres recoins et il y avait tant de souvenirs heureux… Ses pas y résonnaient différemment selon les saisons. En automne, le bruit en était étouffé par les feuilles mortes comme s'il foulait un tapis de mousse, et le lampadaire diffusait une lueur plus vive qu'en hiver. Il aimait beaucoup les odeurs de la saison, aussi : l'humus et la brique mouillée étaient les touches dominantes, avec une pointe de bois en putréfaction et, quand le vent soufflait dans la bonne direction, un soupçon de châtaigne et de noix. Et s'il aimait l'été indien, n'était-ce pas parce qu'il était à l'automne de sa vie ? Il avait l'âme nostalgique, et ça lui convenait de vivre mezza voce, loin des excès vite dissipés de l'euphorie. Bientôt, il allait retrouver Hannelore, elle se blottirait langoureusement contre lui, et il serait le plus heureux des hommes. Il gonfla ses poumons du bon air de l'impasse, introduisit la clé dans la serrure et cria d'une voix un peu plus vive que d'habitude : « C'est moi, chérie ! »

Il y a des jours où les dieux sont plus cléments que d'autres avec les simples mortels, se dit-il en humant un agréable fumet de sole meunière.

Hannelore s'activait à dorer un énorme plat de solettes, lesquelles, les spécialistes le savent, sont bien meilleures que les spécimens de belle taille.

« Une saisie ? » demanda Van In.

Les services judiciaires fichent généralement une paix royale aux gens de la mer, mais il leur arrive d'intervenir quand on leur signale une pêche non conforme, histoire de contenter les caporaux de Bruxelles et leur arrière-ban de bouffeurs de hamburgers. La saisie aboutit dans ce cas dans la poêle à frire de l'un ou l'autre magistrat…

« C'était mon tour, Pieter.
– Ah ah ! »

Van In referma les bras autour des épaules d'Hannelore et l'embrassa dans le cou.

« Je préfère un juge qui se fait acheter pour de la sole que pour un dîner spaghetti[1], mon amour.

– Il y en avait quarante-cinq kilos, figure-toi ! Et tu sais qu'à la cantine, ils ne servent jamais de poisson avec des arêtes.

– Les pauvres chéris ! Obligés de bouffer du colin ! »

Bob se faufila entre les tourtereaux, la truffe pointée vers le plat. C'était clair : il voulait sa part.

« J'ouvre une bouteille de vin blanc ?
– Pieter, tu sais bien que…
– Une petite bouteille, Hanne !
– Un verre, Pieter !
– D'accord, un verre ! »

Van In monta voir les enfants. Il alluma la veilleuse, se pencha et embrassa tour à tour les jumeaux sur le front. Puis, il s'assit sur une chaise entre les deux lits. Il avait pris cette habitude récemment : regarder ses enfants dormir et s'émerveiller de ces deux petites vies si précieuses dont il avait la garde. Il faisait des projets pour leur avenir ; il lui arrivait même de leur parler de la marche du monde, des choses qu'il était prêt à sacrifier pour eux et de la joie qu'ils lui apportaient. Parfois, la seule pensée que Sarah et Simon étaient bien au chaud, en sécurité, faisait rouler une larme de bonheur sur ses joues.

1. Dans l'affaire Dutroux, le juge Connerotte a été dessaisi du dossier pour avoir accepté d'assister à un dîner spaghetti organisé en soutien aux parents de Julie et Mélissa.

Lorsque Hannelore cria que le repas était servi, il s'essuya du revers de la main.

« Un problème ? demanda-t-elle quand il s'assit à table.

– Pourquoi ? Ça devrait ?

– Tu as les yeux rouges. »

Hannelore l'avait surpris quelques semaines auparavant dans la chambre des petits. Elle ne l'en aimait que davantage.

« Tu veux de la mayonnaise ?

– Oui, merci. »

Hannelore se leva et se dirigea vers le frigidaire.

Van In portait sa première fourchette de sole meunière à la bouche lorsque le téléphone sonna.

« Et merde !

– Tu veux que je décroche ?

– Dis que je ne suis pas là !

– C'est Guido. Jos Viaene a été assassiné dans son lit d'hôpital il y a un quart d'heure. Le type qui a fait le coup a pris la fuite.

– Et merde de merde de merde ! Dis-lui que j'arrive !

– Et si tu mangeais d'abord ?

– Après, Hanne, après.

– Je t'attends. »

Elle le prit par les épaules et l'embrassa sur la bouche.

Erna Vanhoutte, l'infirmière qui avait découvert le corps sans vie de Viaene, était prostrée sur une chaise près de la fenêtre. Avec ses cheveux blonds en pétard et sa silhouette longiligne, elle paraissait très jeune, mais en réalité elle était à dix-huit mois de la retraite. Cette mort violente l'avait profondément ébranlée. Van In lui-même s'en rendit compte, lui qui n'était pourtant pas très attentif aux états d'âme des blouses blanches.

« Je suis le commissaire Van In, dit-il à voix basse. Et voici mon adjoint, l'inspecteur Versavel.

– Je ne comprends pas comment cela a pu arriver », dit l'infirmière en reniflant.

Son visage fut tiraillé par une grimace qui griffonna tout un réseau de ridules d'amertume autour de sa bouche. La voilà qui pleurait. Il avait fallu l'arrivée des deux flics pour qu'elle se laisse enfin aller.

« Calmez-vous ! » dit Van In gauchement.

Il se tourna vers Versavel. Il ne savait jamais comment réagir devant une bonne femme qui se mettait à chialer.

« L'un de nous ferait mieux d'aller voir la scène du crime, dit l'inspecteur.

– Que ferais-je sans toi, Guido ? »

Van In s'éloigna après avoir donné une petite tape amicale sur l'épaule de l'infirmière, laissant bien volontiers sa place à Versavel, qui n'avait pas son pareil pour consoler les cœurs en détresse.

Dans le couloir, Van In se heurta à la nymphette en sabots suédois qui remplaçait Erna Vanhoutte. Elle n'en était pas particulièrement enchantée, à preuve l'accueil façon douche froide qu'elle lui réserva.

« Police ? !

– Oui.

– Suivez-moi ! »

Elle fit volte-face et s'éloigna dans le couloir. Elle avait de très jolies jambes, et le soleil dévoilait malicieusement le peu que dissimulait sa charmante petite blouse, mais Van In avait la tête ailleurs. *Les patients ont intérêt à se tenir à carreau, cette nuit ! Ça ne va pas rigoler !*

« Voilà, c'est ici ! » dit le chameau.

L'infirmière ouvrit la porte de la chambre particulière où le blessé avait été admis, eu égard à son état critique. Van In alluma. Viaene était étendu sur le dos, sous un drap d'hôpital sans un pli. Il donnait l'impression de dormir. Sa barbe à la Tolstoï semblait lavée de frais. Tout paraissait normal, hormis un petit trou cerné de noir à hauteur de sa tempe droite. Viaene avait été abattu à bout portant, sans doute par un tueur à gages qui avait disparu aussi rapidement qu'il était entré après avoir fait sa sale besogne. Van In s'assit dans le fauteuil. C'était un siège confortable, comme on en trouve dans toutes les chambres d'hôpital. Il posa la main sur le convecteur qui diffusait de l'air tiède dans un chuintement.

Ainsi, quelqu'un a jugé bon d'envoyer notre homme ad patres *! Voyons voir… Est-ce que ce sont les types qui ont agressé Viaene au lac d'Amour qui sont venus l'achever ? Ou l'affaire se complique-t-elle avec l'arrivée d'un nouveau commanditaire ? Cette mort a-t-elle un lien avec l'exposition de la semaine prochaine ? Et si oui, que mijotent les agresseurs ? En général, les voleurs de tableaux ne sont pas du genre à se mettre du sang sur les mains… À moins qu'il ne s'agisse pas de voleurs de tableaux comme les autres…*

Après avoir mémorisé son petit topo, le commissaire s'esquiva de la chambre pour allumer une cigarette dans le couloir.

« Il est interdit de fumer dans l'hôpital ! »

L'infirmière de nuit avait-elle senti la fumée depuis le local de service, ou avait-elle entendu le briquet de Van In ? Le commissaire n'avait nullement l'intention d'investiguer pour en savoir davantage.

« Je suis allergique aux hôpitaux, dit-il presque sur le ton de la confidence. Je fume pour ne pas tomber dans les pommes. Je vous épargne du travail. »

L'infirmière haussa les épaules avant de disparaître

sans un mot. Van In entendit quelqu'un marmonner dans une chambre voisine dont la porte était restée entrouverte. Il passa la tête.

« Entrez ! » dit-on faiblement.

Mu par la curiosité, Van In ne se fit pas prier.

De son lit, un homme d'environ soixante-cinq ans vêtu d'un pyjama de soie et arborant un monogramme au revers lui faisait signe d'approcher. Aucune perfusion, aucun appareil d'aucune sorte en vue, mais c'est parfois mauvais signe…

« Est-ce que je pourrais avoir une petite cigarette ? »

Van In leva les yeux vers le plafond pour indiquer le détecteur de fumée.

« Ce truc ne se met pas en marche tout de suite, dit l'homme. Je sais m'y prendre, vous allez voir ! »

Il s'assit et ouvrit le tiroir de sa table de nuit d'un geste assuré de la main droite. Après avoir farfouillé, il en sortit une petite boîte en fer blanc qu'il ouvrit et posa à côté de lui.

« Mon cendrier ! » annonça-t-il fièrement.

Van In présenta son paquet à l'homme, s'assit sur le lit et attendit patiemment.

« Vous êtes de la police ?

– Oui.

– C'est pour ça que cette petite n'ose rien dire ! »

L'homme se pencha en avant.

« Elle fume des joints, vous savez ! Pas à l'hôpital, au café ! Je le sais, parce que c'est là que ma petite-fille travaille. Cette femme a déjà été embarquée par la police ! Ça a failli lui coûter sa place ! »

L'homme sourit, avala de travers et se mit à tousser comme un tuberculeux. Cinq secondes plus tard, on entendait les sabots suédois cavaler dans le couloir.

« Ça va mieux ? » demanda Van In pendant que

l'homme écrasait sa cigarette dans sa boîte en fer blanc et qu'il la rangeait précipitamment dans le tiroir de sa table de nuit.

Si l'anecdote du vieux est exacte et si l'infirmière a déjà été prise la main dans le sac avec de l'herbe sur elle, il y a peu de chance qu'elle ose s'en prendre à moi, se dit Van In. Aussi continua-t-il à fumer sa sèche paisiblement. Heureusement, l'homme cessa de tousser à point nommé, à l'arrivée de l'infirmière.

« D'autres flics sont venus vingt minutes avant vous pour le gars d'à côté, dit-elle à contrecœur.

– C'était la police ou la gendarmerie ?

– La police.

– Et ce soir ? Vous avez entendu quelque chose de suspect ? Je ne sais pas, moi… Des pas dans le couloir, une détonation étouffée, une porte qui claque ? »

L'homme ne lâchait pas des yeux la cigarette de Van In, mais il n'osait rien demander.

« Moi j'ai entendu des pas, dit-il. Il y a une heure. J'ai d'abord cru que c'était le médecin, mais… »

L'infirmière s'éclipsa.

Lorsque l'homme eut complété son témoignage, Van In sortit cinq cigarettes de son paquet et les déposa sur la table de nuit.

« Vous m'avez apporté une aide précieuse, monsieur…

– Deschamps. Richard Deschamps, des Meubles Deschamps. La meilleure qualité au meilleur prix ! Nous connaissons notre métier, monsieur ! »

Van In ignorait de quelle maladie le gars pouvait souffrir, mais il était persuadé que l'aventure qu'il venait de vivre contribuerait davantage à sa guérison ou à sa rémission que les médicaments qu'on lui faisait avaler toutes les deux heures.

« Je reviendrai vous voir, promit-il. Et quand ma penderie rendra l'âme, j'achèterai une Deschamps !

– Profitez bien de la vie, jeune homme !

– J'y compte bien ! » répondit Van In.

Il serra la main du vieux et sortit dans le couloir à pas feutrés. La voie était libre. *Ouf !*

5

« C'est sa faute ! cria Van In, surpris au saut du lit par Versavel venu sonner à la porte de l'impasse du Poisson-Gras sur le coup de huit heures cinq. Madame le juge m'a ordonné des devoirs d'enquête complémentaires et…

– Arrête ton char, Van In ! dit Hannelore en le poussant sur le côté pour embrasser Versavel. Si monsieur veut manger de la sole meunière en pleine nuit, il doit en assumer les conséquences !

– Il a dû faire la vaisselle ?

– Cinq assiettes et cinq verres ! dit Hannelore. La belle affaire ! Entre, Guido ! Un café ?

– Il est déjà plus de huit heures…

– Et ça pose un problème ?

– Pas si tu dis que non ! »

Déjà lavés et habillés de pied en cap, Simon et Sarah étaient assis à la table du petit-déjeuner. Contrairement à Van In, Hannelore était levée depuis une bonne heure déjà. Les jumeaux reconnurent Versavel et l'accueillirent avec des cris de joie.

« La nounou est prévenue que nous aurons une heure de retard », reprit Hannelore en passant le pain à

Versavel. Un rayon de soleil perça à travers les nuages et illumina la scène. « Le procureur m'a appelée hier soir.

– Pour te dire que Van In devait faire la vaisselle ?

– Mieux, Guido ! Vas-y, Pierrot ! Dis-lui ! »

Van In arriva en traînant des pantoufles, la cafetière à la main. Dans son pyjama rayé, il avait l'air d'un bagnard en cavale qui aurait passé la nuit dans un grenier à foin.

« Beekman t'a confié l'affaire Viaene ?

– On ne peut rien te cacher, Guido. Mais je ne sais pas encore si on va travailler ensemble. Ça dépendra des résultats engrangés par les collègues hier. Un café, madame le juge ? Ensuite, voulez-vous que je tape mon rapport en quatre exemplaires ici même, ou dois-je vous le faire parvenir par courrier exprès à votre cabinet ?

– Il ne t'a pas tout expliqué hier soir ? demanda Versavel à Hannelore, les yeux pétillants.

– Sache que, durant nos loisirs, nous avons autre chose à faire que de parler boulot ! répondit Van In, un grand sourire aux lèvres.

– Je vais me voir forcée de vous accompagner sur le terrain... », dit la jeune femme.

Van In esquissa le geste de dénégation vague qui a fait la gloire de Columbo et se servit un café.

« Deschamps a entendu des pas dans le couloir juste avant le début de son émission préférée. Il pense que, malgré le bruit de la télé, il aurait entendu un coup de feu. Le meurtrier a donc utilisé un silencieux.

– Rien de plus ? !

– Non, attends !

– Nous sommes tout ouïe, Van In !

– Deschamps est persuadé que c'était un homme.

– Et il pourrait nous faire un portrait-robot, tant que nous y sommes ?

– Hanne ! C'était un homme, c'est déjà bien. Les infirmières portent des sabots.

– Ha ha. »

Van In s'assit et entreprit de tourner sa petite cuiller dans son café.

« Je vous remercie pour la confiance que vous me témoignez, madame le juge.

– Oh, mon petit chou ! Tu n'as quand même pas peur que j'aille à la concurrence ? ! »

Hannelore ébouriffa les cheveux de son homme. Il en frissonna de plaisir et ne put retenir un large sourire.

« Il est adorable ! Tu ne trouves pas, Guido ?

– Qui serais-je pour mettre en doute la parole d'un magistrat ? ! » lâcha Versavel, pince-sans-rire.

Le commissaire en chef De Kee occupait dans l'annexe du commissariat, quai Louis Coiseau, un bureau que lui enviait jusqu'au bourgmestre. De dimensions vastes, il était meublé avec goût et, surtout, équipé d'un système d'air conditionné qui avait coûté une petite fortune à la ville et qui s'avérait ce jour-là particulièrement utile car De Kee transpirait comme un ours polaire parachuté sur l'Équateur. Ou était-ce parce qu'il fulminait de colère rentrée contre Van In qui, une fois de plus, était en retard ?

Le téléphone sonna.

« Il vient d'arriver, monsieur le commissaire en chef, annonça la voix de Bruynooghe. Je vous l'envoie ? »

La réponse tenait en une phrase assez longue, que Bruynooghe résuma avec un sens tout diplomatique de la litote.

« Kétounet vous attend, commissaire.

– Il est de quelle humeur ?
– Disons... Un ange de l'apocalypse ?
– Le premier ou le septième ?
– Le septième... »

Van In écrasa dans son cendrier géant la cigarette qu'il venait d'allumer.

« Alors on ne va pas le faire attendre davantage ! » dit-il en souriant.

Stéphanie Parmentier, *Communication Officer* du Collège d'Europe, passa devant le bureau de Jaime Ruiz. *Tiens ! Il n'est pas encore là !* La première vague d'étudiantes était arrivée la veille. *Ruiz est fidèle à lui-même...* Il leur avait sans doute fait les honneurs du Spinning Sauna, le bar installé dans les caves de la résidence La Main d'Or, où il coulait paraît-il plus d'alcool que d'eau dans le canal voisin. *Il a dû se trouver une nana à son goût.*

Dans ce cas, il ne se montrerait pas de la journée, histoire d'asseoir encore mieux sa réputation de Don Juan. Stéphanie sourit. Elle aussi, elle avait pris son pied toute la nuit.

« Vous vouliez me parler, monsieur le commissaire en chef ? » demanda Van In en refermant la porte derrière lui.

Sans y avoir été invité, il prit place dans un des fauteuils dont il savait qu'ils étaient réservés aux hôtes de marque.

« Je me demande si vous êtes conscient de la portée de vos âneries, Van In !

– Mes âneries, monsieur le commissaire en chef ? »

Le bureau de Kétounet avait été aménagé avec un sens certain du design qui lui conférait un charme chic malheureusement réduit à néant par les banderoles qu'il s'était fait offrir durant ses voyages à l'étranger : « New York Police Department », « London Metropolitan Police », « Hong Kong Police Department »… Tout cela ne faisait guère sérieux, pas plus que sa collection d'écussons, de médailles et de citations à tel ou tel ordre qui figuraient en ordre de bataille sur les murs dans leur beau cadre doré.

« Au nom du ciel, quelle mouche vous a piqué ? ! Vous rendez-vous compte du mal que vous pouvez faire à la réputation d'HiBrugia si la presse a vent de l'affaire ? !

– Mais de quelle affaire parlez-vous ? »

Tant va la cruche à l'eau qu'à la fin elle se casse, mais le ton sur lequel Van In prononça cette réplique eut l'effet d'un tremblement de terre dans l'atelier d'un potier.

« Triple idiot ! s'exclama De Kee, le visage violacé, en abattant son poing fermé sur son bureau. La ville de Bruges a investi plus de cent millions dans cette exposition ! Elle a déjà vendu trois cent mille tickets, il n'y a plus une seule chambre d'hôtel à trouver depuis le début janvier, les télés du monde entier se précipitent chez nous, et monsieur… et monsieur s'offre le luxe de tout faire foirer en mettant le meurtre d'un petit pédé à la con en relation avec la sécurité des musées de Bruges !!! Mais vous jouez à quoi, Van In ? ! »

Van In n'avait qu'une seule alternative : soit essayer de faire valoir ses arguments à De Kee, mais cela ne lui semblait pas très sensé vu le cours que prenait la conversation, soit encaisser sans réagir.

« Si vous écrivez noir sur blanc que la sécurité des musées est absolument garantie et que vous ne souhaitez pas prendre en considération le rapport que je compte envoyer cet après-midi à l'administration communale, je suis prêt à la fermer, ma gueule de triple idiot, monsieur le commissaire en chef. »

Si le lieutenant Fletcher ne s'était pas opposé à la tyrannie du capitaine Bligh, le Bounty se serait peut-être transformé en cimetière ambulant. Le « Nuts ! » du général MacAuliffe devant Bastogne, durant la bataille des Ardennes, témoignait de la même obstination salvatrice, et le « J'y suis, j'y reste ! » de Mac Mahon devant Sébastopol. Mais à quoi bon rappeler ces exemples à De Kee ? Il n'avait pas cette culture. Au rayon de la résistance, la seule qui le faisait fantasmer était celle qu'auraient pu lui opposer pour jouer, et en cédant très vite, les filles qui étalaient leurs charmes dans le calendrier de *Playboy*.

« Dans ce cas, je me vois contraint de vous avertir que le bourgmestre et l'ensemble du collège des échevins désapprouvent votre action ! Quant au parquet, je peux vous assurer que…

– Que pouvez-vous m'assurer, monsieur le commissaire en chef ? »

De Kee était sur le point d'exploser (la grenouille qui veut se faire aussi grosse que le bœuf, etc.), et Van In appréciait le tableau en esthète. Il se retenait pourtant de sourire, car il ne faut jamais abuser.

« Hors de ma vue ! hurla De Kee. Hors de ma vue ! »

Van In attendit patiemment que la grenouille se dégonfle avant de lâcher :

« À vos ordres, monsieur le commissaire en chef. »

Il se leva sans se presser et sortit dignement.

« Bon ! C'est parti ! s'écria Van In, combatif, sans même laisser à Versavel le temps de lui demander comment s'était passé son entretien avec De Kee. On ouvre l'enquête ! Je veux que Bruynooghe et Carine interrogent tous ceux qui ont approché Viaene de près ou de loin hier. Et qu'ils vérifient si quelqu'un a pris de ses nouvelles !

– De Kee aurait-il poussé une gueulante parce que nous n'avançons pas assez vite ?

– Non, Guido. Ce serait plutôt l'inverse.

– Ah bon ! »

Van In alluma une cigarette et expira furieusement la fumée par les naseaux.

« Et ne commence pas avec tes “ah bon !'', d'accord ? !

– Je n'oserais pas, Pieter ! »

Versavel s'assit à son bureau, attendant patiemment que son ami lui raconte le fin mot de l'histoire. Ce n'était jamais long à venir, car Van In avait du mal à tenir sa langue avec lui, surtout quand il était en colère.

« Figure-toi que les apparatchiks de Bruges ont peur que notre enquête leur gâche leur petite fête !

– On va droit vers un remake des *Dents de la mer*, annonça Versavel. Avec Roy Scheider dans le rôle du commissaire courageux qui…

– Je ne vois vraiment pas le rapport, Guido.

– Il y a pourtant des analogies évidentes.

– Tu m'en diras tant ! »

Le succès de HiBrugia dépendait de la venue à Bruges d'une seule œuvre : *Guernica*, qui n'avait plus jamais quitté le territoire ibérique depuis qu'elle avait été restituée à l'Espagne après un long séjour aux États-Unis. Picasso semblait y avoir entassé les symboles au chausse-pied.

« Ces chairs déchiquetées…

– Quoi ? Tu penses comme moi ? Tu crois qu'on a affaire à des terroristes ?

– Pourquoi pas ? Guernica, le patelin, il n'est pas au Pays basque ?

– Tu en as touché un mot à De Kee ?

– Je ne suis pas fou ! Mais j'ai cru comprendre qu'il l'avait compris tout seul.

– Et alors ?

– Et alors, rien. Il veut qu'on enterre. »

Tout compte fait, l'allusion aux Dents de la mer *n'a rien de gratuit. Si le collège du bourgmestre et des échevins établit un lien entre le meurtre de Viaene et HiBrugia, ce sera la panique. Et si, en plus, je dis à ces messieurs qu'il y a une menace terroriste, bonjour !*

« Mais tu penses comme moi ?

– Écoute, Guido, ne tirons pas de conclusions hâtives, d'accord ? »

Versavel hocha la tête.

« Qu'est-ce que tu proposes, alors ?

– On fouine ! »

Mariette Viaene vivait rue du Rouleau, une venelle tranquille donnant sur la place Sainte-Anne dont personne n'aurait sans doute jamais entendu parler si le grand poète Guido Gezelle n'avait eu l'idée d'y voir le jour. Versavel déposa Van In et rangea la Golf contre une façade pour ne pas entraver la circulation. Ils sonnèrent.

Lorsque la mère de Jos Viaene entrouvrit sa porte, Van In dut user de toute sa force de persuasion pour convaincre la vieille dame de laisser entrer la police. *Eh bien ! Une preuve de plus qu'il vaut mieux ne pas arriver à l'improviste chez les Brugeois ! Question accueil, y a plus chaleureux !*

« Si vous aviez mis un garde devant sa porte, ça ne

serait pas arrivé ! » s'exclama-t-elle lorsque Van In lui eut dit que son témoignage était capital pour faire avancer l'enquête sur le meurtre de son fils.

Elle palpa la poche ventrale de son tablier, en sortit un mouchoir chiffonné et se moucha longuement.

« Nous n'allons pas vous retenir longtemps, madame Viaene.

– C'est pas Dieu possible ! »

La vieille femme remonta le corridor jusqu'à sa cuisine en secouant la tête. Elle passait manifestement le plus clair de son temps dans cette petite pièce de trois mètres sur quatre car un téléviseur y trônait en face d'un fauteuil confortable à l'assise défoncée. Au mur, surplombant la table aux pieds chromés, Jos Viaene en aube de communiant surveillait la scène. À croire que sa mère n'avait voulu garder de lui que cette image : celle d'un enfant resté innocent.

« Nos plus sincères condoléances vous accompagnent, dit Versavel en avisant le crucifix et les images pieuses qui ornaient les murs. Au moins, votre fils ne souffre plus, là où il est ! »

Il était parvenu à briser la glace. Mariette Viaene se retourna vers lui, un sourire béat aux lèvres.

« Une tasse de café, commissaire ?

– Le commissaire, c'est lui, madame, répondit Versavel en indiquant son acolyte.

– Ce n'est pas grave, jeune homme. Mon fils aussi n'était qu'un simple employé. »

Van In indiqua d'un signe de tête discret à Versavel qu'il lui confiait les rênes de l'opération avant de s'asseoir sans façon à la table de la cuisine.

« Ça vous dérange si je fume, madame ?

– Allez-y, commissaire ! On n'a que le bien qu'on se donne ! »

Le temps de la conversation, Van In fuma cinq cigarettes et but presque autant de cafés. *Ne jamais en rester au stade des préjugés ! Il n'y a pas plus accueillant qu'un Brugeois !*

Mariette Viaene était en réalité une vraie canlette – autrement dit une pipelette – et, si Versavel ne l'avait pas guidée dans la bonne voie à coups de questions ciblées, ils auraient sans doute passé le reste de la journée à écouter des anecdotes sur la vie du petit Jos.

Il apparut que la brave femme avait eu beaucoup de mal à accepter l'orientation sexuelle de son fils, mais son cœur de mère était si grand qu'elle ne l'en avait pas moins aimé. Une fois de plus, Versavel se révéla plus fin psychologue qu'un psychiatre en fin de carrière. Il parvint à extirper trois noms de la logorrhée de la brave Mariette : Guido Jacobus, Olivier Boedt et Els Hocepied.

« C'était ses meilleurs amis ! » résuma Mariette Viaene, un sourire apaisé sur les lèvres.

Les artistes fréquentent surtout la rue des Blanchisseurs pour la qualité de sa lumière. Un peu, aussi, parce qu'ils savent y trouver ambiance et animation. Van In poussa la porte du Vlissinghe, pénétra dans le couloir, monta la petite marche et regarda à travers le hublot creusé dans la porte qui menait à la salle du café.

« On est vernis, Guido ! »

C'était peut-être un brin excessif, mais on l'aurait été à moins à constater que l'estaminet le plus agréable de Bruges n'était pas encore la proie des touristes.

Même si Van In détestait les embrassades, il fit une exception pour Grietje, la patronne.

« Une Duvel et un Perrier ?

– Comment as-tu deviné ?! Et sers donc quelque

chose de ma part à notre ami qui est assis là-bas ! » dit-il en avisant près du poêle un photographe à la retraite qui, depuis la mort de sa femme, restait vissé sur sa chaise et que chacun régalait, sans que personne ne comprenne le pourquoi du comment.

Van In prit place à la longue table dressée devant la fenêtre, d'où il avait vue sur le jardin.

« Et qui sont ces trois zigotos ? Olivier Boedt, Guido Jacobus et Els Hocepied ?

– Bonne question ! »

La conversation avec Mariette Viaene avait fait prendre un autre tour à l'enquête. S'il s'avérait, comme les deux flics le pensaient, qu'Olivier Boedt était apparenté au sieur Ferdinand, le directeur de la sécurité des musées brugeois, la thèse des terroristes basques prenait du plomb dans l'aile.

« S'il s'agit d'un crime passionnel, c'est pain bénit ! dit Van In en pensant que la majorité des affaires de ce type se résolvent dans les quarante-huit heures, parce que les coupables se dénoncent d'eux-mêmes très rapidement.

– Ce serait bien si Olivier Boedt était le petit copain de Viaene.

– Moui…, dit Van In du bout des lèvres.

– Tu préférerais que les choses soient plus compliquées ?

– Tu sais bien que je n'ai pas à préférer tel ou tel scénario, Guido. »

Van In eut des sueurs froides en pensant au rire sarcastique que De Kee ne manquerait pas de faire sonner à ses oreilles s'il s'avérait que cette histoire tournait en eau de boudin et que, loin du complot terroriste, on nageait en réalité en plein drame cucul la praline.

« Je fais le nécessaire.

– Vas-y, Guido. En attendant, je m'en offre une petite dernière. »

Versavel hocha la tête d'un air entendu avant de quitter le café. Dans la voiture, il ne lui fallut pas plus de cinq minutes pour chercher sur son nouveau portable connecté au central le pedigree d'Olivier Boedt, de Guido Jacobus et d'Els Hocepied. Quand il revint au Vlissinghe avec son butin, Van In terminait d'écluser sa deuxième Duvel, avec un brin de précipitation qui trahissait que quelque chose le turlupinait.

« Olivier Boedt est bien le fils de Ferdinand, répéta Versavel, un brin piqué au vif que le commissaire ne réagisse pas à l'information capitale qu'il venait de lui transmettre. Et Guido Jacobus est un marchand d'art condamné à deux reprises pour recel. Sans compter qu'il est soupçonné de trafic d'armes. Pour moi, la boucle est bouclée.

– Et la petite Hocepied ?

– Els Marina Dina Hocepied. Née à Izegem le 14 février septante-huit. Elle fait une carrière internationale de mannequin. Elle habite à deux pas, dans un appart de luxe.

– Plutôt glamour, ou plutôt mode ?

– Pieter ! Tu ne vas pas commencer !

– Bien sûr que si ! On va même commencer par là ! Elle habite à deux pas, ce n'est pas ce que tu viens de dire ? »

Quand Van In était ainsi, Versavel savait ce qu'il lui restait à faire : se taire et attendre que ça passe. Sinon, à quoi serviraient les amis ?

6

Si Rodenbach[1] a parlé de Bruges-la-morte au dix-neuvième siècle, c'est que la haute bourgeoisie catholique et conservatrice, craignant l'avancée du socialisme comme le diable, avait su dire non à la révolution industrielle. Ces messieurs-dames n'en avaient pas pour autant fait vœu de pauvreté, témoin les maisons de maître plus que cossues qu'ils avaient commandées à leur architecte. C'est dans un de ces hôtels particuliers aux allures très peu modestes que se trouvait l'appartement d'Els Hocepied. Tout récemment encore, il était la propriété d'un riche brasseur, homme au flair sûr qui avait fait métier de fabriquer une bière qui n'était pas destinée à des gosiers humains et que ne consommait par conséquent que le petit peuple. Bon nombre de ces immeubles étaient aujourd'hui vides, en raison des frais d'entretien et de chauffage trop élevés. Aussi des promoteurs avisés avaient-ils décidé d'en convertir certains

1. Georges Rodenbach (1855-1898), écrivain symboliste belge, auteur du célèbre roman *Bruges-la-morte,* publié (en France) en 1882.

en complexes d'appartements de luxe qu'ils plaçaient auprès d'une clientèle de nouveaux riches. Le simple fait qu'Els Hocepied loge dans une pareille opulence confirmait qu'elle travaillait bien comme modèle international.

« Bonjour, mademoiselle Hocepied, dit Van In dans l'interphone. Mon nom est Van In, commissaire Van In. Puis-je vous parler un moment ? »

Pour toute réponse, il eut droit à une exclamation incompréhensible et à un bruit étrange.

Afin de mettre Van In au parfum, Versavel leva la tête en direction de la caméra qui zoomait sur eux.

« Ça commence bien ! dit-il.

– Je me demande à quoi elle ressemble », répondit Van In en montant dans l'ascenseur à sa suite.

L'entrepreneur qui s'était chargé de la rénovation n'avait pas ménagé sa peine pour rendre à l'immeuble son lustre d'antan. Tout brillait, des parquets aux ferronneries, jusqu'aux stucs des plafonds.

« En tout cas, elle, elle a déjà vu ta jolie frimousse ! » grommela Versavel.

L'ascenseur s'arrêta au troisième étage. La porte de l'appartement était ouverte.

Van In passa la tête dans l'entrebâillement.

« Bonjour ! »

Silence. Il entra, un brin hésitant.

« Guido, viens voir ça ! Ça vaut le coup d'œil ! »

La pièce était entièrement meublée de pièces de design italien.

« Tu vois ! Tu n'as aucune chance ! dit Versavel.

– Ne t'en fais pas, tu auras bientôt ton tour ! On s'occupera des garçons juste après !

– Sexiste !

– Tantouse !

– Bonjour, messieurs ! »

Els Hocepied pénétra dans la pièce comme on entre en scène, les épaules droites, ondulant des hanches. Elle portait une sortie de bain et avait enroulé une serviette en bandeau sur ses cheveux.

« Excusez-moi ! J'étais sous la douche quand vous avez sonné. Je ne vous ai pas fait attendre trop longtemps, j'espère ? Asseyez-vous, je vous en prie ! Puis-je vous offrir quelque chose ? Il n'est rien arrivé à ma mère, j'espère ? »

Elle traversa le salon pour fermer la fenêtre.

« Non, répondit Van In. Il n'est rien arrivé à votre mère. Nous venons pour Jos Viaene.

– Pour Jos ? ! » s'écria la jeune femme en faisant volte-face, très étonnée.

Ce n'était pas à proprement parler une beauté classique : son nez était trop pointu et sa bouche trop large, mais elle avait assurément du chien. Ses grands yeux bruns étaient expressifs et ardents, ce qui plaît toujours beaucoup aux photographes de mode.

« Vous n'êtes pas au courant ? Il est mort. »

D'un coup, Els Hocepied sembla perdre cinq centimètres de son beau mètre quatre-vingts. Elle nageait en plein désarroi. Si c'était de la comédie, elle était parfaite dans son rôle, mais Van In savait que les modèles jouent comme leurs pieds.

« Il a été abattu hier soir. »

Els Hocepied s'effondra dans le sofa en s'accrochant de la main gauche à l'accoudoir dans un geste mélodramatique. Elle était devenue livide, mais elle retenait ses larmes. *Mon petit Jos ! Dire qu'on s'est encore parlé la semaine dernière ! Je t'ai pourtant supplié de laisser tomber ce plan foireux ! Tu ne m'as pas écoutée ! Tu t'es moqué de moi ! Tu m'as dit qu'Olivier ne s'en prendrait jamais à toi pour une connerie pareille !*

Van In jeta un regard de côté à Versavel. Cette fois, celui-ci ne prit aucune initiative pour lui venir en aide, estimant qu'il était temps que le commissaire apprenne à consoler les bonnes femmes tout seul comme un grand. Il saisit une revue sur la table du salon et entreprit de la feuilleter. C'était un vieux numéro de *Cosmopolitan*. Rien de passionnant, mais, au moins, c'était clair.

« Vous allez bien, mademoiselle Hocepied ? »

Elle posa les yeux sur Van In et se ressaisit. *Allez, ma fille ! Le monde de la mode est dur ! Je dois apprendre à contrôler mes émotions si je veux arriver au top niveau ! Mon petit Jos ! Tu n'as été qu'un copain qui prenait soin de mes fringues et avec qui j'allais de temps en temps au restau quand je voulais te demander une faveur. Bien sûr, ta mort me touche, mais je n'ai pas le temps de m'appesantir. Après-demain, tu seras à Munich, ma belle ! Et puis, n'oublie pas le numéro Spécial maillots à Lanzarote !*

« Je suis triste pour Jos », dit-elle.

Van In s'assit à côté d'elle.

« Il y a quelque chose que je ne comprends pas. Comment, quand on est un modèle international, devient-on amie avec un homo un peu paumé ? Expliquez-moi ça !

– Je connais Jos depuis l'école primaire. On s'était perdus de vue, mais quand il a appris que j'étais venue m'installer dans le coin, nous avons renoué. Jos était passionné par la mode, vous devez le savoir. Un jour, j'avais une robe un peu trop ample, il l'a reprise à la taille pour moi. Il avait des doigts de fée. Depuis, c'est lui qui s'occupait de ma garde-robe. Il n'y avait pas plus adroit que lui pour enfiler une aiguille. »

Malgré les circonstances, Van In dut faire un effort pour ne pas sourire.

« Vous connaissiez son petit ami ?

– Vous parlez de Guido ?

– Le marchand d'art ? »

Els hocha la tête.

« C'était durable, leur relation ?

– Qu'est-ce qu'une relation durable, commissaire ? »

La réponse vibrait d'une amertume insolite chez une jeune femme de vingt-trois ans.

« Ils vivaient ensemble ?

– Non, je ne pense pas. Guido est du genre à avoir quelqu'un dans chaque port. Quand il était à Bruges, il sortait avec Jos, mais je ne pense pas qu'ils étaient vraiment amoureux. Pas Guido.

– Et Jos avait d'autres amis ? »

Els Hocepied s'humecta pensivement la lèvre supérieure. Van In savait qu'il s'agissait quasi d'un tic professionnel, mais il se rendait aussi compte que la question rendait la jeune femme nerveuse.

« Jos ne me disait pas tout, commissaire. »

Avec le temps, Van In avait appris que le corps parle aussi. Pourquoi avait-elle croisé les mains devant la poitrine ? Les gens qui mentent surveillent en général davantage leurs paroles que leurs gestes.

« Le nom de Boedt ne vous dit rien ?

– C'est un nom courant, à Bruges.

– Je parle d'Olivier Boedt. »

Van In avait raison au sujet du *body language,* mais il aurait dû savoir que les jeunes femmes habituées à être regardées savent détourner l'attention des gens de ce qui les gêne. Els Hocepied avait remarqué que le commissaire surveillait ses mains. Elle tendit ses beaux doigts fins et se caressa pensivement le menton.

« Olivier Boedt... », répéta-t-elle, essayant de gagner du temps.

Que sait-il, ce petit flic ? Suis-je suspecte de quoi que ce soit à ses yeux ? Dans ce cas, que faire pour le détromper ? Ce serait débile de lui faire croire que je ne connais pas Olivier. Des tas de gens nous ont vus ensemble. Ma fille, contrôle-toi ! Tes mains ne doivent pas trembler !

« Vous le connaissez, si je comprends bien. »

Cela sonnait un brin accusateur.

« Olivier et moi… On a eu une aventure », dit finalement la jeune femme en baissant pudiquement les yeux.

C'était un mensonge, mais personne n'aurait pu le prouver. Olivier ne serait que trop heureux de dire qu'il avait couché avec elle.

« Quand ? Et que voulez-vous dire exactement ? »

Comprenant qu'elle ne parviendrait pas si facilement à balader Van In, Els Hocepied changea brusquement de tactique. Elle le regarda droit dans les yeux. *Bingo ! Ça marche !* pensa-t-elle en le voyant détourner légèrement la tête. *Ah ah ! Tu n'es pas de marbre, mon gaillard !*

« Nous avons couché deux fois ensemble le mois dernier, dit-elle avec un petit sourire.

– Ah bon. »

Si Olivier Boedt se tapait une fille comme Els Hocepied, il était impensable qu'il ait par ailleurs une relation avec un type du genre de Jos Viaene.

« J'espère qu'Olivier n'est pas soupçonné d'avoir tué Jos ? demanda Els subitement.

– Tout dépendra de son alibi, dit Van In. À propos, où étiez-vous avant-hier soir ?

– Avant ou après minuit ?

– Avant minuit, mademoiselle Hocepied. »

La belle cligna des yeux.

« Quelque part au-dessus de l'océan Atlantique, commissaire. Vous voulez voir mon billet d'avion ? »

Versavel dissimula son sourire en se caressant la moustache. Il savait déjà ce que le commissaire allait répondre.

« Ce n'est pas la peine, mademoiselle. Je vous crois sur parole.

– Merci. »

Els Hocepied dénoua la serviette qui lui servait de bandeau et passa la main dans ses cheveux blonds. Des étincelles dansaient dans ses yeux. Elle se pencha en avant pour saisir le paquet de cigarettes posé sur la table du salon.

« Une dernière question ! » dit Van In.

Et voilà ! C'est reparti ! pensa Versavel.

« Savez-vous si Jos Viaene avait du mal à joindre les deux bouts ? »

Els Hocepied s'assit plus confortablement dans le canapé. En prenant ses cigarettes, elle avait relâché la ceinture de son peignoir. Il lui bâillait maintenant jusqu'au nombril.

« Il était toujours dans le rouge, répondit-elle.

– Ah bon. »

Van In avala sa salive et détourna légèrement la tête, pour bien faire comprendre à Versavel qu'il était parfaitement insensible au spectacle que lui offrait la nana en toute innocence.

« Beau brin de fille ! dit Van In en montant dans la Golf.

– Tu aurais quand même pu vérifier son alibi ! répondit Versavel sèchement.

– Son billet d'avion ?

– Oui.

– Il sera toujours temps de le faire plus tard, Guido.

– Ah bon.

– Tu pourrais arrêter de dire "ah bon" ?

– Je fais comme toi, Pieter. La théorie mimétique de René Girard, ça te dit quelque chose ? »

L'ennui, avec Versavel, c'était qu'il venait de s'inscrire à des cours du soir de philosophie et qu'il ne manquait pas une occasion d'étaler son nouveau savoir.

« Lâche-moi les baskets, Guido ! »

Van In s'enfonça dans son siège et alluma une sèche. Versavel se sentit les coudées franches.

« De tous les désirs, le désir mimétique est sans doute le plus fort. Les enfants apprennent en imitant leurs parents, parce qu'ils s'identifient à eux, lesquels parents ne font pas autre chose avec leurs amis et leurs collègues de bureau. Les gens veulent se ressembler, et surtout pas sortir du lot. Même quand ils s'opposent à quelque chose, ils le font en cherchant l'appui de leurs pairs. C'est comme ça que naissent les associations, les partis politiques et… les peuples. Tout s'explique par l'identification. Prends l'exemple des Hollandais. Face à un problème de société, d'accord, ils vont tous avoir un avis différent. Mais si un de leurs grands sportifs gagne une médaille aux J.O., ils vont tous sortir les drapeaux orange, non ? Personne ne veut l'admettre, mais c'est la vérité, Pieter. On veut tous partager la gloire de ceux à qui on peut s'identifier. Consciemment ou inconsciemment, on veut tous ce que le voisin a, et je te parle des biens matériels comme du reste. Hannelore a beau être une femme supersexy, si cette Els Hocepied te demandait de…

– Ah bon ? J'espère qu'Olivier Boedt est bel homme. Ainsi, tu pourras profiter de l'aubaine, toi aussi !

– N'importe quoi ! »

Il n'y avait pas plus calme et pondéré en temps normal que Versavel, mais là, il s'échauffait. Il appuya sur le champignon et traversa la cour de Gand à une vitesse inédite dans les annales, brûlant la priorité à un vieux monsieur qui bondit sur son frein avant de sortir son bras par la vitre ouverte pour faire un doigt d'honneur comme son petit-fils le lui avait si bien appris.

« J'ajoute que René Girard pense que le désir d'imiter son prochain est au moins aussi fort que le désir sexuel. C'est le moteur de tout acte, mais personne n'en parle. C'est le dernier tabou de notre société.

– Et si tu imitais le désir de conduite d'un automobiliste normalement prudent, au lieu de débiter des fadaises ? osa Van In en bouclant sa ceinture de sécurité.

– Si je faisais ça, nous serions morts depuis longtemps », répondit Versavel amèrement.

Ouais, c'est ça ! Monsieur fait son intéressant avec sa philosophie, mais faut pas croire que ça m'impressionne !

« Bordel, Guido, mets au moins la sirène ! »

Versavel tourna la tête un quart de seconde en direction de Van In et sourit.

« Tu as la trouille, hein ? !

– Je ne te comprends pas, Guido !

– Mais si ! Ne te fais pas passer pour moins malin que tu ne l'es ! Tu me suis parfaitement !

– S'il te plaît, Guido ! Fais gaffe ! »

La Golf évita un bus De Lijn de justesse. Des piétons se précipitèrent sur le trottoir en lançant les bras au ciel. Versavel resta imperturbable.

« J'ai toujours été un bouc émissaire, Pieter, parce que j'ai toujours respecté les règles, et qu'aujourd'hui, la norme, c'est de ne pas les respecter. Tu comprends ça, quand même ?

– Toi, un bouc ? Un vieux, alors !

– Tu peux rigoler si tu veux ! Dans les sociétés primitives, les boucs émissaires sont chargés de tous les maux. On les sacrifie aux dieux pour apaiser les esprits. Personne n'aurait osé dire que la cause des problèmes était à chercher ailleurs, dans les rangs de la société elle-même.

– Et tes boucs émissaires, ils n'ont jamais eu envie de se regrouper, par désir d'identification ?

– Tu sais ce qu'il te dit, le bouc, Pieter ? !

– Oh oh ! Et si on se payait plutôt une bonne Duvel ? »

Au fond, qu'est-ce qu'un miracle ? Une guérison spontanée et durable. Lorsque Versavel prit à gauche à hauteur de la nouvelle salle de concert et qu'il se fraya un chemin parmi la circulation le long du parc Astrid, Van In n'eut pas d'autre choix que de reconnaître que la première condition était remplie. Pour que la seconde le soit aussi, il dut attendre qu'ils soient tous les deux installés à la terrasse de L'Estaminet. Et, oui, alléluia, Versavel ne fit plus aucune allusion au grand René Girard ni au caractère mimétique du désir.

« Je pense qu'on fait fausse route, dit Van In après un silence bien agréable. Je te fiche mon billet qu'Els Hocepied, Guido Jacobus et Olivier Boedt n'ont rien à voir avec le meurtre de Jos Viaene.

– Pourquoi tu es allé interroger fifille, alors ?

– Parce que nous n'avions rien d'autre à nous mettre sous la dent, Guido.

– Voilà qui va mettre De Kee de bonne humeur quand tu lui expliqueras ça demain matin !

– Qui te dit que je vais lui raconter ça ?

– Qu'est-ce que tu pourrais bien faire d'autre ?

– Chaque chose en son temps, Guido. »

Van In leva la main pour commander une nouvelle Duvel. Il resongea malgré lui au désir mimétique et se demanda qui aurait le dernier mot : lui ou les autres ?

« J'espère pour toi que nous n'aurons pas de problèmes, Jaime. »

Els Hocepied se versa un double whisky et s'assit sur une fesse au bord de la table, prenant nonchalamment la pose pour un photographe imaginaire. Ruiz était installé dans le canapé. Il eut un sourire et secoua vigoureusement la tête.

« Ne te fais pas de souci, ma petite Elsounette chérie. Je ne te laisserai jamais tomber, tu le sais très bien ! » Il se leva d'un coup de reins et s'assit à côté d'elle. « Tu me laisses boire une gorgée ? »

Elle lui tendit son verre. Ils s'étaient rencontrés dix-huit mois auparavant, à la terrasse d'un café de Cancún. Elle sortait d'une séance fatigante ; il était assis seul à la table d'à côté. Il l'avait regardée longuement, mais elle avait l'habitude. En général, ça la faisait rire d'exciter les hommes dans la rue. Parfois, elle prenait une allure provocante ou elle envoyait des sourires équivoques à la ronde, histoire de tuer le temps et de combler le vide qui béait en elle quand elle était entre deux contrats. Avec Ruiz, les choses ne s'étaient pas passées ainsi. Le regard de l'Espagnol lui avait donné la chair de poule et son sourire lui avait contracté le ventre. Un quart d'heure plus tard, il s'était levé et s'était assis à sa table. Elle croyait avoir tout vu, en matière de drague ; c'était pourtant la première fois qu'un mec prenait place en face d'elle en lui demandant la permission de boire dans son verre. Intriguée, elle avait fait « oui » de la tête. Il avait bu une gorgée en la déshabillant du regard et avait passé sa langue sur ses lèvres comme s'il l'avait bue, elle, et qu'il se délectait de son goût. Elle n'avait pas pu s'empêcher de rire. Alors, il avait posé le verre sur la table et il avait passé un bras autour de ses épaules.

Maintenant, il n'y allait plus par quatre chemins. Il promena ses longs doigts le long de son corps, éveillant en elle les mêmes sensations que cette première fois à Cancún, dans sa chambre, lorsqu'il l'avait déshabillée et qu'il lui avait fait l'amour comme s'ils se connaissaient depuis des années. Depuis, elle était folle de lui. Elle l'appelait « mon enchanteur », nom qu'il dessinait du doigt dans son dos pendant qu'elle ronronnait de plaisir contre sa poitrine.

« Bien sûr que je le sais, Jaime, mais… »

Du bout de l'index, il traça des cercles invisibles autour de sa bouche.

« Jos aurait dû respecter l'accord, et rien de tout cela n'aurait eu lieu. J'ai fait ce que je pouvais pour le sauver.

– Promets-moi qu'il n'y aura plus d'autre mort.

– Impossible, ma petite Elsounette chérie. »

Ruiz pensait à Inez et à leurs rares moments de bonheur ensemble. S'il faisait ça, c'était pour elle, et pour personne d'autre.

« Tu me promets que tu ne me laisseras jamais tomber ?

– Nous n'abandonnons jamais la femme que nous aimons, Elsounette. C'est une des choses que nous avons apprises des anciens.

– Dis-moi que tu m'aimes ! »

Elle s'allongea sur la table et ouvrit sa robe de chambre. Ruiz se redressa et l'embrassa à pleine bouche.

« L'amour et la mort sont indissociablement liés », chuchota-t-il.

Il la caressa partout, mais le désir ne voulut pas de lui. Il ne pouvait s'empêcher de penser à Arnaldo, qui n'hésiterait pas à liquider Els s'il l'estimait nécessaire, et à Jorgi, son ami, son frère. Le trahir lui était inconcevable.

« Quelque chose te préoccupe ? »

Els se rassit et se rhabilla. Ruiz baissa la tête. *La diplomatie, ça me connaît, non ? Alors, qu'est-ce que j'attends pour trouver une solution à ce dilemme ?*

« J'ai besoin de ton aide, Elsounette. »

Il la prit par les épaules et lui exposa son plan. Lorsqu'il eut fini, elle lui jeta un regard horrifié.

« Ce n'est pas possible, Jaime ! C'est complètement immoral !

– Je ne vois pas d'autre solution, Elsounette chérie. Si nous restons là les bras croisés, d'autres têtes tomberont. Et tu m'as demandé de tout faire pour éviter ça.

– Oui, mais…

– Quelqu'un doit se sacrifier, mon Els adorée. Il n'y a pas d'autre solution. »

Il se mit à pleuviner à la tombée du jour, si timidement qu'on aurait dit que les dieux d'en haut essayaient de préparer psychologiquement les adorateurs du soleil à la fin de l'été indien et à l'arrivée imminente de l'automne, qui avait officiellement débuté trois semaines auparavant. Van In remonta le col de sa veste et se pressa de rentrer chez lui. Il en avait par-dessus la tête, de ces journées qui se traînaient sans rien apporter de neuf. L'enquête sur le meurtre de Jos Viaene était au point mort, et rien ne permettait d'espérer qu'elle redémarrerait bientôt. Il lui arrivait de plus en plus souvent de craindre de ne pas y arriver. Était-ce parce qu'il vieillissait ? Ou le médecin avait-il raison quand il lui avait prédit une démence précoce s'il ne freinait pas un peu sur l'alcool ? N'importe quoi ! Carine et Bruynooghe n'avaient pas non plus rapporté grand-chose d'intéressant. L'enquête menée auprès du personnel hospitalier n'avait rien donné. Toutes les personnes interrogées, jusqu'aux femmes de ménage, avaient été formelles : personne n'était venu voir Viaene. Certes, ils n'avaient pas pu mettre la main sur la réceptionniste de service ce soir-là. Elle venait de partir en vacances, de sorte qu'il était impossible de savoir si quelqu'un avait téléphoné pour s'informer du numéro de la chambre du malheureux. La seule chose que le directeur du personnel avait pu dire à Van In, c'était que cette fichue réceptionniste se baladait désormais quelque part sur les sentiers du Népal et qu'elle ne rentrerait pas avant un mois. Quand ils avaient appris qu'elle était célibataire et que même sa sœur ne savait pas où la joindre, Carine et Bruynooghe avaient abandonné la partie.

La pluie redoubla. Van In préférait encore piquer un sprint que d'arriver trempé chez lui. Timing parfait : au moment même où il franchissait la porte, il se mettait à pleuvoir à verse.

« J'appelle une ambulance ? » demanda Hannelore, mi-inquiète, mi-amusée, à la vision de Van In dans l'entrée, plié en deux par un point de côté.

Van In secoua vigoureusement la tête, puis se traîna jusqu'à la cuisine, où il se laissa tomber comme une masse sur une chaise.

« Un… un… un instant !

– Cigarette ?

– Attends ! »

Hannelore empoigna une casserole et s'affaira devant la gazinière. Bientôt, une délicieuse odeur imprégnait toute la maison.

« Tu es passée chez ta mère ? demanda Van In en prenant une profonde inspiration.

– Comment as-tu deviné ?

– Des carbonnades flamandes ?

– Les seules, les vraies ! » dit Hannelore en riant.

Il y aurait beaucoup de choses à dire sur les belles-doches, et cela valait aussi pour celle de Van In, mais ses carbonnades excusaient bien des choses.

« Les enfants dorment déjà ? »

Une rafale de vent soudaine fit crépiter la pluie contre la vitre et projeta l'eau du canal contre le muret de protection.

« Je les ai mis au lit il y a une demi-heure.

– Bien. »

Van In ôta ses chaussures et alluma une cigarette. À la première bouffée de nicotine, il eut l'impression que quelqu'un s'asseyait sur ses poumons, mais il savait d'expérience que cette sensation passerait dès la deuxième sèche.

« Tu as avancé ?

– Non.

– Qu'est-ce que tu as fichu toute la journée ?

– Auditionné des gens.

– Des suspects ? »

Avant d'avoir à admettre qu'il avait passé une heure et demie dans le canapé d'une fille belle comme l'Italie, Van In se leva pour prendre Hannelore dans ses bras.

« On se fait une petite vidéo ? »

Pluie, carbonnades, vidéo, sexe. Les ingrédients parfaits pour une bonne soirée. Hannelore était apparemment de cet avis aussi, car elle se retourna pour embrasser son homme.

« Si tu dresses la table, je m'occupe du reste », dit-elle d'une voix un peu rauque.

Il avait fait très chaud dans la journée. La pluie, par contraste, parut glaciale à Olivier Boedt. Il rangea sa voiture sur le bas-côté gorgé d'eau du canal d'Ostende, mais laissa tourner le moteur pour éviter la formation de buée. Il jeta un regard furtif aux aiguilles fluorescentes de sa montre. *Dix heures moins dix. A-t-on idée de fixer rendez-vous dans un lieu pareil ? Qu'est-ce qui lui prend, à Els ? Pourquoi elle n'a pas voulu que j'aille la voir à son appart ? Et puis d'abord, c'est quoi, cette surprise ?*

Olivier Boedt augmenta le volume de l'autoradio. Les problèmes avaient débuté dans l'après-midi, quand son père lui avait dit que la police l'avait interrogé au sujet d'un document trouvé dans la sacoche de Viaene. *Bah ! En soi, ce n'est pas bien grave ! Comment pourrait-on découvrir le pot aux roses ? Le problème, c'est plutôt Jos Viaene. Il avait la langue bien pendue, surtout quand il avait bu et qu'il avait des vues sur un mec. Il se peut qu'il ait craché le morceau, et qu'Els veuille m'en parler. Mais, dans le fond, qu'est-ce que je m'en fous ?! La seule chose qui compte, c'est qu'elle m'a téléphoné et qu'elle va arriver d'un moment à l'autre.*

Il fouilla la boîte à gants et sourit en retrouvant la capote qu'il y laissait pour les urgences. Raide de désir, il se tourna vers la banquette arrière. *Ce soir, peut-être ?*

« Tu veux encore regarder la téloche ? » demanda Hannelore lorsque Van In se leva pour raviver le feu dans l'âtre.

Pluie, carbonnades, vidéo, sexe. Après le dîner, ils avaient un peu chamboulé le programme.

« Bob, peut-être ? » dit Van In, en souriant.

En entendant son nom, le chien leva la tête et la secoua d'un air endormi.

« Envie d'un dernier verre avant d'aller au plumard ?

– Tu es sérieuse ? »

Elle allait répondre quand le téléphone sonna.

7

Il pleuvait toujours à seaux quand Versavel prit Van In et Hannelore à la sortie de l'impasse du Poisson-Gras.

« Excellente idée de demander à Carine de faire la baby-sitter, Guido ! s'exclama Hannelore, radieuse, en montant dans la Golf.

– C'est toujours un plaisir de vous faire plaisir, madame le juge ! »

Versavel souriait aussi, mais pour une autre raison. Il était soulagé que Van In ne lui demande pas pourquoi il avait cru bon d'écarter Carine de l'enquête.

« Tout va comme tu veux, commissaire ? »

Van In boucla sa ceinture de sécurité en marmonnant quelque chose d'incompréhensible. L'automne était sa saison, les carbonnades flamandes, son plat préféré, et Hannelore… ah ! Hannelore était la femme de sa vie. En un coup de fil, Versavel l'avait contraint à renoncer aux plaisirs associés à ces trois baumes pour son cœur.

« Une fusillade le long du canal d'Ostende, tu te fiches de ma fiole, Guido ? !

– Bruynooghe était on ne peut plus sérieux. La voiture a été criblée de balles, et une des deux victimes a clamsé. Qu'est-ce que tu voulais que je fasse ? Que j'appelle la gendarmerie ? ! »

Quand il avait entendu Van In pester et jurer comme un charretier au bout du fil parce qu'il en avait marre d'être dérangé en dehors des heures de service, Versavel s'était empressé d'appeler Carine Neels à la rescousse. Il avait inventé que la juge d'instruction voulait prendre elle-même le pouls de la situation. But de la manœuvre : ne pas se coltiner tout seul la mauvaise humeur du patron, qui, c'était de notoriété publique, s'estompait toujours quand Hannelore était dans les parages.

« On a identifié les victimes ? demanda Hannelore, les coudes appuyés sur le sommet du siège du passager, de sorte que Van In sentait son souffle dans son cou.

– Il y a notamment le fils de Ferdinand Boedt, répondit Versavel.

– Et merde ! Il est mort ?

– Non, seulement blessé. »

Van In frotta le pare-brise d'un geste impatient. Après avoir entendu Els Hocepied, ils étaient allés traîner à L'Estaminet au lieu de poursuivre l'enquête. C'était une erreur qui lui donnait des crampes d'estomac. Il était touché dans son orgueil. N'avait-il pas affirmé qu'Olivier Boedt ne pouvait pas être lié au meurtre de Jos Viaene et refusé en conséquence d'entendre le jeune homme malgré les protestations prudentes de Versavel ? Il était à la fois abattu et furieux. La peur de l'échec est un monstre avide et impitoyable. Van In ferma les yeux. Il visualisa un bloc de glace en train de fondre au beau milieu du désert. C'était lui-même, bien sûr, qui se dissolvait dans la Duvel.

« Et le mort, c'est qui ? demanda Hannelore avec son à-propos habituel.

– Inconnu au bataillon, répondit Versavel. Un homme de type méditerranéen. On n'en sait pas plus pour le moment. »

Les mains pleines de douilles, Klaas Vermeulen était très occupé à marquer les impacts de balle. Tout semblait indiquer que l'assassin avait d'abord brisé le pare-brise de la voiture avant de tirer sur l'aile gauche, mais ce n'était qu'une spéculation sur laquelle le chef du labo technique ne voulait pas se prononcer tant qu'une enquête approfondie ne l'aurait pas confirmée. Vermeulen était si concentré sur sa tâche que c'est à peine s'il remarqua l'arrivée de la police communale. S'il avait levé la tête, sans doute aurait-il vu que Bruynooghe, le premier sur les lieux, avait découvert l'arme du crime à une dizaine de mètres du véhicule, qu'il l'avait emballée dans un sac en plastique et qu'il l'avait rangée subrepticement dans le coffre de sa Golf en se disant que, quand Van In verrait ça, il en ferait un infarctus.

La lumière de dizaines de paires de phares brillait par intermittence dans le lointain à travers le rideau de pluie. Bientôt, des voitures afflueraient des quatre coins de la province de Flandre-Occidentale. Si les accidents de la route et les incendies sont toujours une aubaine pour les journalistes régionaux, une fusillade l'est encore bien davantage. Déjà, les portes claquaient à la volée. Les pisse-copie se précipitaient sur le lieu du drame, la langue pendante. Lorsque Bruynooghe vit foncer droit sur lui la voiture du boss, il fit prudemment un pas de côté, mais ne put éviter d'être aspergé d'eau boueuse jusqu'au genou.

« Tu ne dors jamais, Robert ? demanda Van In en lui serrant la pince.

– Non, commissaire. Par contre, je rêve plus souvent qu'à mon tour. »

Depuis que son fils avait survécu à sa première année de médecine et que tout indiquait même qu'il était bien parti pour réussir ses études, Bruynooghe faisait des pieds et des mains pour monter en grade. Il voulait être inspecteur avant que Bruno ne prête le serment d'Hippocrate.

« Malheureusement, ce n'est pas les rêveurs qui vont faire avancer mon enquête, dit Van In en riant.

– Ne parlez pas trop vite, commissaire ! »

Bruynooghe fit signe à Van In de le suivre. Versavel empoigna une lampe torche et les suivit, accompagné d'Hannelore. Toujours occupé à sa basse besogne, Vermeulen ne leur accorda pas un regard.

« Je peux vous demander de venir par ici ? » dit Bruynooghe en jetant un regard entendu en direction du chef du labo technique. Il n'ouvrit son coffre que lorsque Van In, Versavel et Hannelore eurent fait écran de leur corps, bloquant la vue du zélé fonctionnaire.

« Jésus Marie Joseph ! s'exclama Van In lorsque Versavel éclaira l'arme à l'allure futuriste dans son sac en plastique.

– Qu'est-ce que c'est que ce bidule ? demanda Hannelore qui ne comprenait pas bien pourquoi Van In restait muet comme une carpe.

– Un P90, répondit Versavel. Un pistolet-mitrailleur semi-automatique à la cadence de tir exceptionnelle de neuf cents coups par minute. Fabriqué à la FN d'Herstal. Pour te donner une idée, les gars du GIGN font joujou avec ça. »

Cette arme avait récemment fait la une de l'actualité belge, quand un journaliste avait mis la main sur un petit film promotionnel montrant à quel point elle était redoutable. Et si le milieu parvenait à se la procurer ? Aussitôt, des parlementaires préoccupés avaient demandé au ministre compétent, un Flamand, une intervention musclée, laquelle avait suscité un véritable tollé communautaire, Herstal et sa fabrique nationale d'armement se trouvant en Wallonie, dans la banlieue liégeoise, fief des socialistes. C'est d'ailleurs pour cette raison que le scandale avait été étouffé dans l'œuf presque aussitôt.

« Voilà qui ne fait pas nos affaires », dit Van In en refermant le coffre.

Il alluma une cigarette, ce qui n'était pas très malin. La pluie battante l'éteignit aussi sec.

« La vente du P90 est soumise à une réglementation extrêmement sévère. Pour autant que je sache, il n'est jamais sorti des circuits officiels.

– Il y a une première fois à tout, dit Hannelore, un brin condescendante.

– Ça doit pouvoir se vérifier », dit Versavel, conciliant.

S'il avait emmené Hannelore, c'était pour calmer Van In, pas pour mettre de l'huile sur le feu.

« Bien sûr, qu'on peut vérifier ! » lâcha Van In.

Il jeta sa sèche dans une flaque et se dirigea vers la voiture criblée d'impacts devant laquelle Vermeulen était plongé dans une discussion avec un cameraman d'une chaîne de télé régionale. Van In fit aussitôt volte-face.

« Vermeulen s'en sortira bien sans nous ! Allons rendre visite à ce brave Olivier Boedt !

– Maintenant ?

– Quelle heure est-il ?

– Vingt-trois heures trente ! », répondit Versavel.

Un calme relatif régnait au service des urgences de l'hôpital universitaire Saint-Jean. Le médecin de garde, un jeune assistant en cardiologie, se montra coopératif. Il ne s'opposa pas à ce que Van In interroge Olivier Boedt, à condition que l'audition ne dure pas plus d'une demi-heure.

« Merci, docteur ! »

Le médecin hocha la tête en souriant à Hannelore qui était demeurée en retrait. Il les conduisit jusqu'à la petite chambre où le jeune homme avait reçu les premiers soins.

« Il est gravement touché ?

– Trois fois rien ! répondit l'assistant. Une cheville foulée, quelques contusions et peut-être une légère commotion cérébrale, mais pour le savoir, nous devrons attendre demain matin. »

À une époque où les chirurgiens parvenaient à transformer des orteils en doigts ou à recoudre une oreille avec la peau d'un râble de souris, les petits soucis d'Olivier Boedt n'étaient pas plus graves qu'une griffure sur la carrosserie d'une Opel Corsa. C'était embêtant, d'accord, et surtout cher si on faisait appel à un spécialiste, mais sans plus.

« Il a parlé ? »

L'assistant s'arrêta et tourna la tête vers Van In.

« Malheureusement, je ne peux rien vous dire, commissaire. »

Cette fois-ci, le regard qu'il adressa à Hannelore n'échappa pas à Van In.

« Mon épouse est juge d'instruction, dit-il. Vous serez peut-être plus loquace avec elle. »

Van In venait de battre un record : il ne s'était jamais

montré si affable si longtemps avec un médecin, mais faut pas pousser. En une phrase, il était redevenu lui-même : glacial. Il ouvrit la porte de la chambre d'Olivier et entra sans un mot supplémentaire. Hannelore était sur un petit nuage. Elle était ravie que son homme continue à avoir envie de mordre quand un autre lui témoignait un tout petit peu d'intérêt, que celui-ci fût feint ou réel.

« Olivier ? »

Van In se pencha vers le jeune homme en lui secouant doucement l'épaule.

« Mon nom est Van In, commissaire Van In. Je peux vous poser quelques questions ? »

Dans l'ambulance qui l'avait conduit à l'hôpital, Olivier Boedt s'était creusé la cervelle pour inventer une histoire qui tiendrait la route. Il avait envisagé trois ou quatre versions des faits, mais aucune ne le satisfaisait pleinement. Il décida donc de feindre l'amnésie, espérant qu'on lui ficherait la paix.

« Vous me comprenez, Olivier ?

– C'est toi, papa ?

– Non. »

Van In déclina une deuxième fois son nom et son grade pendant qu'Hannelore allait chercher une chaise et s'installait près de la porte. Versavel, de son côté, errait dans les couloirs à la recherche d'un distributeur de boissons.

« Vous pouvez m'expliquer ce qui s'est passé ? »

Olivier Boedt entrouvrit les paupières et poussa un profond soupir, comme il l'avait vu faire récemment dans un téléfilm.

« Où suis-je ? dit-il en se redressant à demi et en regardant anxieusement autour de lui.

– Du calme ! » répondit Van In.

Le jeune homme laissa tomber sa tête sur l'oreiller et marmonna quelques mots incompréhensibles.

« Il a peut-être une commotion cérébrale plus grave que ne le pense l'assistant », dit Hannelore, vingt minutes plus tard, à un Van In Gros-Jean comme devant.

Le commissaire allait protester quand l'assistant passa la tête dans l'entrebâillement de la porte pour annoncer que la visite était terminée.

« Tu as faim, Guido ? Je te propose des carbonnades flamandes ? demanda Hannelore lorsque Versavel rangea la Golf devant l'entrée de l'impasse du Poisson-Gras.

– Bien sûr, qu'il a faim ! dit Van In en ouvrant sa portière à la volée.

– Viens avec nous, alors ! Je t'en prie ! dit Hannelore. De toute façon, dans ces cas-là, il ne ferme pas l'œil de la nuit !

– Et toi ?

– Certains disent que les juges d'instruction appartiennent à la magistrature couchée, Guido. Je me rattraperai demain au tribunal ! »

Dix minutes plus tard, ils attaquaient tous les quatre une pleine assiette fumante de carbonnades flamandes – tous les quatre, car Carine Neels n'avait pas refusé offre aussi alléchante, se réjouissant à l'idée de se vanter auprès de Bruynooghe le lendemain matin.

« Je me demande si Olivier Boedt s'y connaît en armes à feu, dit Hannelore alors que Van In raclait la casserole.

– Avec un P90, ce n'est pas nécessaire, intervint Versavel. À en croire la brochure publicitaire, un aveugle saurait s'en servir.

– Quelle drôle d'histoire, quand même ! »

Van In saisit une serviette pour s'essuyer le menton.

« Il y a deux ou trois choses que je ne m'explique pas, dit-il. Récapitulons. Primo, Jos Viaene se fait tabasser par deux types dans le parc du lac d'Amour. À première vue, c'est un règlement de comptes dans le milieu gay, mais les gars trucident notre homme comme des professionnels.

– C'est à se demander pourquoi ils n'ont pas terminé leur sale besogne dans le parc ! »

Carine manquait sans doute encore d'expérience, mais, s'il y avait une chose qu'elle savait faire, c'était attirer la lumière des projos sur elle. Elle s'en privait de moins en moins, toujours aux dépens de Versavel, qui la trouvait de plus en plus mauvaise.

Même si elle savait que Van In ne supportait pas les carriéristes et si elle était consciente qu'elle ne parviendrait jamais à semer la zizanie entre ces deux-là, elle était aussi persuadée que le commissaire l'avait plutôt à la bonne. Il n'y avait qu'à entendre les compliments qu'il lui serinait régulièrement et les regards approbateurs qu'il posait sur elle. Mais comment se comporterait-il avec elle en présence d'Hannelore ?

« En effet, Carine ! »

Hannelore chercha les yeux de Versavel, mais il détourna légèrement la tête. Elle décida de prendre l'initiative.

« Tout dépend du mobile, dit-elle.

– Le plan et les codes ?

– Exactement, Pieter. »

Contrairement à son habitude, elle l'avait appelé par

son prénom, pour bien montrer à cette petite péronnelle qu'il était son homme à elle et celui de personne d'autre. Van In hocha la tête. Il avait compris, mais il ne pouvait pas faire un affront à Carine, car elle avait raison.

« Bon ! Partons de l'hypothèse que Viaene avait l'intention de vendre le plan et les codes, dit-il. Pourquoi la transaction n'a-t-elle pas eu lieu ?

– Ils n'étaient peut-être pas d'accord sur le prix à payer ? »

Dans la bouche de Versavel, la phrase prenait un double sens, mais Van In ne pouvait pas lui donner tort. Il était en effet très possible que Viaene ait voulu faire monter les enchères et laissé le plan dans la sacoche de son vélo.

« Parce qu'il ne faisait pas confiance aux acheteurs, dit Carine, qui semblait suivre un raisonnement similaire. Ou alors, oui, parce qu'il voulait rediscuter le prix.

– Qu'est-ce que vous en pensez ? demanda Van In prudemment.

– De toute façon, les codes sont désormais inutilisables, dit Hannelore. Si Boedt tient parole !

– Je vérifierai qu'il les a bien changés demain matin », dit Carine en souriant.

Van In sentit les yeux d'Hannelore et de Versavel sur lui.

« On verra, Carine, on verra ! » dit-il un peu à contrecœur.

Carine Neels ferma les yeux en signe de soumission. Intérieurement, elle bouillonnait de rage. *Ces idiots ne comprennent-ils donc pas qu'Olivier Boedt est impliqué dans ce complot ? ! Non ! La preuve ! Cette connasse de juge d'instruction débarrasse la table comme si de rien n'était ! Et cette pédale minaude qu'il se fait tard et qu'il faut aller bosser tôt demain matin ! Et les terroristes, ducon ? ! Tu crois qu'ils règlent leur réveil sur sept heures ? !*

Ne sachant pas très bien sur quel pied danser, Van In prit une Duvel dans le frigidaire.

« Je ne vous chasse pas, mais il se fait tard. On se voit demain ? »

Si Hannelore se mettait à rouspéter, il était sûr que ce ne serait pas à propos de son foie.

« Arnaldo est mort », lâcha Ruiz d'une voix grave.

Jorgi Otegi serra les mâchoires. Il ne croyait pas en Dieu, mais il joignit les mains et pria intérieurement. *La violence ne mène à rien. Les gens continuent à s'inventer des ennemis. Moi, je me bats contre l'injustice, tel Don Quichotte contre les moulins à vent. Mais l'histoire est ponctuée de répétitions, comme si personne n'était capable de briser le miroir que nous tend le destin !*

« Je lui avais pourtant dit de se tenir à carreau, mais c'était tout lui, ça…

– Oui, c'était tout lui. Il ne pensait qu'à se venger.

– Et nous, Ruiz ? Nous ? On pense à quoi ? ! »

Un grand compositeur dont Ruiz avait oublié le nom avait un jour affirmé que le plus beau, dans la musique, c'est le silence entre les notes. Il n'avait pas besoin de répondre à la question de Jorgi, pas plus qu'il n'avait besoin de lui rappeler le serment qu'ils avaient fait, ni les conversations interminables qui s'en étaient suivies, ni la ferveur commune qui unissait leurs âmes. Il n'était pas non plus nécessaire d'argumenter pour le persuader qu'ils étaient différents des autres, qui appliquaient la loi du talion comme le leur avaient enseigné leurs ancêtres. Non, eux, ce qui les animait, ce n'était pas la soif de vengeance. Ils se battaient pour un amour perdu.

Quelqu'un devait payer. Et leur apporter enfin paix et consolation.

« Buvons à Inez ! » dit Jorgi, les larmes aux yeux.

Ruiz prit la bouteille de vodka et remplit les verres à ras bord.

« Au passé ! Et à l'avenir !

– Non, dit Jorgi. À l'avenir du passé ! »

Ils burent cul sec. L'alcool les fit frissonner de la pointe des orteils au sommet du crâne.

« Frères ?

– Frères ! » répondit Jorgi.

Ruiz remplit une deuxième fois les verres. La nostalgie qu'éveillait en lui le prénom d'Inez se mêlait à un sentiment de culpabilité.

« J'aurais dû vous laisser terminer la tâche, dit-il. Ça aurait évité qu'Arnaldo…

– Non, Jaime. Nous avons eu tort. C'était débile de casser la gueule à Viaene. Je me suis laissé entraîner. J'aurais dû calmer Arnaldo au lieu de laisser parler la colère. Mais je suis comme ça, moi ! Face à la trahison, je vois rouge.

– Ne t'excuse pas, Jorgi ! Ne perdons pas notre temps à nous plaindre !

– Mais qu'est-ce que tu racontes ? Le plan est fichu, Arnaldo est mort, et nous avons paumé notre arme ! Que nous reste-t-il d'autre à faire que de pleurer sur notre sort ?

– Bois, Jorgi ! Et écoute-moi ! » dit Ruiz en prenant son ami dans ses bras.

J'ai paniqué. C'est ma faute si le P90 a disparu dans la nature. Mais la situation n'en est pas désespérée pour autant.

« J'ai trouvé une manœuvre de diversion, reprit-il. Crois-moi, Jorgi ! Si tout se passe comme je le pense, les flics penseront avoir affaire à des voleurs ordinaires.

Rien ni personne ne nous mettra des bâtons dans les roues ! »

Putain, comment je vais m'en sortir ? Le dilemme prend des proportions hors normes !

Ferdinand Boedt ouvrit la porte du garage, monta dans son break Volvo et boucla sa ceinture de sécurité. Toute sa vie, il s'était construit une aura de respectabilité. Il n'avait jamais hésité à remettre à sa place un subordonné qui ne lui donnait pas du « monsieur ». Quand le collège du bourgmestre et des échevins l'avait nommé directeur, il avait organisé une grande fête pour les voisins et les amis. Pour le prix d'un stylo en or, l'échevin de la culture avait prononcé un beau discours en son honneur. Ce soir-là, tout le monde s'était fendu de louanges à son égard. Après, bien sûr, il était retourné à sa solitude et à sa vacuité. À quoi bon une vie sans amour ? Il comprenait subitement que la sienne n'avait aucun sens. Aussi avait-il pris la décision de réparer les fautes qu'il avait commises dans le passé. Il était prêt à se sacrifier pour son fils.

Il sortit la Volvo du garage. Par la vitre latérale, il regarda la statue qui trônait au centre d'un cercle de gravier blanc, au milieu de la pelouse. C'était une chose affreusement kitsch que sa femme avait sculptée dans un morceau de tilleul six mois avant sa mort. Elle était censée figurer un couple d'amoureux. Nora avait toujours rêvé de devenir une artiste, mais il l'en avait dissuadée. Pendant vingt-six ans, elle s'était ennuyée à mourir dans un bureau pour l'aider à payer le prêt hypothécaire d'une maison qui n'était jamais devenue leur chez-soi et pour acheter des produits de luxe dont ils n'avaient jamais vraiment profité. Maintenant qu'elle n'était plus là, cette statue était le seul signe concret qui lui restait de l'amour qu'elle avait nourri pour lui. Ferdinand Boedt manœuvra la voiture dans le quartier chic où il avait coûte que coûte voulu habiter, scrutant par les fenêtres l'intérieur des maisons où vivaient les gros bourges à qui il s'était si longtemps identifié.

8

« L'amour, c'est faire la vaisselle quand votre femme a cuisiné », lut Van In à voix haute. Il prit le billet qu'Hannelore avait laissé sur la table de la cuisine, le plia en quatre et le glissa dans la poche de son pantalon avant de laisser errer son regard sur la vaisselle sale qui prenait ses aises sur le plan de travail. Il sortit le billet de sa poche et gribouilla au verso : « L'amour est aveugle. À ce soir, ma chérie » avant de le glisser sous sa tasse à café qu'il n'avait même pas rincée.

Hannelore avait quitté la maison très tôt pour le tribunal. Elle n'avait pas réveillé Van In car il n'avait finalement pas pu fermer l'œil avant cinq heures du matin, en conséquence de quoi il avait une fois de plus fait la grasse matinée malgré lui. Mais le moment n'était pas aux lamentations, surtout que des bruits frappés à la porte l'avertirent que Versavel en avait marre de l'attendre dans la Golf et qu'il venait aux nouvelles.

« Bonjour Guido. Un café ? »

D'un geste ample du bras, Van In invita son ami à prendre place à la table de la cuisine. Versavel rectifia son nœud de cravate et se racla la gorge.

« On s'est introduit au musée Groningue cette nuit, lâcha-t-il sans préambule.

– On a volé un tableau ?

– *Le Jugement dernier.*

– Non ? ! Ferdinand Boedt va être aux anges ! »

Le célèbre triptyque de Jérôme Bosch était un des fleurons du musée Groningue, réputé dans le monde entier pour sa collection de Primitifs flamands. Il lui attirait chaque année des centaines de milliers de visiteurs.

« J'en ai bien l'impression », répondit Versavel.

Selon les premières constatations, les voleurs étaient entrés par la petite fenêtre des toilettes des dames avant de forcer au moyen d'un pied-de-biche la porte intérieure qui menait vers les salles de collection. Le service de sécurité installé dans la remise du cocher avait immédiatement donné l'alerte, mais, lorsque la police était arrivée sur les lieux, l'oiseau s'était déjà envolé.

« De Kee est au courant ?

– Je pense bien.

– Alors il serait peut-être judicieux d'aller prêter main-forte au patron ! »

Van In vida sa deuxième tasse de café, alluma une cigarette et prit le chemin de la sortie, un sourire radieux sur les lèvres.

« En tout cas, il ne pourra pas dire que je ne l'aurai pas prévenu ! »

Les deux flics remontèrent l'impasse du Poisson-Gras épaule contre épaule. Il ne restait plus aucune trace des pluies torrentielles de la veille. Les murs de brique rouge exhalaient une chaleur bien agréable.

On aurait dit que l'été était subitement jaloux de l'automne.

« Je me demande pourquoi ils ont choisi précisément *Le Jugement dernier*, dit Versavel en s'asseyant dans la Golf. Pour piquer un triptyque, *Les femmes de Bagdad et les trois moines à un œil*, ça n'aurait pas été plus malin ? »

Van In hocha la tête. Il connaissait très bien cette toile d'Edgard Tytgat.

« Et surtout plus rentable ! » commenta-t-il, bien conscient que les voleurs de tableaux opèrent généralement sur commande ou qu'ils ne volent que les œuvres qu'ils savent pouvoir écouler facilement. L'art contemporain a meilleur cours que les Primitifs flamands.

« Tu crois que ce vol a un rapport avec le P90 d'hier ?

– Tu verrais une autre explication ? »

En l'espace de quelques jours, ils avaient deux morts sur les bras. L'un travaillait à la sécurité des musées de Bruges, l'autre se trouvait dans la même voiture que le fils du chef de ladite sécurité. *Ma tête à couper que ce n'est pas un hasard !* se dit Van In. *Ou alors, la théorie de l'évolution est une fable.*

« Les voleurs de tableaux ne s'arment pas de P90 », objecta Versavel.

Les mains derrière la nuque, Van In s'imagina décapité.

« Je vais demander à Bruynooghe de prendre contact avec la FN et le ministère des Affaires étrangères. Si la réglementation est aussi stricte qu'ils le prétendent, ils devraient pouvoir nous retracer tout l'historique de ce fichu pistolet-mitrailleur !

– Tu crois encore à saint Nicolas, toi ? »

Versavel gara la Golf en double file devant l'entrée principale du Collège d'Europe. Une ville comme Bruges se serait ridiculisée si les autorités n'avaient pas accordé plus d'intérêt à un vol de tableau qu'à un meurtre. C'était apparemment ce qu'il fallait conclure du nombre de voitures qui obturaient le passage. Deux agents de la circulation faisaient de leur mieux pour écarter les badauds qui ne pouvaient pas faire valoir telle ou telle lettre de créance.

« Étonnant qu'ils n'aient pas envoyé une ambulance, dit Van In en se faufilant entre la BMW du procureur Beekman et la voiture de fonction du bourgmestre Moens.

– Salut, Pieter ! s'écria Hannelore, tout sourires, depuis l'entrée du musée Groningue.

– On se croirait à une réception », commenta Versavel en dénombrant mentalement les visages connus.

Le conservateur du musée, un homme frêle aux cheveux clairsemés qu'il ramenait constamment en arrière, s'adressait à la presse en secouant régulièrement la tête.

« Tu es là depuis longtemps ? demanda Van In à Hannelore en l'embrassant furtivement sur la bouche.

– Cinq minutes.

– Ah bon. »

Versavel haussa les épaules. Il en avait par-dessus la tête, de ces « ah bon » !

« On ferait peut-être mieux d'aller y voir de plus près », dit-il, soudain très las.

Le personnel du musée était réuni au grand complet dans l'entrée ; Ferdinand Boedt lui-même était de la partie. La plupart avaient une mine atterrée. Ils parlaient d'une voix étouffée et avaient le geste lourd, maladroit, de qui a perdu tous ses repères. Dans leur uniforme bleu marine, les gardiens évoquaient plus encore que les autres les membres d'une famille endeuillée qui vient de faire ses adieux à un être cher et qui se donne le temps d'échanger des souvenirs du défunt dans l'intimité de la salle mortuaire.

Ferdinand Boedt demeurait silencieux, un peu à l'écart. Les rides profondes qui creusaient son front et les poches rouges sous ses yeux disaient à suffisance l'état d'esprit dans lequel il se trouvait. Van In, en tout cas, lisait dans ses pensées comme à livre ouvert. La veille, il avait parcouru le dossier du cher homme. Il n'y avait pas trouvé grand-chose de reluisant. Non content de traficoter avec l'argent public, le gars s'était aussi sali les mains dans des affaires de corruption. Bientôt, la presse découvrirait que les coûteux systèmes d'alarme qu'il avait fait acheter à la ville n'étaient en réalité que du matériel de réemploi peu performant. Et pourtant, s'il tombait, ce serait surtout la faute à pas de chance. Car qui aurait pu prévoir que des voleurs s'introduiraient par le vasistas des toilettes des dames et qu'ils forceraient au pied-de-biche la seule porte non connectée au système de sécurité ?

« Bonjour, monsieur Boedt. Je ne m'attendais pas à vous revoir si vite ! »

Les boxeurs connaissent ça : après avoir reçu un uppercut bien placé, ils ont les yeux qui tournent dans leurs orbites et sont pris de vertige. Boedt avait l'expérience du ring et il avait beaucoup encaissé dans sa vie. Il cligna légèrement des yeux, pas plus. Même lorsqu'il comprit que le colonel Saleos était un vrai Brugeois pure souche, il demeura impassible.

« Que voulez-vous dire, commissaire ? »

Tel père, tel fils ! eut envie de rétorquer Van In.

« Les codes, monsieur Boedt. Vous aviez donné l'ordre de les changer ?

– Bien sûr !

– Ah bon. »

Ils entrèrent dans la première salle. Hannelore regardait autour d'elle avec curiosité. Comme la plupart des Brugeois, elle ne connaissait pas le musée Groningue.

« Les codes avaient donc été changés...

– Je n'ai pas dit ça. Mais j'ai immédiatement donné instruction à la société qui a installé le système d'alarme de les remplacer. »

Officiellement, il n'avait rien à se reprocher. Dans le jargon des employés communaux, « immédiatement » recouvre à peu près le même degré de précision que *mañana* en espagnol.

« Vous voulez dire qu'elle ne l'a pas fait ? demanda Hannelore.

– Voilà. Mais, en soi, ce n'est pas grave. Regardez ! dit-il en indiquant un petit boîtier fixé au mur. Un détecteur de mouvements à infrarouge, madame ! »

Il avança d'un pas en remuant les bras, et aussitôt le témoin lumineux se mit à clignoter.

« Ça n'a pas servi à grand-chose, constata Van In.

– Le système était en parfait état de marche, commissaire. Il détecte le moindre mouvement sur l'ensemble de la superficie du musée.

– Apparemment, cela n'a pas suffi à arrêter les voleurs.

– Ils ont opéré particulièrement vite. Et la police, ajouta Boedt amèrement, a pris un temps fou avant d'arriver sur les lieux. J'ai donné l'alarme illico.

– Vous dites ça comme si vous l'aviez fait personnellement, monsieur Boedt.

– Il fallait bien que quelqu'un remplace Jos Viaene, commissaire. Nous manquons de personnel. Il m'arrive souvent de remplacer quelqu'un au pied levé.

– Ah bon.

– Je n'ai fait que mon devoir. »

Van In hocha la tête, sortit son calepin et décapuchonna son feutre.

« Si vous le dites, monsieur Boedt… Autre chose à signaler qui serait utile à l'enquête ?

– Il n'y a pas grand-chose à ajouter, commissaire. L'alarme s'est enclenchée à 4 h 11. J'ai immédiatement téléphoné à la police. Elle n'est arrivée qu'à 4 h 18.

– Vous étiez juste à côté. Pourquoi n'êtes-vous pas allé jeter un coup d'œil vous-même ? »

Boedt eut un petit sourire triste.

« Nos règles sont très strictes, commissaire. La personne qui surveille le système de sécurité ne peut quitter son poste sous aucun prétexte.

– Bref, c'est notre faute.

– Je n'ai pas dit ça. »

Van In referma son calepin et rencapuchonna son feutre.

« Avant de poursuivre, nous serions peut-être bien avisés d'aller nous rendre compte par nous-mêmes de ce qui s'est passé, dit-il. Venez, monsieur Boedt ! »

Van In examina la porte intérieure forcée par les voleurs avant de partir au petit trot jusqu'à la salle 4, où un grand rectangle clair sur le mur laissait deviner l'endroit où avait été accroché le célèbre triptyque de Jérôme Bosch. Il attendit trente secondes et retourna aux toilettes des dames en courant.

« À mon avis, dit-il, l'affaire était faite en moins de trois minutes. »

Il était clair que le système de sécurité qui avait coûté des millions à la ville de Bruges avait deux failles : ce vasistas des toilettes des dames que tout le monde avait oublié et cette porte intérieure que personne n'avait pris la peine de sécuriser. Boedt serra les lèvres. Le projet initial de la firme qui avait remporté le marché tenait bien compte de ces deux éléments, mais ils en avaient été supprimés lorsqu'une société concurrente avait présenté un projet moins coûteux. Moyennant quelques compensations, Boedt avait suggéré à la première des aménagements pour comprimer le budget. Les politiciens qui avaient analysé les plans avaient été séduits par les détecteurs de mouvements et les caméras omniprésentes. Ils ne s'étaient pas posé davantage de questions. Personne n'avait osé imaginer que des voleurs auraient l'idée saugrenue de passer par la fenêtre des toilettes pour décrocher un tableau avant de prendre la poudre d'escampette par le même chemin.

« À propos, votre fils va mieux ? demanda Van In à brûle-pourpoint alors qu'ils sortaient pour essayer de comprendre comment les voleurs avaient franchi le mur et les haies du jardin du musée.

– Olivier va très bien.

– Vous avez pu lui parler hier soir ?

– Cinq petites minutes.

– Je suppose qu'il vous a reconnu.

– Quelle question ! Bien sûr ! »

L'assistant avait expliqué à Ferdinand Boedt que l'amnésie n'entraîne pas forcément une perte totale de la mémoire. « Un peu comme si un court-circuit faisait sauter un fusible, avait-il dit, didactique. Le reste du système demeure intact. Parfois, il suffit de réparer le fusible endommagé, et cela peut aller très vite, parfois, en cas d'expérience traumatique, c'est toutes les connexions qu'il faut rétablir, et cela peut prendre des mois, voire des années. »

« Il vous a parlé de la fusillade ?

– Non. Il ne se souvient de rien.

– Vous avez une idée de ce qu'il faisait là ? demanda Van In en repensant au préservatif non utilisé que Klaas Vermeulen avait trouvé sur le plancher de la voiture.

– Non, commissaire.

– Vous saviez que votre fils avait une petite amie ?

– Il en avait plusieurs, si vous voulez mon avis ! »

Olivier se tape autant de filles qu'il veut ! D'une certaine manière, ce n'est pas juste ! Ah ! Pourquoi ne suis-je pas né trente ans plus tard ?

« J'en conclus qu'il n'a pas de relation amoureuse stable.

– Il n'a que vingt-cinq ans, commissaire ! »

La manière dont Boedt prononça ces paroles réveilla de vieux souvenirs chez Van In. *Vingt-cinq ans ! L'âge idéal pour s'éclater ! Ah ! La petite Reintje ! Elle était la fille du commissaire en chef de l'époque... Oui, on s'est bien amusés...*

« Ah ! dit-il à la grande surprise de ses interlocuteurs. Moi, à cet âge-là...

– Oui, mon amour ? » dit Hannelore en lui envoyant un coup de coude assassin dans les côtes.

Van In tourna la tête de son côté. Une fraction de seconde, il vit son reflet dans les beaux yeux gris de sa compagne. Il ne lui avait jamais parlé de Reintje, mais il savait qu'il venait d'en dire trop, et que cela risquait de lui coûter cher. Il connaissait Hannelore. *Qu'est-ce qui m'a pris, bon sang, mais qu'est-ce qui m'a pris ? Ce soir, elle va me tarabuster jusqu'à ce que je lui aie raconté toute l'histoire. Je serai obligé de lui passer le film complet de cette période de ma vie, sans sauter le chapitre où... hum... Reintje m'a passé les menottes et où on a baisé dans une cellule...*

Le commissaire sentit le feu lui monter aux joues.

« Au début que je travaillais dans la police… euh… je… Un amoureux éconduit avait tué le nouveau petit ami de sa copine… Peut-être que… enfin…

– Regardez-moi dans les yeux quand vous mentez, Van In ! »

Hannelore était attendrie de le voir rougir.

« Mais pourquoi mentirais-je, Hanne ?

– Ce n'était pas en septante-huit ? intervint Versavel. L'affaire Verroens ? »

Van In avait envie d'embrasser l'inspecteur.

« Maintenant que tu le dis, Guido, ça doit être ça. Alors, monsieur Boedt, vous avez leur nom, à toutes ces jeunes filles ?

– Je ne les ai jamais vues. Vous comprenez la situation, je suppose, commissaire. »

Van In ne voulait pas tomber deux fois dans le même panneau. Il haussa les épaules en souriant à Hannelore.

« Nous en reparlerons, dit-il. Tu veux bien noter la déclaration de monsieur Boedt, Guido ? »

Klaas Vermeulen avait fini de quadriller une partie du terrain au ruban de police. Avec l'aide de deux assistants, il était occupé à passer au peigne fin le gazon à gauche de l'entrée, car il y avait trouvé des empreintes. Van In s'excusa, passa sous le ruban et alla saluer le chef du labo technique d'une chaleureuse poignée de main. Versavel en resta comme deux ronds de flan.

« Vous avez découvert quelque chose ?

– À mon avis, ils ont franchi le mur ici. Regardez ces éraflures ! Elles sont récentes. »

Une fois n'est pas coutume, Van In ne dénigra pas les talents de Vermeulen. Au contraire, il s'approcha pour examiner les traces que lui indiquait l'homme de science, sans doute pour s'éloigner un peu d'Hannelore, et parce que, sans lunettes, il ne voyait rien – mais ça, il ne l'aurait avoué pour rien au monde.

« Vous pensez qu'ils ont utilisé une échelle ?

– Il est manifeste que c'est sans nul doute le scénario le plus vraisemblablement plausible », répondit Vermeulen en jargon de fonctionnaire.

Le mur mesurait environ quatre mètres de haut et ne présentait aucune prise. Van In fit quelques pas en arrière. Le bâtiment qui se trouvait de l'autre côté lui était familier.

« Ce ne serait pas la bibliothèque du Collège d'Europe ?

– Si, je crois », dit Hannelore, qui venait de le rejoindre.

Van In croisa les bras et renifla l'air tiède de septembre.

« Je me demande ce que notre cher Jaime Ruiz va nous raconter cette fois-ci !

– Allons-y tout de suite !

– Je vous accompagne, dit Vermeulen. Je voudrais examiner l'autre côté du mur.

– Qu'est-ce qu'on fait de Boedt ? demanda Versavel.

– Laissons-le mariner dans son jus, Guido ! »

Pendant que Vermeulen s'enfonçait dans le jardin du Collège d'Europe à la recherche de nouveaux indices, Van In demanda à la réceptionniste à parler à Ruiz. Quand il s'avéra que celui-ci était absent, il demanda à rencontrer Mlle Parmentier, en veillant bien à ne pas mentionner son prénom.

« Qui est cette mademoiselle Parmentier ? demanda

Hannelore en souriant intérieurement pendant que la réceptionniste composait le numéro de la *Communication Officer.*

– Une sorcière bossue qui pue des pieds ! dit Van In.

– Ah bon ! »

Si on avait mis côte à côte sur un podium toutes les sorcières bossues que Van In avait rencontrées dans sa longue vie, on y aurait vu beaucoup de candidates au titre de Miss Beauté.

« Excusez-moi de vous avoir fait attendre, commissaire. »

La jolie Stéphanie apparut, très essoufflée, un épais dossier sous le bras.

« En quoi puis-je vous être utile, commissaire ?

– Nous cherchons monsieur Ruiz. Savez-vous où nous pourrions le trouver ?

– Jaime n'est pas venu au Collège ni hier ni aujourd'hui, dit-elle, tout sourires, comme l'exigeait d'elle sa fonction. Mais c'est fréquent, rien d'extraordinaire à cela. »

Malgré la légèreté du ton, Hannelore eut l'impression que la jeune femme tentait de dissimuler quelque chose.

« Vous ne pouvez pas lui téléphoner ?

– J'ai essayé. Il ne répond pas. »

Elle faillit dire que cela non plus n'avait rien d'exceptionnel, surtout que la rentrée académique avait apporté un nouveau lot de chair fraîche, mais elle s'abstint.

« Il est malade ?

– Pas que je sache, madame. »

Le bip de Stéphanie sonna à l'instant même. Elle palpa la poche de son pantalon et consulta le petit écran pour identifier l'appelant.

« Vous avez l'air très occupée, dit Hannelore.
– Ah ! Si vous saviez ! La séance d'ouverture de l'année académique a lieu vendredi. J'ai encore un tas de choses à régler. Vous permettez ? Il faut que j'aille téléphoner. »
Elle se hâta vers le petit bureau de la réceptionniste et composa le numéro privé du recteur.
« C'était si simple de lui demander l'adresse de Ruiz, dit Hannelore. Pourquoi ne l'as-tu pas fait ?
– J'en avais bien l'intention, dit Van In, la bouche en cœur, quand tu t'es mise à poser les questions toi-même. »

La quasi-totalité des étudiants du Collège d'Europe louent une chambre dans une des cinq résidences de l'institut. Il s'agit pour la plupart d'immeubles de prestige du vieux Bruges. Stéphanie griffonna les cinq adresses sur une feuille de papier, au cas où ils ne trouveraient pas Ruiz rue de la Bouverie. « Si j'étais vous, je commencerais par la résidence des Biscayens, avait-elle dit. C'est là que logent les filles. »
« La place des Biscayens est plus près d'ici que la rue de la Bouverie, dit Van In alors qu'ils passaient devant Notre-Dame, mais Hannelore ne releva pas.
– Une bouffée de testostérone, mon chéri ? » demanda-t-elle innocemment.
Van In se le tint pour dit. Ils longèrent le palais épiscopal, idéalement situé rue du Saint-Esprit.
« Et si on le prenait en douceur, ce Ruiz ? On ferre le poisson, on attend qu'il morde à l'hameçon…
– Je savais que tu étais un être délicat et sensible ! Pourquoi toujours prendre des airs bravaches ?
– Pour donner le change à De Kee. Mais toi, tu me

connais, tu sais que je marche à l'intuition. On ne la fait pas à un juge d'instruction !

– Percevrais-je dans ta voix une once de respect pour la magistrature ? »

Van In en eut des chatouillis dans le ventre. Après toutes ces années, elle continuait à le faire craquer. Il se souvint de l'affaire De Groof[1]. Ils s'étaient rencontrés dans la bijouterie cambriolée. Leur première enquête… Leur premier émoi… Il y en avait eu bien d'autres, et il était toujours amoureux comme au premier jour. Si c'était un signe avant-coureur de la crise de la quarantaine, elle pouvait bien durer toute sa vie. « L'amour, c'est faire la vaisselle quand votre femme a cuisiné. » Van In sourit. Il enlaça Hannelore et l'embrassa.

« Je t'aime. »

Quand il entreprit de glisser une main sous son chemisier, elle se dégagea et se mit à courir. On aurait dit qu'elle remontait le temps.

« Attrape-moi si tu peux ! » cria-t-elle dans la rue déserte.

Rue de la Bouverie, ils passèrent devant l'école technique qui occupait l'immeuble où se trouvait autrefois l'institut psychiatrique Saint-Julien. *Mon Dieu, mon Dieu ! Regardez-moi ça ! Du temps de m'grand-mère, ces deux-là, on les aurait mis chez les fous !* pensa la petite vieille qui les croisa en dodelinant de la tête d'un air navré.

Hannelore s'arrêta devant le numéro 55. Sa respiration restait régulière, mais elle était contente que Ruiz n'habite pas deux rues plus loin.

---

1. Voir *Le Carré de la vengeance*, Albin Michel, 2008.

« On devrait faire un peu plus d'exercice physique, dit-elle en voyant arriver Van In rouge comme une pivoine.

– On n'est pas non plus obligés de courir, pour ça », dit-il.

Mens sana in corpore sano : Van In était d'accord. Mais il ne supportait pas ces jeunes gens au corps d'athlète et à la cervelle vide, véritables publicités ambulantes pour la superficialité. Il avait décidé d'entrer en résistance. D'où cette idée : il était beaucoup plus sain pour l'esprit de vivre selon l'adage *mens sana in corpore insano,* ne serait-ce que pour rendre la légèreté de l'être un peu moins insoutenable. Et puis, il ne voulait pas donner raison à René Girard. L'imitation, le seul mode d'existence que la société pouvait encore tolérer ? Non et non ! Il voulait prouver qu'une autre solution restait possible !

« Tu sonnes ? Tu en es encore capable ?

– *Brains and beauty first.*

– Sale macho ! »

Hannelore aurait voulu arrêter le temps, dresser une tente et passer le reste de sa vie là, dans le vallon de leur amour. Pourquoi était-elle d'humeur si romantique, subitement ? Peut-être parce qu'il lui avait dit « *Brains and beauty first* » et qu'elle associait cette phrase, Dieu sait pourquoi, à la parabole que lui avait racontée une bonne sœur vingt-cinq ans auparavant : trois hommes arrivant au sommet d'une montagne étaient tombés en extase parce que le quatrième, leur maître vénéré, leur montrait l'avenir.

Le bruit de la sonnette brisa l'enchantement. Hannelore sourit une dernière fois à Van In comme une collégienne avant de reprendre le masque qui seyait à sa fonction.

« Je me demande si Ruiz est chez lui. »

Elle n'avait pas terminé sa phrase qu'ils entendaient une porte intérieure claquer et des pas approcher. Lorsque Ruiz ouvrit, les bribes d'un air mélancolique de guitare s'échappèrent dans la rue.

« Pouvons-nous entrer ? demanda Van In, amical.

– Bien sûr ! »

Ruiz s'écarta et les invita à l'intérieur d'un geste accueillant. Le *kot* est à l'étudiant belge ce que la chambre de bonne est au jeune Parisien : une piaule minuscule où règne en général un foutoir indescriptible. Le studio de Ruiz était à l'opposé de ce cliché : la chambre était rangée avec une quasi-maniaquerie et la cuisine attenante était nickel de chez nickel. Il n'y avait même pas une tasse sale à côté de l'évier. Évidemment, Ruiz n'était plus tout à fait un étudiant.

« Je peux vous offrir quelque chose ? Un verre de vin ? »

Ruiz coupa le son.

Dommage ! pensa Hannelore. *Cet air méditerranéen était à l'unisson de mon humeur nostalgique.*

« N'éteignez pas la musique pour nous, dit Van In.

– Je vais chercher une bouteille », dit Ruiz en rallumant la chaîne stéréo avant de disparaître dans la cuisine.

Il ne nous a pas demandé ce qui nous amenait. Curieux, quand même ! songea Van In. *On dirait qu'il nous attendait.*

Il attira à lui un cendrier étincelant qui trônait sur la table basse et alluma une cigarette. Quand il s'enfonça dans le canapé, Hannelore se pelotonna contre lui, comme s'ils étaient chez eux, impasse du Poisson-Gras. L'impression que cet interrogatoire prenait un tour totalement surréaliste fut encore renforcée pour les deux tourtereaux lorsqu'ils virent Ruiz revenir de la cuisine avec une assiette de tapas et qu'il leur servit un verre de vin.

« Je suppose que vous n'êtes pas venus me faire une visite de politesse, dit-il en souriant. J'espère qu'on n'a assassiné personne d'autre ! »

Il se félicita d'avoir rangé son studio à fond. Après le regrettable incident dans lequel Arnaldo avait perdu la vie, Jorgi avait téléphoné à Pasionario. Celui-ci avait aussitôt donné une suite d'instructions ; l'une d'entre elles était de mettre de l'ordre.

« On a volé un tableau cette nuit, dit Van In avant d'avaler une rondelle de chorizo qu'il s'empressa de rincer avec une gorgée de vin.

– Nous n'accrochons pas de tableaux aux murs du Collège d'Europe, commissaire. Même dans le bureau du recteur. »

Hannelore sourit. Elle trouvait ce jeune Espagnol très séduisant. *Pas étonnant que les filles tombent comme des mouches !*

« Le tableau volé était exposé juste à côté, dit Van In. Si j'en crois les experts, les voleurs sont entrés dans le musée par le jardin. »

Durant leurs études, les futurs diplomates apprennent à rester de marbre en toute circonstance et à dissimuler la moindre de leurs émotions. Or, à la grande surprise de Van In, Ruiz éclata de rire.

« Vous ne dites pas ça sérieusement !

– Je crains fort qu'il ne s'agisse pas là d'une farce d'étudiant, monsieur Ruiz. Ni d'un bruit parasite… »

Ruiz comprit subitement d'où venait le vent. Hannelore, qui était toujours blottie langoureusement contre son amoureux, suivait la conversation avec un étonnement mêlé d'admiration. Van In en connaissait un bout sur la nature humaine. Elle savait que son homme enregistrait la moindre des réactions de Ruiz avec une précision mathématique. C'était sa grande force : être capable de mémoriser un nombre extraordinaire de données et les interpréter après coup. Certes, il était moins rapide qu'un ordinateur, mais les conclusions auxquelles il parvenait étaient plus fines et plus fiables car il tenait compte d'éléments auxquels les machines sont insensibles, comme l'imprévisibilité de l'individu et ses contradictions internes. Van In réalisait la prouesse d'appliquer à l'homme la théorie des cordes qui, en physique, permet d'unifier la mécanique quantique et la relativité générale dans la théorie du tout.

« J'ai dit ça ?

– Non, répondit Van In, mais vous étiez sur le point de le faire. »

Cette petite phrase anodine donna un autre tour à la conversation. Le diplomate au sang froid se racla la gorge et remplit les verres, attendant la question suivante avec anxiété.

« Je vais être franc avec vous, Ruiz. Je pense que vous êtes impliqué dans le meurtre de Jos Viaene et dans le vol du *Jugement dernier* de Jérôme Bosch. Mon seul problème, c'est que je ne sais pas comment. Pas encore. »

Ruiz hocha la tête. *Dans quatre jours, les jeux seront faits. Rien ne pourra m'arrêter.*

« Je croyais que dans ce pays tout suspect restait présumé innocent...

– Bien sûr ! intervint subitement Hannelore.

– J'avais oublié de vous dire que ma compagne est juge d'instruction, dit Van In en souriant. Et si les choses se déroulent comme je le souhaite, j'espère que le parquet lui confiera votre affaire.

– La justice belge a des atours ravissants, dit Ruiz en essayant de contrôler le tremblement de sa voix. Et j'ai un alibi, commissaire.

– Je n'en attendais pas moins de vous. »

Ruiz sourit à Hannelore. Une très belle femme. Elle devait être adorable en privé. Mais elle était beaucoup trop jeune pour être juge d'instruction.

« J'ai passé la nuit avec une amie.

– Ils disent tous ça, Ruiz.

– Vous ne voulez pas connaître son identité ? reprit l'Espagnol après un silence.

– Ce n'est pas la peine. Je sais déjà qu'Els Hocepied jurera la main sur le cœur que vous avez dormi chez elle. »

En 1965, Paul Simon et Art Garfunkel avaient touché les âmes sensibles en montrant avec *The Sound of Silence* que la musique dialogue avec le silence, chacun éveillant l'autre, comme le vent qui souffle sans bruit au sommet de l'Himalaya évoque le bruissement des vagues.

Jaime Ruiz ne répondit rien, et son silence fut assourdissant.

9

« Je ne vais pas te demander qui est Els Hocepied, dit Hannelore alors qu'ils quittaient la rue de la Bouverie et qu'ils débouchaient sur le Zand la main dans la main. Par contre, je voudrais savoir comment tu as deviné que Ruiz avait passé la nuit chez elle.

– Je l'ai interrogée avec Guido dans le cadre de l'enquête sur le meurtre de Viaene. Figure-toi que, sur la table basse du salon, il y avait le même numéro de *Cosmopolitan* que chez Ruiz. »

Van In ne crut pas nécessaire de préciser que c'était Versavel qui avait attiré son attention sur la revue chez la jeune femme.

« Et alors ? Je suppose que tu le trouveras aussi chez des centaines de Brugeois…

– Comme par hasard, ce numéro date de l'année dernière et contient un reportage où une certaine Els Hocepied tient la vedette. J'ai oublié de te dire qu'elle était mannequin.

– Ah bon…

– Il y a encore quelque chose que tu dois savoir, se hâta d'ajouter Van In. Mlle Hocepied a subi une opération de chirurgie esthétique. On lui a retiré sa bosse.

– Et ses pieds ? Elle pue toujours des pieds ?

– Non, ou alors elle y travaille. Quand nous l'avons vue, elle sortait de sous la douche. »

Sur le Zand, de nombreux ouvriers s'activaient telles des fourmis autour du bâtiment de la nouvelle salle de concert.

« Regarde-moi ça ! Je me demande s'ils seront prêts pour l'inauguration ! Quand ils auront posé ces grandes plaques de terre cuite, qui se souviendra encore qu'elles dissimulent une horrible carcasse de béton ? La beauté, quand même ! À quoi ça tient !

– Tu ne la trouves pas belle ?

– Qui, que, quoi ?

– Els Hocepied !

– Tu veux qu'on aille la voir ensemble ? »

La légèreté avec laquelle Van In lui avait fait cette proposition confirma à Hannelore qu'elle et Van In étaient bien à l'unisson. Et qu'il avait fameusement mûri. Comme elle l'aimait !

« Ce sera avec plaisir ! »

Ferdinand Boedt était un homme qui savait apprécier la qualité, ne fût-ce que pour montrer aux ploucs qu'il gagnait assez, lui, pour vivre dans le luxe. Il s'achetait donc des vêtements de marque et ne ratait jamais une occasion de montrer combien il avait bon goût. Par contre, au rayon alimentation, il se contentait d'abats, de glucides et de produits laitiers périmés qui sont, chacun le sait, les ingrédients de base des pizzas et autres plats préparés. Une odeur de lumpia flottait encore dans l'habitacle de la Volvo.

Il alluma la lumière et prit soin de tirer le petit rideau de la fenêtre du garage avant d'ouvrir le coffre de la voiture. Il y glissa un paquet rectangulaire et le recouvrit d'une couverture et de plusieurs cartons. Cela n'aurait pas dû lui prendre plus de quelques minutes, mais il y consacra en réalité près d'une demi-heure, ouvrant et refermant les caisses, tirant sur les coins de la couverture, vérifiant à plusieurs reprises le contenu du réservoir et le niveau d'huile. Enfin, il ouvrit la porte du garage. Il avait disposé une carte de la Belgique sur le siège du passager. D'un doigt attentif, il suivit l'itinéraire qu'il avait tracé le matin même au feutre rouge. Ce n'était pas le plus court, mais c'était certainement le plus sûr – enfin, il l'espérait.

Il sortit la voiture du garage en veillant à aborder en douceur le rebord du trottoir. Mais il avait les mains moites, et plusieurs fois il fit crier les vitesses. Heureusement, le quartier était désert. Les enfants étaient à l'école, et la plupart des femmes au foyer profitaient du calme avant la tempête. La bouche sèche, Boedt sentait le sang battre contre ses tempes, mais nulle poussée d'adrénaline ne vint à sa rescousse. Il jeta un coup d'œil dans le rétroviseur, regardant une dernière fois la maison où lui et Nora avaient passé la moitié de leur vie. La pensée que le trajet qu'il s'apprêtait à faire risquait de lui coûter la totalité de ses biens lui tordit le ventre. Il eut un haut-le-cœur. Une larme roula sur sa joue quand il se rappela Nora, le jour de la naissance de leur fils. Elle ne lui aurait pas pardonné s'il avait refusé de faire ce qui lui avait été demandé.

« Je suis désolée, commissaire. Mon taxi arrive d'un moment à l'autre. Je dois être à Zaventem à une heure et demie. »

Els Hocepied boucla sa valise avant de se passer la main dans les cheveux d'un geste élégant. Elle était l'affabilité même, mais Van In détecta une once d'irritation dans sa voix

« Le commissaire ne peut pas tenir compte de ces considérations, dit Hannelore d'une voix ferme alors que Van In s'était contenté d'un hochement de tête équivoque.

– Ah bon ? »

Une jeune fille de vingt-trois ans habituée à être constamment le centre de l'attention a généralement tendance à considérer une femme de trente-cinq balais, même très belle, comme une vieille peau. Els Hocepied ne se priva pas de le montrer. Et pour que les choses soient encore plus claires, elle ôta son t-shirt et traversa le salon en soutien-gorge.

« Mme Martens veut dire que…

– Je ne vous entends pas, commissaire ! »

Dans la salle de bains attenante au salon, la jeune fille ouvrit un robinet et entreprit de se rafraîchir les aisselles avec un gant de toilette mouillé. Van In regarda Hannelore, qui ferma les yeux en secouant la tête d'un air désapprobateur. Elle était en réalité très curieuse de voir comment il allait s'en sortir.

« Je ne peux quand même pas me mettre à crier, dit-il.

– Moi, je me demande surtout ce que tu aurais fait si je ne t'avais pas accompagné. »

Van In se sentait dans une situation aussi désespérée que, sur un échiquier, le roi blanc entouré par les cavaliers, les fous et les tours des noirs. Quelle que fût sa manœuvre, il était « échec et mat ».

« Tu penses que nous avons suffisamment d'éléments probants en notre possession pour l'arrêter ? »

Hannelore traversa le salon jusqu'à la table basse en

adoptant la démarche de la jolie Els Hocepied. Elle s'empara de la pile de revues et les examina l'une après l'autre. Les photos de couverture étaient élégantes et suggestives, et bien plus belles que celles qu'avait prises d'elle un obscur photographe, quand elle avait posé pendant ses études pour se faire un peu d'argent de poche.

« Je ne vois pas le numéro de *Cosmopolitan*, dit-elle. Un hasard, tu crois ? »

Elle avait raison. Le *Cosmopolitan* avait disparu.

À cet instant, on sonna. La jeune femme s'épongea à la hâte et alla répondre à l'interphone.

« J'arrive ! » dit-elle.

Elle sourit à Van In en ignorant Hannelore, selon une vieille ficelle déjà décrite dans *Le Prince* de Machiavel. Elle disparut ensuite dans la chambre à coucher, ouvrit sa penderie et prit tout son temps avant de choisir un chemisier assorti à son pantalon en lin kaki.

« Je suis désolée, mais il faut vraiment que j'y aille, maintenant », dit-elle, enfin prête.

Hannelore aurait pu dire qu'elle était juge d'instruction, ce qui aurait mis fin aussitôt à la comédie. Au lieu de cela, elle dit d'un ton léger :

« Le commissaire et moi, nous avons décidé de vous accompagner. Nous avons envie de faire un brin de causette avec vous. »

Van In revit le roi en situation virtuelle d'échec et mat sur son échiquier. *Alors là, chapeau ! Hannelore a trouvé une solution plus qu'élégante.*

« En espérant que vous n'y verrez pas d'inconvénient, mademoiselle Hocepied. »

Il était aux alentours de quinze heures lorsque Van In et Hannelore s'installèrent à une terrasse, entre la gare centrale et la grand-place de Bruxelles. Durant le trajet en taxi de Bruges à l'aéroport de Zaventem, ils s'étaient relayés pour interroger Els Hocepied, mais ils n'étaient pas parvenus à lui arracher la moindre révélation. Le mannequin avait bien admis que Ruiz avait passé la soirée et la nuit chez elle, sans plus. Lorsque Van In lui avait demandé si elle était prête à répéter tout ça sous serment devant un tribunal, elle s'était insurgée : « Pourquoi je mentirais ? » « Parce que Ruiz est votre amoureux », avait répondu Van In sèchement. Elle avait éclaté de rire. « Je n'appartiens à personne, commissaire ! Les hommes, ça va, ça vient ! Pourquoi me mettrais-je en difficulté pour eux ? Si vous voulez savoir avec qui j'ai couché ces trois dernières années, je vous communiquerai les noms avec plaisir ! »

Hannelore notait la conversation dans une sorte de sténo qu'elle était la seule à pouvoir déchiffrer. Els Hocepied avait rencontré Ruiz trois mois auparavant au Mardi Gras, un café de la grand-place de Bruges qui était le quartier général des étudiants du Collège d'Europe. Depuis lors, ils s'étaient revus plusieurs fois. Pourquoi un *Cosmopolitan* se trouvait-il chez chacun d'eux ? Elle avait une explication simplissime : elle recevait cinq exemplaires justificatifs après chaque séance. Elle en avait offert un à Ruiz parce qu'il était bluffé par ses photos. Quand Van In avait laissé entendre que Ruiz faisait peut-être partie d'une faction terroriste, elle avait répondu, stupéfaite, que c'était impossible, car Jaime était un grand romantique et qu'il avait horreur de la violence. Manifestement, elle dissimulait des éléments, mais son histoire tenait debout.

« Une Duvel et un vin blanc, dit Van In lorsque le serveur vint prendre la commande en français.

– Encore une Duvel ! s'exclama Hannelore.

– Ce sera ma première aujourd'hui.

– Mais certainement pas ta dernière !

– On verra… »

Van In alluma une cigarette. Son père était mort dix ans auparavant d'un lupus, une maladie auto-immune du tissu conjonctif, et sa mère, d'une erreur médicale, juste avant qu'il n'entre dans la police. Un jeune médecin lui avait prescrit une dose cent fois trop forte de belladone et le pharmacien n'avait pas pris la peine de l'appeler pour vérifier. Voilà deux choses qui ne lui arriveraient pas : il avait fait le test, il n'était pas porteur du lupus ; quant aux prescriptions, il les faisait désormais lire deux fois plutôt qu'une par son pharmacien.

« Je ne veux pas te perdre, Van In.

– Moi non plus, je ne veux pas te perdre. »

La rumeur de la rue se tut. C'était comme s'ils étaient subitement seuls au monde. Van In s'entendait respirer. Il vivait en sursis. Seul un accident pouvait faire mentir les statistiques qui lui prédisaient une mort précoce, avec ses cinquante cigarettes par jour et tout l'alcool qui coulait dans ses veines. Mais « précoce », qu'est-ce que ça voulait dire ? Il écrasa sa clope, se pencha en avant et embrassa Hannelore à pleine bouche.

« Il y a quelque chose de louche au Collège d'Europe, dit-il.

– Tu crois que Ruiz et Els Hocepied ne sont pas aussi innocents qu'ils veulent s'en donner l'air ?

– Je ne sais pas, Hanne. »

C'était la première fois que Van In prenait conscience de sa condition de mortel avec une telle intensité. C'était aussi la première fois qu'Hannelore y faisait allusion. Ils ne pouvaient pas vivre l'un sans l'autre – et mourir ?

« Moi non plus, mon amour. On va manger ? Je meurs de faim !

– Ici ?

– Non, allons plutôt à l'Ultieme Hallucinatie. »

La brasserie de la rue Royale jouissait d'une excellente réputation parmi les Flamands de Bruxelles. On y trouvait une ambiance typique comme on n'en fait plus, et des assiettes du même acabit.

À quelques kilomètres de là, Ferdinand Boedt gara sa voiture dans une rue pentue, devant une maison de maître du dix-neuvième qui, à l'instar de la plupart des édifices du Sablon, abritait un magasin d'antiquités. Les Volvo sont des voitures fiables, n'empêche : il tira le frein à main et enclencha la première, car deux précautions valent mieux qu'une. Il ouvrit la portière et se faufila subrepticement sur le trottoir. Le nom du magasin s'étalait en élégantes lettres italiques sur toute la largeur de la vitrine : « Jacobus Antiques » ; la mention « Import Export » figurait dessous en caractères romains, assurant un contraste saisissant.

Après avoir pris une profonde inspiration, Ferdinand Boedt entra. Un carillon oriental tintinnabula. Dans l'honorable famille brugeoise de Guido Jacobus, on était avocat de père en fils. Dieudonné Jacobus, le grand-père, avait raté de peu l'anoblissement un an auparavant, quand il était apparu que Guido s'était jadis permis un article irrévérencieux sur la famille royale dans un journal étudiant. Il avait été banni de la famille sans autre forme de procès. Son père l'avait envoyé voir le monde avec une maigre pension, en mettant les points sur les i : à son retour, il ne serait pas fêté en fils prodigue. Faisant de nécessité vertu, Guido Jacobus s'était installé à Bruxelles, où il avait rapidement fait fortune en achetant et en vendant des fonds de grenier, selon l'expression du fonctionnaire du fisc qu'il invitait chaque année à la même époque au Comme chez Soi, le restaurant le plus coté de la capitale.

« Enfin, vous voilà ! s'exclama l'antiquaire. J'espère que la marchandise est en bon état. Ce serait bien malheureux si...

– Pas en public, monsieur Jacobus, dit Ferdinand Boedt en regardant autour de lui, la mine effarouchée.

– Ne vous faites pas de souci, Boedt. Agnès est partie faire les courses. Elle ne rentrera pas avant dix-huit heures. »

Ils sortirent tous les deux du magasin. Boedt ouvrit le coffre et écarta les cartons sans ménagement. Jacobus prit le paquet respectueusement.

« Vous croyez qu'ils vont en donner combien ?

– Je ne veux plus rien avoir à faire avec cette histoire », dit Boedt en haussant les épaules.

Hannelore lécha sa cuiller avec délectation et repoussa l'assiette vide. Ils avaient mangé comme des princes : un saumon fumé délicieusement fondant en entrée, suivi d'un cabillaud à la moutarde absolument divin, puis d'une mousse au chocolat à damner un saint.

« Pourquoi Els Hocepied a-t-elle menti ? dit-elle subitement.

– Comment ça, menti ? »

Van In alluma une cigarette et souffla la fumée en direction du plafond.

« Avec cette histoire du *Cosmopolitan*.

– Je ne vois pas l'embrouille. »

Il accusait le coup. La belle insouciance qu'il cultivait depuis ses seize ans avait du plomb dans l'aile. Il n'était pas immortel.

« Nous devons vérifier si la rédaction de *Cosmopolitan* envoie réellement cinq exemplaires justificatifs à ses modèles », poursuivit Hannelore.

Van In regardait fixement le lumignon de sa cigarette. Hannelore passa une main devant ses yeux.

« Hé ho ! Ça ne va pas ?

– Excuse-moi.

– Tu as entendu ce que j'ai dit ?

– Tu m'as demandé pourquoi Hocepied avait menti. »

Hannelore poussa un profond soupir. À cet instant, le serveur, qui taillait une bavette avec le barman pour mieux reluquer cette cliente pas comme les autres, se dit que, s'il avait eu la chance de boire un verre avec une femme pareille, il ne se serait jamais permis un moment d'inattention.

« C'était il y a un siècle, Van In. »

Hannelore appela le garçon, qui arriva instantanément.

« Puis-je avoir une deuxième mousse au chocolat ? demanda-t-elle. Elle est à grimper aux rideaux !

– Très certainement, madame. »

L'homme fit volte-face en souriant, se demandant si elle était consciente de ce qu'elle avait réellement dit. *Encore une qui a besoin de baiser. Je l'aurais parié !*

« Je disais que nous devrions vérifier si la rédaction de *Cosmopolitan* envoie réellement cinq exemplaires justificatifs à chacun de ses modèles.

– Et pourquoi s'il te plaît, chère Watsonnette chérie ? »

Van In commençait à voir les choses sous un angle nouveau. Jusqu'à présent, ils pensaient que Jos Viaene avait vendu le plan de sécurité du musée Groningue à une bande de voleurs, qu'il s'était montré trop exigeant et qu'il l'avait payé de sa vie. L'hypothèse était séduisante, mais il y avait eu la fusillade au P90 sur le canal d'Ostende, qui s'était soldée par la mort d'un homme qu'on n'avait toujours pas identifié. Comme par hasard, on avait retrouvé à côté de lui le fils du directeur de la sécurité des musées brugeois, un jeune homme qui était à la fois l'ami d'Els Hocepied, mannequin international, et de Jos Viaene, fonctionnaire homo et pas vraiment un prix de beauté. Il fallait ajouter au tableau Jaime Ruiz, assistant du recteur du Collège d'Europe. Le témoin qui avait trouvé Jos Viaene dans le parc du lac d'Amour et appelé les secours. Était-il le cerveau de l'affaire ? Les éléments retrouvés par Klaas Vermeulen indiquaient cette direction.

« Et merde !

– Une illumination ?

– J'ai oublié quelqu'un ! Guido Jacobus ! Je crois me souvenir que Versavel m'a dit qu'il était marchand d'art. »

Un coup de fil d'Hannelore au parquet suffit. Deux minutes plus tard, elle avait l'adresse de Guido Jacobus. Elle demanda au serveur, qui avait l'air d'en pincer pour elle, de leur appeler un taxi. Et puis, sans se presser, elle dégusta sa deuxième mousse au chocolat.

Si le taxi qui les emmenait au Sablon n'avait pas été coincé dans un embouteillage, ils auraient sans doute cueilli le renard dans sa tanière, mais le sort en décida autrement. Lorsque Hannelore poussa la porte du magasin d'antiquités de Guido Jacobus, Ferdinand Boedt passait devant la basilique de Koekelberg et s'engouffrait sur l'autoroute de la mer.

« Vous désirez ? » dit Guido Jacobus, un sourire professionnel aux lèvres.

Une jolie femme au bras d'un homme plus âgé, c'était souvent synonyme de bonnes affaires. Il en avait déjà vu passer, des affoleuses qui remplissaient leur villa d'antiquités par pure frustration !

Van In se détourna ostensiblement d'une nature morte très richement encadrée.

« Vous vendez aussi des peintres anciens ?

– Que cherchez-vous exactement, monsieur ? »

Jacobus n'avait aucun état d'âme. Il pouvait aussi bien fourguer des toiles grandiloquentes à la gloire de Napoléon que des sous-Rubens dégoulinant de nymphettes et de déesses enrobées dans leurs voiles.

« Des Primitifs flamands. »

Jacobus sentit les battements de son cœur s'accélérer dans sa poitrine.

« Vous n'avez malheureusement pas frappé à la bonne porte, monsieur. Les Primitifs flamands se vendent surtout à l'étranger de nos jours. Je vous conseillerais d'aller chez Christie's.

– Ah bon », dit Van In.

Il prit un chandelier en argent qui était posé sur une petite table Biedermeier, le retourna et fit semblant de chercher le poinçon.

« Qu'est-ce que tu en penses, Hanne ? »

L'objet était orné d'une étiquette qui annonçait un prix à cinq chiffres en petits caractères.

« Une pièce unique, monsieur ! dit Jacobus, essayant de faire taire les battements de tambour qui résonnaient dans sa poitrine.

– Tu ne trouves pas ça un peu chérot, mon amour, huit cent cinquante euros pour un truc qu'on n'utilisera de toute façon jamais ? »

Corrigeant son maintien, Hannelore fit une moue de grande bourgeoise absolument parfaite.

« Je serai content avec sept cent cinquante, dit Jacobus un peu trop vite.

– Quatre cents ! » dit Van In.

Il palpa sa poche revolver, en sortit un calepin et nota une adresse sur une feuille qu'il déchira et tendit à l'antiquaire.

« Vous pourrez le faire porter ici ! »

L'homme pâlit en découvrant le nom et l'adresse de Jos Viaene. Sa vue se troubla. *Mais qu'est-ce qui se passe, nom de Dieu ?*

« Qui êtes-vous ? demanda-t-il enfin.

– Je suis le commissaire Van In, et voici madame le juge d'instruction Hannelore Martens. Nous voudrions vous poser quelques questions au sujet de Jos Viaene. »

La porte s'ouvrit au même instant, faisant une nouvelle fois tintinnabuler le carillon oriental. Une femme grassouillette d'une trentaine d'années entra d'un pas énergique. Elle portait une dizaine de sacs, tous ornés du logo d'une grande marque.

« Bonjour ! » claironna-t-elle.

Sur des charbons ardents, Jacobus remercia le ciel de lui avoir inopinément mais judicieusement amené Agnès. Son entrée en fanfare lui donnait le temps de réfléchir.

« Permettez-moi de faire les présentations. Agnès, mon épouse. Le commissaire Van In, et madame le juge d'instruction, Hannelore Martens.

– Votre épouse ? ! demanda Van In, stupéfait.

– Vous en doutez ? Ils ne vous ont tout de même pas dit que j'étais pédé ! » s'écria-t-il en riant.

« Tu n'aurais pas dû dévoiler notre identité si rapidement ! dit Hannelore alors qu'ils descendaient l'escalier de la gare centrale en direction des quais.

– Pourquoi ?

– Parce que tu le tenais à ta merci. Tu n'as pas vu la peur sur son visage quand tu lui as tendu l'adresse de Viaene ?

– Donc, tu ne le crois pas ?

– Ne déconne pas, Van In ! »

Après les présentations, l'antiquaire leur avait servi une histoire un peu tarabiscotée. Il n'avait pas nié connaître Viaene et Olivier Boedt, mais, quand Van In lui avait demandé s'ils entretenaient des relations étroites, il s'était tourné vers sa femme. « Dis-leur, chérie ! »

Le récit de la jeune femme avait paru convaincant, mais il contenait une masse d'informations invérifiables.

« Il y a quelque chose de sournois chez eux, commenta Hannelore alors que le train entrait en gare.

– Oui, réagit Van In, un brin déçu. Mais nous n'irons pas loin avec ça. »

Le bourgmestre Moens vivait dans une maison toute simple de la périphérie brugeoise. Il s'était installé devant la télé avec un bon verre de whisky et zappait à tire-larigot. C'était la première soirée depuis bien longtemps qu'il passait à ne rien faire. Depuis quand, au juste ? Des mois ? Des années ? La seule chose dont il était certain, c'était que la réunion du comité de quartier à laquelle il avait été convié avait été annulée pour la simple et bonne raison qu'un incendie s'était déclaré l'après-midi dans la salle paroissiale où elle était organisée. Moens poussa un soupir. *C'est beau, la démocratie !*

Mais ça devient particulièrement lassant quand chaque citoyen tient à me l'expliquer personnellement.

« Ça va, mon chéri ? demanda sa femme en venant s'asseoir à côté de lui dans le divan.

– Dans cinq ans, nous pourrons faire ça tous les soirs ! dit-il alors qu'elle lui caressait les cheveux.

– Regarder la télé ? »

Moens la prit dans ses bras.

« Aussi, mais ce n'est pas à ça que je pensais ! »

Le téléphone sonna.

« Qu'ils laissent un message sur le répondeur ! dit-elle alors que Moens faisait déjà mine de se lever. C'est si rare que je t'aie à moi toute seule pour la soirée !

– Tu as raison, ma choute. »

Moens se laissa retomber dans les coussins et l'attira à lui. Le message d'accueil du répondeur téléphonique retentit dans la pièce, suivi du bip caractéristique. L'appelant ne se présenta pas. Il dit quelques mots avant de couper la communication très rapidement. Moens, qui en était à peloter les seins de sa femme, secoua la tête d'un air incrédule, puis sa main se glissa dans des profondeurs chaudes et humides.

10

Une heure et demie après qu'un inconnu eut laissé un message sur le répondeur du bourgmestre Moens au sujet du Jérôme Bosch volé, un impressionnant ballet de voitures anima le Burg. Un journaliste de la presse locale qui buvait un café au Tom Pouce avec sa nouvelle petite amie observa la scène de derrière la vitre avec un étonnement croissant. Lorsqu'il vit le procureur Beekman arriver en trombe et monter quatre à quatre les marches de l'hôtel de ville, il n'y tint plus et passa un coup de tube à son rédacteur en chef. N'étant pas né de la dernière pluie, ledit rédacteur en chef lui ordonna d'aller interroger fissa le concierge de l'hôtel de ville et de lui rendre compte immédiatement. La petite amie fut toute désillusionnée lorsqu'elle comprit que la soirée romantique s'achevait là ; elle accueillit la nouvelle avec un sourire contraint, cacha son joli petit cul sous son manteau et quitta le tea-room la tête basse en pensant que sa mère avait raison de dire que les journalistes sont tous des cons sur qui on ne peut pas compter.

Dans la rue aux Laines, Van In et Hannelore prirent par le raccourci de la galerie commerçante. Le bourgmestre Moens leur avait téléphoné une heure auparavant pour les prier instamment d'assister à la réunion de crise organisée à l'hôtel de ville. Ils n'avaient pas vraiment apprécié, car Simon et Sarah étaient déjà au lit. Katrien, la nounou, s'apprêtait à aller au cinéma quand Hannelore l'avait appelée pour un baby-sitting d'urgence.

« Encore une indiscrétion ! lâcha Van In en reconnaissant le journaliste qui discutaillait avec le concierge.

– On passe par l'entrée latérale ?

– Pas possible, ma chérie », dit-il en montrant la BMW de Beekman, garée n'importe comment. Ils prirent donc par l'imposante entrée de l'édifice gothique, montèrent les marches qui séparent la partie publique de celle réservée aux services administratifs et pénétrèrent dans le couloir où se trouvent le cabinet du bourgmestre et les bureaux de ses échevins. Ils croisèrent Yvan Deroo, le préposé à la culture, qui était l'initiateur du projet HiBrugia. L'homme grillait nerveusement un cigarillo malgré l'interdiction formelle de fumer qu'avait fait afficher son collègue aux affaires sociales.

« Des soucis, monsieur l'échevin ? »

Deroo sourit tristement en hochant la tête. L'homme s'était battu pendant trois longues années pour faire venir *Guernica* à Bruges. Depuis, il envoyait communiqué de presse sur communiqué de presse dans l'espoir de faire entrer son nom à la postérité et de figurer enfin parmi les Brugeois jouissant d'une notoriété nationale.

« Laisse-le tranquille ! chuchota Hannelore.

– Qu'est-ce que j'ai encore dit ? »

Dans la salle des échevins, il régnait une atmosphère particulièrement tendue, confirmant de nouveau que le vol d'un tableau était beaucoup plus grave que la mort d'un homme.

« Bonsoir, madame le juge. Content de vous voir ! dit Moens en serrant la main d'Hannelore avant de se tourner vers Van In. Vous avez des informations fraîches ?

– Non. Le journal allait commencer quand vous avez téléphoné. »

Le bourgmestre éclata de rire et gratifia Van In d'une claque sur l'épaule, ce qui était sa tactique quand il était pris au dépourvu.

Après les échanges de politesses habituels, on s'assit aux tables en chêne disposées en U pour la circonstance. Moens se racla plusieurs fois la gorge avant de prendre la parole.

« Mesdames et messieurs les échevins. Si je vous ai réunis en séance extraordinaire ce soir, c'est pour la raison suivante... »

Comme Beekman, le bourgmestre avait suivi une formation à la communication ; elle avait manifestement porté ses fruits, car son discours fut plus court et plus clair qu'à l'accoutumée. Une heure et demie auparavant, il avait reçu un coup de fil anonyme lui annonçant que la ville de Bruges pourrait récupérer le Jérôme Bosch volé moyennant une rançon d'une valeur de deux millions d'euros en diamants. Elle était censée faire savoir par la bouche du bourgmestre si elle acceptait cette condition. Sa décision devait être communiquée lors d'un bulletin d'information spécial qui serait diffusé sur une chaîne de télévision nationale. Le contact anonyme se mettrait ensuite en relation avec Moens pour régler les conditions de l'échange.

Moens saisit le verre d'eau posé devant lui et le vida d'un trait. Le brouhaha qui enfla aussitôt montra que le message était bien passé, ce qui n'était pas évident dans une compagnie composée d'hommes politiques et de grosses légumes.

« Si vous avez des questions, c'est le moment ! Allez-y ! »

Van In ne perdit pas une seconde, car il savait d'expérience que s'il ne prenait pas immédiatement la parole, il serait obligé de se farcir une litanie de questions plus stupides les unes que les autres sans pouvoir en placer une.

« Pouvez-vous me donner des informations sur la personne qui vous a appelé, monsieur le bourgmestre ? Êtes-vous certain qu'il s'agissait d'un homme ? Avait-il un accent ? Vous souvenez-vous de ses paroles exactes ? »

Moens sourit.

« Je peux faire plus que ça, commissaire, dit-il en palpant la poche intérieure de son veston avant de brandir une cassette. Mon répondeur téléphonique était branché.

– C'est un bon début », répondit Van In.

Six mois auparavant, il avait visité le labo judiciaire d'Europol à Wiesbaden et avait vu de ses yeux les experts tirer une somme phénoménale d'informations à partir d'une minute trente d'enregistrement.

« Les spécialistes pourront se mettre au boulot tout de suite. Vous savez, ils sont désormais capables d'isoler les bruits de fond et les sons parasites et de les comparer aux millions de sons de référence qu'ils ont stockés dans leurs ordinateurs. Ils peuvent par exemple identifier un moteur de voiture et en donner la marque. Et les analystes de la voix sont capables de déterminer l'âge, la formation, le caractère et le domicile d'une personne au moyen d'un échantillon minuscule. »

Il n'avait pas manqué son effet. Un silence religieux régnait maintenant dans la salle.

« Je fais le nécessaire ! » dit Van In lorsque Moens lui tendit la cassette.

Hannelore était stupéfaite.

« Je ne t'ai jamais entendu tenir un discours aussi pro ! chuchota-t-elle à son oreille.

– Ça n'allait pas ?

– Au contraire ! Regarde-les ! »

Tous les yeux étaient braqués sur lui. Beekman hocha la tête d'un air approbateur avant de se tourner vers le commandant de district de la gendarmerie assis à côté de lui. Celui-ci n'avait pourtant pas l'air très impressionné, et il ne répondit que d'un imperceptible signe du menton lorsque Van In le salua d'un geste de la main.

« J'ai envie d'un bon turbot ! décréta Van In lorsque Deroo prit la parole ; la conversation menaçait déjà de s'engluer.

– Au Visscherie ?

– Tu as une meilleure idée ? »

Personne ne protesta lorsque Van In et Hannelore s'éclipsèrent après s'être excusés. Compte tenu de la gravité des événements, tout le monde pensait sans doute qu'ils se mettaient immédiatement au travail.

Olivier Boedt monta l'escalier, son double whisky à la main. Il venait de quitter l'hôpital, après un entretien avec la psychiatre de service, une jeune femme aux grands yeux et aux seins plantureux. Elle lui avait annoncé que le traumatisme qu'il avait subi nécessiterait des mois, voire des années de traitement. Il s'était engagé à aller la voir une fois par semaine. *Nous sommes quittes ! La voilà avec un patient intéressant, qui lui donnera peut-être matière à écrire une communication scientifique, et moi, avec un laissez-passer qui me protégera des enquêteurs trop curieux.*

« Tu voulais me parler, papa ? » dit-il en poussant la porte du bureau et en restant dans l'entrée.

Bon sang, si tu savais comme j'ai pitié de toi, papa ! Dire que tu as démarré ta carrière en travaillant bien honnêtement… Jusqu'au jour où tu as compris qu'à ce prix-là, tu resterais toujours au bas de l'échelle ! Alors, tu as jeté tes beaux principes aux orties. Pas trop tôt ! Moi, j'ai appris très jeune à faire une croix sur mes scrupules, à prendre ce qu'il y avait de bon à prendre là où c'était possible et à ne jamais réfléchir aux conséquences de mes actes. En fait, j'aurais dû entrer en politique. C'est toi qui m'en as dissuadé. Je me demande si j'ai eu raison de t'écouter.

« Je me suis foutu dans un beau pétrin, dit le père en posant ses lunettes de lecture et en se frottant le coin des yeux.

– Ce n'est pas ma faute, j'espère ?

– Non, mon fils. »

Qu'est-ce que je pourrais dire d'autre ? Que j'ai piqué ce fichu tableau sous la contrainte parce qu'un zigoto m'a menacé de te tuer si je n'obéissais pas ? Je t'aime, tu sais, fiston, malgré toutes les conneries que j'ai faites dans le passé…

« Mais je veux savoir ce qui s'est passé l'autre nuit au canal d'Ostende !

– D'accord, papa. »

Olivier but une gorgée de whisky, alluma une cigarette et prit place en face de son père.

« Je suis fou amoureux d'Els, tu sais ça, papa.

– Le mannequin ?

– Non, papa. Pas le modèle. Elle. Je suis amoureux de cette fille. »

Ferdinand Boedt fit un geste de la main pour signifier à son fils qu'il n'avait pas envie de continuer à discuter sur ce thème, car cela les aurait menés trop loin. Il y avait une différence entre aimer une femme et avoir envie de coucher avec elle.

« Continue, Olivier.

– Il y a trois mois, Els m'a demandé si je pouvais lui trouver les plans de sécurité des musées brugeois. C'était pour un ami à elle, un type qui travaille au Collège d'Europe et qui voulait faire une blague. Il était prêt à casquer cent vingt-cinq euros pour ça. »

Il tira nerveusement sur sa cigarette, sans se rendre compte du tic qui faisait tressauter sa paupière. Jaime Ruiz avait en réalité promis deux mille cinq cents euros pour les plans : un acompte de cinq mille, et le reste à la livraison. Il n'avait bien sûr pas été question d'une blague de potache. Il avait été tenté par la proposition, mais il ne l'avait pas acceptée tout de suite. Il avait attiré l'attention de Ruiz sur les risques qu'il prenait et lui avait expliqué qu'il n'arriverait jamais à pénétrer dans un musée, les mesures de sécurité étant draconiennes. « Tu oublies le gardien dans la remise du cocher, avait-il dit. Il donnera l'alarme dès que quelqu'un entrera. » Ruiz n'avait pas insisté. Mais, deux jours plus tard, il lui avait fait savoir, par l'entremise d'Els, qu'il voulait quand même acheter les plans. « Pourquoi tu ne laisserais pas le sale boulot à Viaene ? avait demandé Els. Il vendrait sa propre mère pour deux mille cinq cents euros. »

« C'est cher, pour une blague ! » commenta Ferdinand Boedt.

Olivier fit tomber la cendre de sa cigarette.

« Ces gars du Collège d'Europe s'ennuient à mourir, papa. Et la plupart d'entre eux nagent dans le fric. Ruiz voulait seulement se marrer un peu.

– Et tu l'as cru ?

– Ben oui. »

Le soir où il avait attendu Els plein d'espoir le long du canal d'Ostende, un homme masqué avait subitement ouvert sa portière à la volée et l'avait frappé sur le crâne avec un objet massif.

« Quand je suis revenu à moi, j'entendais les sirènes des ambulances. Je ne me souviens de rien. »

Ferdinand Boedt ferma les yeux. Il était bien sûr content que son fils ait survécu à l'agression, mais il savait désormais que les gens qui l'avaient forcé à voler le Jérôme Bosch ne reculeraient devant rien. Convaincu d'avoir pris la bonne décision, il expliqua à son fils ce qu'il avait fait pour le protéger.

« Ceci doit rester entre nous, Olivier. Personne ne doit jamais soupçonner que je suis mêlé à cette affaire. Quoi qu'il arrive. »

Il avait beau être fonctionnaire, il n'était pas stupide. Il avait dit aux voleurs que les flics comprendraient assez vite qu'il avait débranché l'alarme pour les laisser entrer. En conséquence, ils avaient donné l'impression d'être passés par la fenêtre des toilettes pour dames. Lorsqu'il avait compris que Ruiz figurait parmi les voleurs, il avait éraflé la peinture blanche du mur séparant le jardin du musée du Collège d'Europe, histoire de se couvrir si la police parvenait à remonter jusqu'aux coupables.

« Tu ne crois quand même pas que je vais changer ma version des faits pour te sauver, papa ! »

Un sourire cynique aux lèvres, Olivier Boedt se servit un nouveau whisky et alluma une cigarette. *Si le vieux échoue en prison, je serai enfin libre !*

« Tu ne dis pas ça sérieusement, fiston. »

Ferdinand Boedt poussa un profond soupir. *Ah ! Nora ! Ce n'est pas pour moi, mais pour Olivier que tu t'es sacrifiée. Quand tu es morte, c'est comme si tu m'avais transmis le virus : je me suis mis à l'aimer autant que tu l'avais aimé. Mais cet enfant pour qui j'ai tout fait à mon tour s'est transformé en monstre. Non seulement il ne m'est pas reconnaissant, mais il me méprise.*

« Laisse-moi, Olivier. J'aimerais être seul, maintenant.

– Comme tu veux. Les *Playboy* sont derrière le rideau. »

Le turbot était certainement très réussi, car Van In était radieux quand il pénétra dans son bureau le lendemain matin.

« Tu arrives bien tôt, commissaire ! dit Carine. Un souci ? »

Van In lança une boutade gentiment machiste avant de gagner son fauteuil. Pendant que lui et Hannelore claquaient en un dîner le salaire hebdomadaire d'un postier, Carine et Bruynooghe n'avaient apparemment pas chômé, à preuve l'épais dossier qui trônait sur son bureau.

« Salut, Guido ! dit-il lorsque Versavel fit son entrée à huit heures tapantes, comme à l'accoutumée. Un café ? »

Versavel regarda Carine, puis Bruynooghe, qui s'entretenait avec un collègue de Wiesbaden au sujet de la cassette qui avait été acheminée au labo d'Europol par hélico, sur ordre du bourgmestre. Il faisait pour l'occasion des efforts surhumains pour donner le change en allemand.

« Réunion de concertation avec la PJ dans un quart d'heure ! annonça Van In pour remplir le silence laissé par Versavel. Vermeulen aurait découvert quelque chose qui pourrait faire accélérer l'enquête.

– Tu parles sérieusement ?

– Bien sûr ! »

Van In feuilleta le rapport que lui avait préparé Bruynooghe et dont il avait marqué des passages au fluo jaune.

« L'appel reçu par Moens hier soir provenait d'une cabine téléphonique de Hal, précisa-t-il quand Versavel s'assit à côté de lui. La gendarmerie locale est sur les lieux. D'après une première analyse vocale, le correspondant anonyme est originaire de Flandre-Occidentale.

– J'ignorais que les Allemands connaissaient la différence entre l'accent brugeois et l'accent gantois ! lâcha Versavel, ébahi.

– Il n'y a pas que des Allemands à Wiesbaden, Guido. Heureusement, d'ailleurs ! »

Bruynooghe mit fin à la communication d'un « Auf wiederhören » qui manquait de fluidité et se plongea dans son dossier.

Maintenant que l'enquête prenait une dimension internationale, cela devenait sérieux. Il déposa ses notes sur le bureau de son supérieur en faisant tout un cinéma, et il s'en fallut de peu qu'il ne claque les talons.

« Moens n'a pas parlé, dit-il. Le gars a juste laissé un message sur le répondeur.

– Ils ont pu analyser les bruits de fond ?

– Ils y travaillent, justement. Ils nous enverront leur rapport dès qu'ils auront terminé. »

Van In parcourut la prose de Bruynooghe avant de se caler bien confortablement contre son dossier et de s'étirer de tout son long.

Un vrai dîner en amoureux avec Hannelore se prolonge forcément par un deuxième dessert à la maison. « Prolonger », tel fut d'ailleurs le mot de sa chère et tendre lorsqu'ils reproduisirent leur petit exercice du parc du lac d'Amour sous la douche, sur le coup de trois heures et demie du matin. Après ça, ils avaient encore un peu baisouillé au salon, Hannelore prétendant que la position qu'ils avaient essayée sous la douche ne se trouvait pas dans le Kamasutra et que, donc, elle comptait pour du beurre. Van In avait ensuite préparé du café, car il était décidément trop tard pour pioncer.

« Je comprends pourquoi tu es si matinal ! » dit Versavel à qui il venait d'expliquer l'affaire en deux mots.

Lui avait passé la soirée devant la télé avec une assiette de radis et de céleri à la croque au sel pour plaire à Frank, qui lui reprochait ses poignées d'amour.

« Tu savais que Picasso serait mort à la naissance si le gynéco n'avait pas fumé pendant l'accouchement ?

– Arrête de déconner, Van In !

– Je te le jure ! Picasso refusait de respirer. Tout le monde pensait qu'il allait clamser. Le toubib lui a soufflé sa fumée de cigarette en plein nez, et le gamin s'est mis à tousser. Tu vois que je ne connais pas seulement mon Kamasutra !

– Tu m'étonnes ! Et pourquoi tu me racontes ça ? Je devrais me sentir concerné ?

– Dans le mille ! On va transférer *Guernica* en camion blindé de Zaventem au bunker de la grand-place cet après-midi. Et devine qui fera partie du comité d'accueil ?

– Le colonel Saleos ?

– *Si, señor* ! »

Ils éclatèrent de rire. Lorsque Carine déposa une pile de P.V. sur le bureau de Van In, Versavel reconnut celui qu'il avait tapé la veille.

« Avec tout ça, j'ai oublié de te dire, expliqua-t-il, une main sur l'épaule du commissaire. Quelqu'un a téléphoné de la FN. Il est absolument impossible qu'un P90 circule dans le milieu.

– Et tu me dis ça maintenant ? !

– Quand voulais-tu que je te prévienne ? Tu n'es jamais là ! »

Monsieur Moureaux, le directeur commercial de la FN, lissa le fax qu'il avait reçu la veille de madame le procureur-général de Liège le priant poliment de faire des recherches sur l'origine du P90 qui avait été utilisé lors d'un fait divers à Bruges. S'il l'avait retiré de la poubelle, c'est qu'il avait reçu un coup de fil du chef de cabinet du ministère des Affaires étrangères qui lui demandait de communiquer instamment « toutes les informations concernant l'arme en question » à ses services.

« Sales flamints ! » grommela-t-il.

Il enfonça le bouton de l'interphone et demanda à sa secrétaire de lui apporter le dossier Sanaa. Puis, il appela sa maîtresse pour lui dire qu'il arriverait avec une heure de retard.

Klaas Vermeulen avait lui aussi passé une excellente nuit. La veille, il avait reçu des mains du gouverneur provincial une distinction pour son engagement professionnel exceptionnel.

« Bonjour, commissaire Van In !

– Salut, Vermeulen ! »

Ils ne se serrèrent pas la main, mais ils étaient de si bonne humeur tous les deux que le cœur y était presque.

« Vous aviez quelque chose à me raconter, Vermeulen ? Carine, va donc chercher une tasse de café pour monsieur ! »

Vermeulen refusa d'un geste de la main, arguant qu'il n'avait pas le temps.

« Faisons-la brève, Van In. »

Il sortit une enveloppe brune de sa mallette et en extirpa une série de clichés.

« L'une des empreintes de pied correspond à celle que nous avons trouvée dans le parc du lac d'Amour », dit-il en étalant les photos sur la table et en montrant les similitudes dans les dessins des semelles.

« Autrement dit, un des agresseurs de Jos Viaene a participé au vol du tableau, annonça-t-il fièrement. Les preuves que nous avons collectées sur place ne laissent planer aucun doute sur la question. »

La plaque de bronze et le diplôme qu'il avait reçus du gouverneur lui étaient manifestement montés à la tête. *Le voilà qui cause de lui au pluriel de majesté ! Pour qui se prend-il ? ! Pour le pape ? !*

« Nous Niké, déesse de la guerre et de la victoire, nous vous en serons éternellement reconnaissants, Vermeulen !

– Vous ne croyez pas si bien dire, Van In. C'est une Nike. Mais prononcez ce mot à l'anglaise, de grâce !

– Et vous avez les deux pieds du bonhomme ? demanda Versavel, qui ne voulait pas être en reste.

– C'est une femme, si vous voulez savoir, dit Vermeulen en se tournant vers celui qu'il appelait intérieurement la pédale. À moins que vous ne connaissiez des hommes qui chaussent du 38 fillette.

– Je ne m'y connais pas en pointures, riposta Van In. Par contre, question Q.I.…

– Parce que le vôtre dépasse le 38, peut-être ? Une dernière chose, commissaire, avant que je n'oublie. Figurez-vous que les voleurs n'ont pas franchi le mur du jardin. Si vous voulez savoir comment je suis parvenu à cette conclusion, il vous suffit de me présenter vos excuses. Je suis joignable aux heures de bureau. C'est quand vous voulez. »

L'expert salua d'un geste de la main, un sourire triomphant aux lèvres. À l'idée de raconter à ses collègues qu'il avait retourné Van In comme une crêpe, il lui poussait des ailes.

« Bordel ! » s'écria Van In en écrasant son poing sur son bureau.

Versavel essaya de calmer la tempête, bien conscient qu'il n'avait rien fait pour apaiser les choses.

« Te fais pas de bile, Pieter ! »

Van In laissa tomber sa cendre dans le cendrier avant d'abattre une deuxième fois son poing sur la table.

« Je ne m'excuserai pas pour une connerie pareille ! Tu le sais pertinemment !

– Ce ne sera pas nécessaire, Pieter.

– Pourquoi ?

– Tu avais raison de comparer la pointure de la voleuse au Q.I. de Vermeulen.

– Tu m'en diras tant !

– Laisse-moi t'expliquer.

– Bon, bon ! »

Versavel était soulagé.

« Vermeulen est un beau trou du cul, entièrement d'accord avec toi. S'il affirme que les voleurs n'ont pas fait le mur, tu peux le croire. Ce type, l'intuition, il ne connaît pas. Il ne fonctionne qu'avec des preuves, et encore, il faut qu'elles soient en béton !

– Des preuves qu'il ne nous montrera que si je suis prêt à lui lécher les doigts de pied ! Mais tu ne crois quand même pas que je…

– Est-ce que tu vas m'écouter, oui ou merde ? ! »

Versavel haussait très rarement la voix, mais, quand il le faisait, l'effet était garanti.

« Vermeulen est tellement imbu de sa personne qu'il ne s'est pas rendu compte qu'il nous avait donné toutes les informations dont nous avions besoin, Pieter. On s'en fiche, des détails ! On sait que les voleurs n'ont pas fait le mur, voilà, point barre. Génial ! Tu n'as pas besoin de t'excuser, et tu ne le feras pas si tu ne le veux pas. »

Van In ne comprit pas tout de suite ce que Versavel essayait de lui dire. Mais la lumière jaillit dans son esprit, et un large sourire éclaira son visage.

« Dans ces conditions, il ne me semblerait pas inutile d'aller prendre des nouvelles de monsieur Boedt…

– Enfin ! »

Au huitième étage du nouveau palais de justice, situé rue des Quatre-Bras, à Bruxelles, le quartier général de la coopération policière internationale (CPI) et du service général d'appui policier (SGAP), le colonel Sanders fronça les sourcils à la lecture d'un communiqué. Le document provenait du Service espagnol des renseignements spéciaux et portait la mention « *TOP SECRET* ». Sanders se rappelait encore le ramdam pas possible occasionné lorsque le gouvernement belge avait refusé de livrer à l'Espagne deux terroristes basques présumés. Il fourra la bombe en puissance dans sa poche et appela illico Marcel Dewinter, son officier de liaison à Madrid, sur la ligne sécurisée. La communication dura une bonne demi-heure et confirma les craintes de Sanders. Le jeune homme qui avait été abattu dans des circonstances mystérieuses au moyen d'un P90 le long du canal d'Ostende était un terroriste de l'ETA. Il s'appelait

Arnaldo Ardanza et était activement recherché par la *Guardia Civil* depuis trois ans.

« Vous n'êtes pas sans savoir que le Premier ministre espagnol, son épouse et sa fille arrivent à Bruges dans quelques jours », dit Dewinter lorsque Sanders lui demanda d'évaluer la gravité de la situation.

La CPI recevait chaque jour des milliers de communiqués ; même si la visite d'un chef de gouvernement étranger était suffisamment importante pour figurer dans le résumé qu'en recevait Sanders tous les matins, il n'y avait pas consacré une grande attention, ce qui n'était pas vraiment étonnant puisque la sécurité des chefs d'État et de gouvernement incombait à la Sûreté de l'État.

« J'investigue ça de plus près, Marcel. Je vous rappelle dans une petite heure ! »

La Belgique n'est peut-être pas réputée en premier lieu pour sa sécurité, mais il est un fait qu'en l'espace de dix minutes, le colonel Sanders avait averti le ministre des Affaires étrangères, celui de l'Intérieur, le commissaire général de la police fédérale et le chef de la Sûreté de l'État de la présence présumée d'un commando de l'ETA à Bruges et de la visite concomitante du Premier ministre espagnol, attendu sur place pour l'ouverture de l'année académique au Collège d'Europe. Lorsqu'il eut rempli toutes ces formalités, il téléphona au commissaire en chef De Kee pour lui annoncer qu'il venait prendre personnellement le pouls de la situation. Puis, il fit préparer l'hélicoptère. Non pas que l'urgence de l'affaire le nécessitait, mais il avait le sens des réalités. Les déplacements en hélicoptère étaient un de ses privilèges. S'il n'en faisait pas usage, il était de l'ordre du possible qu'on le lui supprime. Et il n'était pas assez fou pour laisser advenir une chose pareille.

11

« Il vient de partir, monsieur le commissaire en chef », dit Bruynooghe lorsque De Kee aboya au téléphone qu'il avait besoin de voir Van In « asap ».

Bruynooghe savait bien sûr ce que signifie cet acronyme anglais – durant ses loisirs, il lui arrivait de lire des polars flamands où les subtilités de ce genre sont expliquées en note de bas de page –, mais il resta figé sur place, incapable de prendre la moindre initiative. Il attendait sans doute que Dieu le Père lui ordonne la marche à suivre, ce qui vint sans tarder.

« Eh bien lancez un appel radio, alors, enfoiré ! »

Bruynooghe prit mentalement note de l'apostrophe, répondit servilement « À vos ordres, monsieur le commissaire en chef » et attendit poliment que son interlocuteur claque le combiné. Il ne pouvait quand même pas lui dire que Van In avait déclaré en quittant le commissariat qu'il ne voulait être dérangé sous aucun prétexte – ce qui signifiait qu'il débranchait la radio !

« Un problème, Robert ? »

Carine observait son collègue d'un air moqueur.

Quand le petit doigt de Bruynooghe partait explorer son nez, c'était la marque d'une grande perplexité.

« Rien ne nous interdit d'aller le chercher, dit-elle quand il lui eut expliqué.

– Mais il ne m'a pas dit où il allait, Carine !

– On s'en fiche !

– Qu'est-ce que tu veux dire ?

– Que j'ai écouté aux portes ! »

Bruynooghe lui jeta un regard incrédule. *Je suis vieux jeu ou les temps changent ? D'accord pour boire une pils pendant les heures de bureau ou pour piquer un petit roupillon en prévision des heures sup, mais espionner les supérieurs ? ! Ça me dépasse complètement !*

« Il faut savoir ce que tu veux, Robert ! Avoir une promotion ou respecter la déontologie à la lettre ? ! »

Bruynooghe renonça à lui demander ce que recouvrait selon elle ce terme qui sonnait comme un gros mot dans sa bouche. Il boucla son ceinturon et prit sa veste au portemanteau.

« C'est toi qui commandes ! »

Guernica *va arriver d'un moment à l'autre. Qu'est-ce qui lui prend, à Van In, de disparaître comme ça ?*

« Je crois qu'il n'y a personne, dit Versavel quand Van In sonna pour la quatrième fois chez Ferdinand Boedt.

– Je crois aussi. Et si tu veux savoir, ça ne me plaît pas trop, Guido. »

Van In lança son mégot dans les rosiers et se dirigea vers la petite barrière qui fermait l'accès du chemin allant du garage au troène.

« Mais vérifions si monsieur Boedt ne nous joue pas un petit tour… »

L'avenue des Croix de Feu alignait les maisons opulentes à quatre façades. Van In ouvrit la barrière, écarta adroitement les branches d'un églantier qui prenait ses aises et longea le pignon. Le jardin soigneusement entretenu l'était sans doute par un professionnel. Manifestement, on savait se faire plaisir et on en avait les moyens. Le jardin d'hiver, qui avait dû coûter bonbon (plus qu'une petite maison mitoyenne ?), arborait des airs d'orangerie d'antan du plus bel effet. Contrairement à la plupart des vérandas flamandes, il était meublé avec le plus grand goût, sans compter qu'une toile de Brusselmans trônait dans la cuisine et qu'une machine de Panamarenko surgissait entre deux plantes en pot.

« Il y a quelqu'un ? » dit Van In en frappant à la fenêtre avant de reculer d'un pas.

L'Alouette quasi préhistorique atterrit sur un terrain en friche non loin de la voie rapide et du McDonald's local. Le colonel Sanders sauta de l'hélicoptère en portant la main à la tête, comme pour éviter que son képi ne s'envole, geste tout à fait superflu car, depuis qu'il dirigeait la CPI, il travaillait en civil. Pavlov aurait bien ri s'il avait assisté à la scène. Le commissaire en chef De Kee fit le même geste en venant à la rencontre de son collègue, mais pour une autre raison : il ne voulait pas que le vent emporte sa nouvelle moumoute qui, aux dires de Vera, le rajeunissait de dix ans.

« Van In n'est pas là ? cria Sanders alors que l'hélicoptère remontait dans les airs.

– Il m'a demandé de venir vous accueillir ! »

Sanders ne dit rien pour ne pas embarrasser De Kee. Aussi le suivit-il au petit trot jusqu'à la voiture de police qui les attendait, gyrophare allumé, sur la bande d'arrêt d'urgence.

« Je ne comprends pas pourquoi vous voulez voir Van In personnellement », dit De Kee.

Le pauvre ! Il ne se rend même pas compte de la position pitoyable dans laquelle le met son subordonné ! se dit Sanders. « Si vous en avez marre de Van In, je vous le prends sans hésiter ! »

De Kee serra les dents. Il était de notoriété publique que la CPI cherchait constamment à débaucher les meilleurs flics du royaume. Et le bruit circulait que Van In était sur sa liste…

« Commissaire ! »

Bruynooghe laissa retomber les branches d'églantier contre son visage, tel un soldat prêt à tous les sacrifices sur le chemin de l'héroïsme.

« Qu'est-ce qui se passe, Robert ? On dirait que tu viens de voir un fantôme !

– Le chef de la CPI veut vous parler de toute urgence ! Il a atterri à Bruges il y a cinq minutes.

– Ma parole, c'est le débarquement ! »

Bruynooghe considéra son supérieur avec perplexité.

« Dis à Sanders qu'il peut me trouver ici », ajouta Van In en ouvrant la porte du jardin d'hiver.

Un parfum capiteux lui monta au nez, le ramenant dans les bienheureuses années soixante où respirer une jeune femme aspergée de patchouli vous faisait le même effet que de fumer un joint. Ferdinand Boedt avait connu cette époque, lui aussi. Qui sait ? Il avait peut-être dansé sur Rory Gallagher, The Who, Creedence Clearwater Revival et Alice Cooper…

Van In huma l'atmosphère en chantonnant mentalement un air de Shocking Blue. Tout était nickel : aucune vaisselle sale sur le plan de travail, pas le moindre grain de poussière à la surface des meubles.

« Je crains qu'on ait un problème », dit Van In quand Versavel le rejoignit.

Ils traversèrent la maison. Le salon aurait pu faire l'objet d'un reportage pour une revue chic : le parquet en imposait, les meubles flattaient la vue par l'élégance de leurs lignes et les rideaux emballaient la pièce dans un écrin de velours. Un Marcel Broodthaers côtoyait en toute simplicité une toile du maître du Saint-Sang. Au fil des ans, Ferdinand Boedt avait manifestement réuni une impressionnante collection de tableaux. Quant à savoir s'il en avait fait l'acquisition dans des conditions légales, la question restait ouverte.

« Les musées ont des réserves énormes où personne ne va jamais voir », laissa tomber Versavel, comme s'il lisait dans les pensées de Van In.

Une pendule liégeoise dont le cadran de cuivre brillait à la lumière du couchant égrenait les secondes.

« Si j'avais des merveilles de cette valeur chez moi, je fermerais la porte à clé, reprit-il.

– Qui ne le ferait pas ? » répondit Van In.

L'odeur de patchouli était de plus en plus forte. Un nuage de vapeur stagnait à hauteur du plafond.

« Ça ne me plaît vraiment pas, Guido… »

Avec l'âge, Van In se demandait de plus en plus souvent s'il existait une vie après la mort. Fallait-il mourir pour renaître, ou l'idée de la réincarnation n'était-elle là que pour rassurer les gens ? Et s'il revenait sur terre dans la peau d'un cultivateur d'opium, cela ferait-il de lui un criminel ?

Van In et Versavel inspectèrent le rez-de-chaussée et le garage.

« J'attire ton attention sur le fait que ce que nous faisons est illégal, dit Versavel en montant l'escalier.

– N'importe quoi ! répondit Van In, imperturbable. La plupart des gens prendraient cette initiative.

– Mouais. Tu as peut-être raison. Les temps changent… »

Van In ouvrit la porte menant au grenier. Un courant d'air lui frôla l'épaule. La lumière qui entra avec lui dans la pièce plongée dans l'obscurité créa une ombre portée sur le plancher.

« Il s'est pendu ! »

Le grenier était d'une propreté impeccable. Pas une poussière en suspension dans l'air, pas une toile d'araignée dans un coin, pas un mouton courant sur le sol. « Ordre et propreté » étaient écrits partout en grands caractères bien nets. Les cartons rangés dans un coin étaient tous soigneusement alignés et recouverts de vieux draps, à l'exception d'une boîte, près de la fenêtre. La housse de protection avait été ôtée et gisait sous le malheureux. En son centre, une petite flaque. Ferdinand Boedt avait manifestement pris ses précautions pour ne pas salir le sol. *On meurt toujours comme on a vécu,* pensa Van In. Quand il était gamin, sa grand-mère l'avait un jour emmené au cimetière pour lui montrer la tombe qu'elle s'était achetée à prix cassé auprès d'un marbrier qui liquidait son stock. « Une bonne affaire, ça ne se refuse pas, même dans la tombe ! » avait-elle dit. Elle avait économisé les bouts de chandelle toute sa vie, et c'est ainsi qu'elle avait prévu de mourir. Boedt était, lui, resté un maniaque de la propreté jusqu'à la fin.

« J'appelle le Docteur Dupon ? » demanda Versavel.

La question resta sans réponse. Van In regardait le corps de Boedt. *Qu'est-ce que ça fait, de crever au bout d'une corde ?*

« ONA 3412 appelle ONA 3156. M'entendez-vous ? »

Bruynooghe indiqua à Carine qu'elle était attendue à l'intérieur. Elle regarda la façade de bas en haut, prise d'un mauvais pressentiment. Elle hésitait.

« Ils sont entrés il y a juste une minute ! » cria Bruynooghe, la main sur le micro.

La barrière était restée ouverte. Les genoux flageolants, Carine passa sous l'églantier. Elle avait l'impression que la maison se trouvait prise sous l'étau de la mort. Elle en avait la chair de poule. Elle ouvrit prudemment la porte du jardin d'hiver. Un froid désagréable lui jaillit au visage.

« Salut, Carine ! »

Si Edward Munch avait été compositeur, il aurait pu moduler une musique à vous dresser les cheveux sur la tête à partir du cri que poussa Carine Neels.

« Je ne voulais pas te faire peur ! » continua Versavel.

Ils n'étaient pas à vrai dire les meilleurs amis du monde, mais Versavel ne put s'empêcher de passer un bras protecteur autour des épaules de la jeune femme. Elle se cramponna à lui comme quelqu'un au bord de la noyade. Versavel sentit contre lui la chaleur de ses seins et de son ventre. Il repensa à Rita, la petite voisine avec qui il avait joué au docteur plus de quarante ans auparavant. Les doigts de Rita ne l'avaient pas laissé indifférent et, depuis, il s'était parfois demandé si…

« Je viens aux ordres, inspecteur ! » dit Bruynooghe dans leur dos, avec aux lèvres un sourire où se mêlaient la désapprobation et l'ironie. *Alors là, mon gaillard ! Quand les autres sauront ça ! Carine et Versavel dans les bras l'un de l'autre ?!*

« Appelle le parquet, Robert !

– Service des mœurs ? »

Versavel allait remettre son subordonné à sa place lorsqu'une sirène retentit dans le lointain.

« Tu as fait vite !

– Je suis comme ça, moi ! répondit Bruynooghe, qui n'avait subitement aucune envie de détromper Versavel sur l'identité de la personne qui arrivait. Faut bien que quelqu'un travaille, ici ! »

« Commissaire Van In ! Comme je suis content de vous voir ! »

Le colonel Sanders inclina la tête avec déférence et demanda des nouvelles d'Hannelore et des jumeaux. Le cadavre qui pendouillait à sa corde ne le gênait manifestement pas.

Toi, mon bonhomme, tu vas me demander quelque chose ! Ce n'est pas normal que tu sois si gentil ! pensa Van In.

« Vous n'êtes quand même pas venu à Bruges spécialement pour me souhaiter le bonjour, colonel ? »

De Kee serra les dents et essaya de rappeler Van In à de meilleures dispositions par la seule force de son regard.

« Non, Van In. Ce n'est pas une visite de politesse, en effet. J'ai absolument besoin de votre aide. Pouvez-vous vous libérer ?

– Seulement si Roger donne son accord. »

De Kee demeura imperturbable ; il compensa en étranglant Van In en pensée. Le procureur l'appelait par son prénom, les membres du Rotary, le bourgmestre, le commandant de district de la gendarmerie également, mais ses subordonnés lui donnaient du monsieur ou du monsieur le commissaire en chef, point à la ligne.

« J'ai déjà tout réglé avec Roger, répondit Sanders. À partir de maintenant, vous travaillez pour moi ! »

Van In jeta un dernier regard à la dépouille de Ferdinand Boedt avant de suivre le colonel dans l'escalier.

« Roger m'a expliqué que, dès le début, vous aviez pensé que nous avions affaire à des terroristes. »

Van In hocha la tête, mais ses pensées étaient toujours dans le grenier. La mort de Ferdinand Boedt n'avait rien à voir avec le terrorisme. C'était un drame humain, un cri de désespoir et peut-être même d'amour déçu. Car quelle autre raison pouvait pousser un homme à se donner la mort ?

« Seul le pistolet mitrailleur nous indique cette piste, dit-il.

– Le P90 ?

– Oui. Dès que nous en saurons plus à son sujet, nous pourrons affiner le profil du tueur. »

Van In avait l'impression de débiter une phrase tout droit sortie d'un manuel, et d'être lui-même un personnage de livre, creux, inconsistant. Ou était-ce parce qu'il nourrissait du remords par rapport à Fernand Boedt ? Il s'était joué dans ce grenier un drame contre lequel il n'avait rien pu faire. *Ah ! Les fonctionnaires, même corrompus, sont aussi des hommes. Mais qui suis-je pour le juger ? Ai-je toujours eu une conduite irréprochable ?*

« Vous avez déjà mangé ?

– Non.

– Alors je propose que nous en parlions devant un bon repas ! » proposa Sanders.

Avec le temps, le chef de la CPI avait appris qu'une discussion menée dans un cadre agréable donnait toujours de meilleurs résultats qu'une réunion dans un bureau, surtout quand les interlocuteurs étaient à cran.

« Ça va être juste, dit Van In en consultant sa montre. Le convoi qui achemine *Guernica* devrait arriver dans deux heures. En ma qualité de chef du peloton Torquemada, je ne peux pas ne pas être là.

– Cette toile est gardée par des troupes d'élite, Van In. J'ai à vous parler de quelque chose de bien plus important. Et puis, De Kee m'a assuré que personne ne vous en voudrait si vous arriviez avec un peu de retard sur le théâtre des opérations.

– Si c'est vous qui le dites, colonel », répondit Van In, qui sentait venir une petite faim malgré tout, même si les circonstances ne le portaient pas à faire un gueuleton breughélien.

C'était une vénérable maison de maître sise quai du Miroir : l'Oud Huis Amsterdam avait été converti en hôtel de luxe, mais sans restaurant. Qu'à cela ne tienne : le directeur accueillit chaleureusement le colonel Sanders et son hôte et proposa spontanément de faire venir « un petit quelque chose » d'un restaurant voisin.

« Je suis un habitué, dit le colonel Sanders en pénétrant dans la salle du Cercle littéraire.

– Je vois ça », répondit Van In.

Le Cercle littéraire est une vénérable association à la mode anglaise au sein de laquelle se réunissent les notables brugeois, non pas pour parler de littérature, comme son nom le laisserait pourtant présager, mais pour discuter politique. D'aucuns prétendent même que toutes les grandes décisions concernant la vie de Bruges se prennent en son sein. Van In entrait là pour la première fois. Il s'étonnait intérieurement de la participation de Sanders à ces travaux, car seuls les vrais

Brugeois y sont normalement admis, quand le colonel lui confia que, depuis qu'il y avait donné une conférence deux ans auparavant, il y avait été accueilli en membre extérieur, un honneur auquel il attachait manifestement beaucoup de prix.

« Nous pourrons parler tranquillement ici », dit-il.

Van In jeta un regard circulaire. Malgré la décoration vieillotte et un petit air de renfermé, l'endroit n'était pas dénué de charme. Et, en effet, on s'y sentait à l'aise.

« Un cognac ? »

Sanders se dirigea vers le bar massif et en sortit une bouteille d'Exshaw. Les membres du Cercle littéraire payaient une cotisation annuelle qui, déduction faite du loyer et du chauffage, était exclusivement réservée au budget boissons. Mais comment leur en vouloir ? La plupart avaient plus de soixante-dix ans et avaient passé l'âge d'écouter les conseils de leur médecin.

« Oui, mais un petit, alors ! » répondit Van In.

Sanders remplit les verres plus que généreusement.

« Vous vous posez sans doute un tas de questions… »

Van In prit le ballon que lui tendait le colonel et huma le bouquet moelleux du liquide ambré.

« J'ai bien compris que ce n'était pas un vol ordinaire… » dit-il, attendant posément la suite.

Huit agents de la police montée rejoignirent le convoi sur l'autoroute, à hauteur de Loppem, à dix kilomètres de Bruges. À première vue, c'était une précaution tout à fait superflue, car le camion blindé qui transportait *Guernica* disposait déjà d'une escorte impressionnante de la gendarmerie. Le commandant responsable de l'opération Transart avait mobilisé six véhicules, un hélicoptère et trente hommes d'élite armés jusqu'aux dents. Les automobilistes qui tentaient de dépasser le convoi étaient semoncés, comme cet homme d'affaires qui avait entrepris de le doubler par la droite et qui en fut quitte pour une arrestation administrative. Bref, c'était le grand show, dans la tradition amorcée avec le procès Dutroux.

« L'homme qui a été retrouvé mort au canal d'Ostende a été identifié. Il s'agit d'Arnaldo Ardanza, dit le colonel Sanders. Il faisait partie d'un groupe dissident de l'ETA qui opérait sous le nom de code El Matador. On lui attribuait au moins seize assassinats politiques et il était réputé pour sa cruauté. D'après le rapport que m'a transmis la *Guardia Civil,* c'était un homme secret et peu fiable, raisons pour lesquelles l'ETA ne recourait plus à ses services depuis plusieurs années. »

Sanders planta sa fourchette dans un morceau de saumon fumé et le porta distraitement à sa bouche. Van In s'attaqua à une tomate-crevettes (il y en avait quatre sur le plat disposé au milieu de la table).

« Je ne crois pas que ces gars-là soient motivés par l'appât du gain, dit-il. Quand l'ETA a besoin d'argent, elle braque une banque, et basta ! »

Sanders hocha la tête.

« Selon moi, le vol du *Jugement dernier* est un leurre. Encore un peu de chablis, Pieter ? »

Van In se laissa servir bien volontiers. L'affaire était grave, non ? Et le bon vin le rendait lucide…

« Personnellement, je suis sûr d'une chose. Ils n'ont jamais eu l'intention de voler *Guernica.*

– Dans ce cas, pourquoi se seraient-ils donné tout ce mal pour se procurer les plans de sécurité des musées brugeois ? »

Van In aimait collaborer avec quelqu'un comme Sanders. Ils marchaient à l'intuition tous les deux et se comprenaient au quart de tour, sans avoir besoin de se perdre dans de longues démonstrations.

« Ils préparent un gros coup, lança Van In.

– Sur la personne du Premier ministre espagnol.

– Ça tombe sous le sens ! »

Sanders se renversa sur son siège et, d'un geste machinal, ouvrit sa ceinture pour respirer (quand on a l'habitude de régler des affaires importantes devant une table plantureuse, il n'est pas facile de surveiller sa ligne). L'affaire présentait encore de nombreux points qu'il ne s'expliquait pas. Qui avait tué Arnaldo ? D'où provenait le P90 ? Si l'ETA ne s'intéressait pas au *Jugement dernier*, qui exigeait une rançon ? Il estimait avoir fait le bon choix. Van In était un homme intelligent et expérimenté, et il n'y en avait pas deux comme lui pour démêler l'essentiel de l'accessoire.

« J'ai eu le ministre des Affaires étrangères en ligne ce matin, reprit-il. Ce que je vais te dire maintenant doit rester strictement entre nous. »

Van In ne montra pas que sa vanité était flattée, mais il nota mentalement le passage au tutoiement et sentit une poussée d'orgueil quand le colonel lui dit que le cabinet restreint avait décidé de lui accorder les pleins pouvoirs pour protéger le Premier ministre espagnol.

« Tu n'as d'ordre à recevoir que de moi », conclut Sanders.

Le chef de la CPI fit glisser une feuille de salade et trois pignons grillés sur sa fourchette. Lorsqu'il avait pris les rênes de son service, il s'était engagé à lutter efficacement contre la criminalité internationale, en échange de quoi il avait exigé un certain nombre de faveurs. Il était notamment habilité à faire appel aux hommes de terrain les plus talentueux, où qu'ils soient.

« Ce n'est pas le travail de la Sûreté de l'État ? demanda Van In, qui semblait lire dans ses pensées.

– Non, Pieter. Tu connais l'affaire, le terrain et le contexte mieux que personne. Tu me vois transmettre le dossier à Bruxelles à ce stade ? Le Premier ministre espagnol mourrait avant que les gars de la Sûreté n'aient eu le temps de tout lire !

– C'est donc sérieux.

– Je n'ai jamais été plus sérieux ! Dis-moi de quoi tu as besoin, et je ferai en sorte que tu l'obtiennes. »

Van In joua des cuillers pour faire transiter une tomate-crevettes entre le plat et son assiette en priant le ciel qu'elle ne se casse pas la figure sur la nappe. Les paroles de Sanders étaient on ne peut plus douces à son oreille. *Enfin quelqu'un qui reconnaît mon talent ! Après l'amour, n'est-ce pas ce qui fait le plus de bien ?*

« Je veux savoir d'où vient le P90, dit-il.

– Cette enquête est en cours au plus haut niveau. Je te tiens au courant dès que j'en sais un peu plus.

– Et je veux que De Kee me fiche la paix, ajouta Van In.

– Roger est au courant de ma démarche.

– Vrai de vrai ?

– Il ne va pas te mettre de bâtons dans les roues, Pieter. Si tu veux mon avis, ça ne m'étonnerait pas qu'il soit fier comme un coq qu'un de ses hommes soit chargé de cette mission.

– N'importe quoi ! »

Van In avala une pleine fourchette de crevettes à la mayonnaise puis une bonne rasade de chablis. Était-ce sa faute si Dieu avait créé la crevette et que le diable y avait ajouté du cholestérol ?

« Roger va un peu bougonner pour la forme, mais quand tu auras besoin de lui, tu pourras compter sur lui.

– Apparemment, tu le connais bien », dit Van In, osant enfin tutoyer le colonel.

Sanders hocha la tête en souriant.

« Qu'est-ce que je peux faire d'autre ?

– Il n'y aurait pas moyen de secouer les puces au labo technique ?

– Tu parles de Bruges ou de Wiesbaden ?

– Les deux. »

Van In pensait à l'empereur Néron. Lui était attablé devant un plat de langues de rossignol lorsqu'il avait donné l'ordre à ses légions de franchir le Rhin et de flanquer une bonne tripotée aux barbares qui avaient le front d'habiter sur l'autre rive.

Ah ! Elle est belle, la démocratie ! Ou c'est le chablis qui me met d'humeur chagrine ?

Avec des milliers de curieux, Versavel, Bruynooghe et Carine assistaient au déchargement du camion blindé qui venait d'arriver toutes sirènes hurlantes sur la grand-place. *Un fait n'existe véritablement que si les médias sont là pour lui rendre écho,* songea Versavel. Des équipes de cameramen de dizaines de chaînes de télévision se pressaient dans l'arène pour enregistrer une trace de l'événement historique. Huit hommes en combinaison immaculée firent glisser le caisson en sapin blanc sur la plate-forme de chargement du camion ; une grue attendait, prête à entrer en action. La foule retint son souffle quand elle déposa sa précieuse cargaison sur un châssis monté sur roues spécialement conçu pour effectuer le transfert de *Guernica* du camion au bunker, vingt-cinq mètres plus loin. Et même si le pilote avait été sélectionné avec soin parmi une centaine de spécialistes pouvant faire valoir plus de vingt années d'expérience, ses doigts tremblèrent lorsqu'ils se refermèrent sur les manettes. Les hommes d'élite de la gendarmerie qui surveillaient l'opération mitraillette au poing poussèrent un ouf de soulagement lorsque le tableau reposa en lieu sûr. *Tout ça pour un peu de peinture sur une toile ? !* se força à penser Versavel pour dissiper l'enchantement. Les ouvriers sautèrent avec agilité au bas de la plateforme et se rangèrent de part et d'autre de *Guernica* tels des croque-morts encadrant un cercueil. Leur sérieux inspirait le respect ; c'était comme un voile tendu audessus de la foule et qui étouffait les sons. Les deux conservateurs, un Flamand et un Espagnol, inspectèrent soigneusement la caisse avant de donner à la remorque l'autorisation de démarrer. Les huit hommes en combinaison s'arc-boutèrent et saisirent les tiges de fer qui dépassaient du châssis. Lorsque le véhicule se mit en mouvement, des cris admiratifs s'élevèrent de la foule. On se serait cru à la procession du Saint-Sang. Versavel pensa au cheval de Troie et à l'absurdité de la guerre que symbolisait *Guernica. Hélène ou la svastika, quelle différence ? Les gens sont de toute façon allés au casse-pipe, non ?*

Légèrement éméché, Van In serra la main du colonel Sanders et s'engouffra dans la rue de l'Académie où, dans sa niche, l'Ourson de Bruges lui sourit. Le chablis et le champagne ont ceci en commun d'exacerber la sensibilité d'une manière plus qu'agréable. Van In répondit à l'Ourson par un signe de tête guilleret. À son âge, il y avait des choses qu'il pouvait désormais se permettre. Le hurlement d'une sirène lui fit prendre à gauche et le poussa irrésistiblement vers la grand-place, où la cérémonie protocolaire devait être presque terminée. Un homme chauve au teint hâlé, qui n'était pas dénué d'une certaine ressemblance avec Picasso, fit un pas de côté en ronchonnant pour éviter Van In qui lui fonçait dessus.

Le spectacle à peine terminé, la foule se dispersait telle une nuée de lemmings. Chacun était subitement pressé de rentrer chez soi et ne tolérait aucun obstacle. Le sosie de Picasso marmonna quelques mots avant de disparaître. Van In sourit, mais c'était toujours à cause du chablis et des compliments de Sanders. Il y a comme ça des moments, dans la vie, qu'on conserve dans l'écrin de sa mémoire jusqu'à son dernier jour. C'en était manifestement un. Le soleil de fin d'après-midi perça un instant les nuages et caressa les passants de sa caresse automnale. « La mélancolie / Berce de doux chants / Mon cœur qui s'oublie / Aux soleils couchants », se récita-t-il en levant un chapeau imaginaire à l'ami Verlaine.

12

Pasionario se mêla aux touristes qui envahissaient bruyamment le quai et se laissa porter par le flux jusqu'à l'escalier menant à la sortie de la gare. *Venir à Bruges en personne, c'était risqué. Mais il fallait bien que quelqu'un prenne la direction des opérations, surtout après ce qui vient de se passer. Ces conneries prenaient des proportions hallucinantes. Comment un professionnel comme Arnaldo a-t-il pu se laisser surprendre ? Et qu'est-ce qui lui a pris d'utiliser le P90 pour une bricole ? Heureusement, le temps joue en notre faveur. Dans quarante-huit heures, tout sera terminé.*

Pasionario redressa son col et regarda discrètement autour de lui. Il savait, pour l'avoir intercepté, que Sanders avait donné ordre aux services de police de procéder à un contrôle rapproché de tous les touristes espagnols, mais il n'avait aucun souci à se faire. Il était fort peu probable qu'on le remarque. La police ferroviaire de Bruges était déjà sur les dents à cause d'un voyageur récalcitrant qui avait menacé de tuer le contrôleur quand celui-ci avait demandé à voir son titre de transport.

« Salut, Jorgi ! »

Les deux hommes s'étreignirent fraternellement. Jorgi s'empara de la valise de Pasionario.

« Prenons un taxi ! proposa-t-il.

– Est-ce vraiment une bonne idée ?

– Ne te fais pas de soucis ! La manœuvre n'a pas manqué son effet. Les flics sont sur le pied de guerre, mais ils n'en ont que pour *Le Jugement dernier*. Personne n'a de soupçon.

– C'est dommage pour Arnaldo. »

Jorgi se fit pensif. Il se posait beaucoup de questions sur la mort d'Arnaldo.

« Il était très nerveux. La pression était peut-être trop forte. »

Des études réalisées par le FBI montrent que même les tueurs à gages les plus aguerris finissent par succomber au stress. On ne tue pas impunément sur commande.

« Arnaldo savait qu'il pouvait m'en parler, Jorgi.

– Et… ? Il ne l'a pas fait ?

– Non. »

Les problèmes ont commencé quand Arnaldo a laissé Viaene à demi mort dans le parc du lac d'Amour. Ce dérapage a entraîné une réaction en chaîne. Une fois que la machine s'emballe, il n'y a plus rien à faire.

« Et si on annulait tout ? demanda Jorgi. Personne ne saura jamais que nous… »

Pasionario tourna la tête vers son ami et le fusilla du regard.

« On continue ! Personne ne se mettra en travers de mon chemin ! »

La place de la gare était illuminée. Des autobus allaient et venaient avec leurs cargaisons de touristes fraîchement arrivés qui s'offraient un petit voyage dans le temps pour le prix d'un ticket.

Un chauffeur de taxi sympa prit la valise de Pasionario, écouta l'adresse que lui donna Jorgi en mauvais néerlandais et, d'un geste ostentatoire, jeta dans le caniveau la cigarette qu'il venait d'allumer. Jorgi s'assit sur le siège du passager, car Pasionario se sentait plus en sécurité sur la banquette. Personne ne pipa mot. Les essuie-glaces de la Mercedes s'échinaient à des allers-retours sisyphiens sur fond de bruit de caoutchouc usé. Le taxi s'engouffra sur la voie réservée aux bus, direction : le centre. Les petites rues aux pavés gras et les canaux prêts à déborder s'offraient à eux. Ils traversaient à intervalles réguliers le halo jaune d'un réverbère sans croiser âme qui vive. Bruges était morte, ou très endormie. Jorgi avait le mal du pays et pleurait en silence en pensant à Inez. *Œil pour œil, dent pour dent. À quoi bon se venger sur un bouc émissaire ? Je suis le seul à pouvoir essayer de persuader Pasionario que la vengeance ne remplacera jamais l'amour.*

« Moi qui pensais qu'on y passerait tous la nuit ! s'exclama Versavel en adressant un sourire non feint à Van In.

– Absolument pas question ! La surveillance de *Guernica* n'est plus dans nos priorités, dit Van In, la langue pâteuse.

– Qu'est-ce que tu fiches ici, alors ?

– Je venais te réquisitionner, Guido.

– Me réquisitionner ?! Quelqu'un a déclaré la guerre ?! »

Une fièvre étrange régnait dans le bunker. À l'exception de Van In et de Versavel, ça grouillait d'intellos tous plus diplômés les uns que les autres. Une conservatrice plantureuse, que tous appelaient « La Dinde », plongea vers eux en tripatouillant nerveusement son écharpe en soie blanche qui pendouillait à son cou tel un jabot.

« Vous êtes le commissaire Van In ? demanda-t-elle avec autorité. Permettez-moi de vous poser quelques questions au sujet de la sécurité. C'est vous le responsable, si je ne m'abuse ? »

Elle n'aurait pas pu choisir pire moment. Van In, qui ne se permettait la misogynie la plus crasse que quand il avait épuisé tous les autres moyens de communication, sourit en lui tendant la main.

« Puis-je vous demander qui vous êtes, monsieur… ? »

Versavel détourna la tête en se caressant furtivement la moustache, ce qui choqua encore plus La Dinde que la sortie de Van In car elle porta sa main à sa lèvre supérieure, attirant ainsi l'attention des deux hommes sur les conséquences d'un taux anormal de testostérone diagnostiqué trois ans auparavant. Les médicaments prescrits ne donnant aucun résultat, elle luttait contre le poil tous les matins, au rasoir.

« Je suis Béa Verlinde. C'est moi qui suis responsable du *Guernica*.

– Oui, je vois », répondit évasivement Van In, plus mufle encore.

La Dinde ne perçut pas l'ironie et lui serra la pince plus longuement que nécessaire. Van In faillit en faire une attaque d'apoplexie.

« Je puis vous assurer que tous les systèmes de sécurité fonctionnent parfaitement, madame Verlinde, dit-il sur le ton le plus neutre possible.

– Je n'en doute pas, commissaire ! Mais ça ne peut pas faire de mal de s'en assurer soi-même de visu ! Suivez-moi, messieurs ! »

La Dinde n'avait nullement l'intention d'abandonner Van In à son triste sort.

« Écoutez, madame,… »

Van In était sur le point de l'envoyer balader le plus poliment du monde, lorsque le bourgmestre Moens fit son entrée. La Dinde rentra le cou dans son jabot, émit un curieux bruit de succion et s'éloigna en se dandinant vers sa nouvelle proie, plantant là Van In et Versavel.

« Ouf !

– Qu'est-ce que tu lui aurais dit si le bourgmestre ne s'était pas pointé ?

– Tu ne trouves pas que j'avais déjà été suffisamment clair ? »

Van In attira Versavel dehors pour le mettre rapidement au parfum de la conversation avec le colonel Sanders.

« Explique adroitement à Frank que tu ne seras pas beaucoup là dans les prochains jours. Appelle Bruynooghe et Carine et…

– Je crois qu'ils ne sont pas loin.

– Je te demanderai de ne pas m'interrompre, Guido ! Le temps presse. Il nous reste un tas de choses à faire ! »

La différence entre une démocratie et une dictature se mesure souvent au temps nécessaire pour que les décisions prises en haut lieu soient appliquées. Deux heures à peine s'étaient écoulées depuis que Sanders avait donné les pleins pouvoirs à Van In, et le commissariat était déjà sens dessus dessous. Deux équipes de Belgacom installaient en un temps record quatre connexions RNIS directes avec le quartier général de la *Guardia Civil*, Europol, la Sûreté de l'État et le ministère des Affaires étrangères. Pendant que Carine préparait les lits de camp commandés par Van In, Bruynooghe plaçait un deuxième frigidaire dans la cuisine et le remplissait de Duvel, de Perrier et de coca. Un informaticien d'une grande firme spécialisée programmait un minuteur numérique qui leur permettrait bientôt de savoir à chaque instant combien de temps il leur resterait jusqu'à l'arrivée du Premier ministre espagnol à Bruges. Voilà. Le compte à rebours était activé. Quarante-quatre heures, trente minutes et quarante-deux secondes.

« À partir de maintenant, je veux que chacun reste à son poste jour et nuit ! » dit Van In lorsque tout fut prêt pour la plus vaste opération policière jamais montée à Bruges.

Il régnait une effervescence inhabituelle dans son bureau. Les yeux de Carine lançaient des étincelles. Bruynooghe, lui d'habitude si causant, était étonnamment taciturne, mais il enregistrait le moindre détail pour le raconter, plus tard, à ses petits-enfants. Même De Kee, arrivé sur la pointe des pieds cinq minutes plus tôt, paraissait gagné par l'excitation générale. Combien de fois n'avait-il pas rêvé d'une telle occasion ?

Van In invita chacun à prendre place à la grande table de chêne et prononça un discours d'une bonne demi-heure, où il récapitula tous les faits par le menu, du meurtre de Jos Viaene à l'identification d'Arnaldo Ardanza.

« Bien que le lien entre tous ces éléments ne soit pas encore absolument clair, nous devons partir de l'hypothèse que l'ETA envisage de s'attaquer à la personne du Premier ministre espagnol, qui est attendu après-demain avec sa femme et sa fille pour l'inauguration de l'année académique au Collège d'Europe. »

Durant le repas au Cercle littéraire, Van In avait proposé au colonel Sanders d'adapter le programme du Premier ministre, mais cela semblait impossible. Le chef du gouvernement avait lui-même décrété qu'il n'allait pas se laisser impressionner par deux ou trois terroristes. Sa fille, Pilar, avait réagi d'une manière encore plus radicale. Elle refusait toute escorte renforcée. D'abord, parce qu'elle n'assisterait pas à la cérémonie officielle – mademoiselle avait d'autres engagements –, ensuite, parce que, si l'ETA prévoyait un mauvais coup, elle viserait forcément son père, et non elle.

« D'autres questions ?

– Que faisons-nous de Ruiz et d'Els Hocepied ? demanda Versavel.

– La jeune femme devrait rentrer à Bruges demain matin. Et un mandat d'amener national et international a été lancé sur la personne de Ruiz.

– Vous auriez dû l'arrêter immédiatement ! décréta De Kee.

– Pour quel motif, monsieur le commissaire en chef ?

– Vous disposiez quand même d'un document accablant portant son nom ! »

Van In poussa un profond soupir. Le boss était manifestement jaloux de la mission que lui avait confiée Sanders. Il aurait éprouvé la même chose à sa place, à une différence près : il n'aurait pas débité des conneries pour autant.

« Vous savez aussi bien que moi que le parquet envoie des indices aussi légers à la poubelle, monsieur le commissaire en chef. Sans compter que c'est vous-même qui m'aviez demandé de ne pas inquiéter cette personne. »

Trois têtes se tournèrent simultanément dans leur direction. Versavel, qui avait pourtant assisté à bien des confrontations entre les deux hommes, ne put masquer son étonnement.

« Nous en reparlerons ! riposta De Kee. Dans mon bureau, entre quat'z'yeux ! »

Il toisa son subalterne, pivota sur ses talons et quitta la pièce.

« Là, tu y es allé un peu fort, dit Versavel une fois que le tyran eut refermé la porte derrière lui. Si tu continues sur cette lancée, tu vas finir comme lui.

– Tu crois vraiment, Guido ?

– Alors ? Il nous fait de nouveau sa diva ? » s'exclama Hannelore qui arrivait en trombe dans la pièce.

Elle ôta sa veste et la jeta sur le dossier d'une chaise avant d'embrasser Van In sur la bouche.

« Si tu bousilles cette enquête, je te préviens, tu es bon pour faire la circulation ! »

Elle se voulait très sérieuse, mais tout le monde éclata de rire, à l'exception de Van In.

« Qu'est-ce qui t'amène ici ? »

Hannelore s'assit, croisa les jambes et considéra son homme d'un air compatissant.

« Tu oublies peut-être que je suis juge d'instruction, mon chou. Sanders a beau diriger la CPI et le SGAP, il reste un flic. »

Elle omit de dire que, deux heures auparavant, Maurice Sanders l'avait appelée au tribunal, selon la procédure habituelle, et qu'il lui avait exposé la situation en termes absolument charmants.

« D'accord, Hanne, mais…

– Mais quoi ?

– Rien.

– Dans ce cas, je suppose que tu ne vois pas d'objection à ce que je me joigne à l'équipe. Robert, tu veux bien dresser un lit de camp pour moi, s'il te plaît ?

– Bien sûr, madame le juge !

– Bon ! Voilà qui est réglé ! Il reste du café ? »

Van In consulta Carine du regard. Celle-ci ravala sa déception et partit pour la cuisine.

« Je peux savoir ce qui est au programme pour ce soir ? » demanda Hannelore avec curiosité.

Van In s'installa confortablement dans son fauteuil, les mains dans la nuque.

« Je suppose que tu as déposé les enfants chez la nounou ? »

Son intention n'était pas d'être méchant, mais il avait eu une dure journée, ce qui le rendait toujours acerbe. Hannelore répondit par un petit signe de tête affirmatif.

« Ce n'est pas ta place, Hanne.

– Non ? »

Van In sentait l'imminence de la tempête. Hannelore allait exploser et lui jeter un tas d'abominations à la figure. Elle dirait par la suite que ses mots avaient dépassé sa pensée. Il connaissait cette Hannelore-là depuis la période noire qu'elle avait vécue au moment de sa biopsie. *Il faut que je m'occupe d'elle davantage. Il n'y a que moi qui peux l'aider à faire la paix avec elle-même. Non, l'amour, ce n'est pas seulement faire la vaisselle quand l'autre a cuisiné.*

« J'avais l'intention d'aller rendre visite à Olivier Boedt. Tu veux m'accompagner ?

– Ce n'est pas le boulot de Versavel ?

– Tu sais très bien que Versavel adore rester dans son trou. Et il a encore une tonne de paperasserie à faire ! »

Les yeux d'Hannelore commençaient à briller d'excitation et le rouge lui montait aux joues.

« Seulement si toi, tu en as envie.

– J'en ai envie, ma chérie. Allez, viens ! On y va ! »

Ils n'étaient pas partis depuis deux minutes que le téléphone sonnait. Versavel décrocha. C'était Vermeulen.

« Van In n'est pas là ?

– Non. Je peux prendre un message ? »

Il y eut un silence à l'autre bout du fil.

« Il vient de partir en compagnie du juge d'instruction Martens. Vous voulez le numéro de son portable à elle ?

– Non, ce ne sera pas nécessaire. Je voulais simplement informer Van In que l'autopsie de la victime de la fusillade, au canal d'Ostende, a montré qu'il a été fait usage de deux armes. Il semble même que le coup fatal n'ait pas été porté par le P90. »

Vermeulen reprit son souffle. Il avait délibérément attendu quarante-huit heures avant de faire son rapport parce qu'il ne supportait pas les blagues téléphoniques de Van In et qu'il pensait avoir droit à une petite vengeance. Il avait savouré son plaisir jusqu'au moment où le colonel Sanders l'avait appelé, une demi-heure auparavant, pour lui expliquer le nouveau tour que prenaient les choses.

« Il sera content de l'apprendre ! » dit Versavel.

Il raccrocha et se servit un Perrier en sifflotant un air d'*Aïda*.

Il régnait une grande animation à la résidence La Main d'Or. Les couloirs étaient sans cesse traversés d'étudiants en quête d'une conversation, d'une boisson ou des deux.

« Nous serons en sécurité ici, dit Jorgi lorsque le taxi les déposa devant l'entrée. Ruiz nous attend dans sa chambre.

– Non ? !

– Personne ne nous trouvera ici ! Crois-moi ! »

Jorgi poussa la porte, entra d'un pas assuré et embrassa sur les deux joues la première fille qu'il croisa.

« *Bonsoir ! Tu vas bien* ?* »

La fille éclata de rire, lui demanda son prénom et s'il avait envie d'aller boire une bière avec elle au Spinning Sauna, dans la cave.

« *Je te rejoins tout de suite** !

– *Je t'attends en bas** !

– C'était vraiment nécessaire ? demanda Pasionario lorsque la jeune fille eut disparu dans l'escalier. Imagine qu'elle nous vende !

– Dans cinq minutes, elle nous aura oubliés. T'inquiète, Pasionario. On sait ce qu'on fait, Ruiz et moi.

– Je l'espère... »

Jorgi frappa comme prévu et attendit que Ruiz ouvre la porte. Une odeur caractéristique de chambre d'étudiant flottait dans l'air : fruits pourris et chaussettes sales. Il faisait extrêmement chaud, presque étouffant. Les deux hommes se saluèrent d'une poignée de main et d'une tape virile sur l'épaule. Pasionario posa sa valise sur le lit défait et l'ouvrit. Dans la mousse cellulaire, un étui de P90...

« Vous savez combien ça vaut, un joujou pareil, au marché noir ? demanda Pasionario pendant que Jorgi s'emparait de l'arme rutilante avec nonchalance.

– Je pensais que l'argent n'avait pas d'importance dans cette mission », laissa tomber Jorgi, le cœur léger.

Pasionario se retint de faire le moindre commentaire. *Pourquoi le comportement de Jorgi n'est-il pas le même quand nous sommes seuls et quand Ruiz est là ?*

La méfiance est un feu qui couve et que peut attiser la moindre étincelle. *Même si c'est mon lieutenant le plus fidèle, je dois rester sur mes gardes. Le groupe qui a été placé sous ma direction s'est pas mal clairsemé au fil des ans. Certains ont décroché, d'autres se sont fait pincer, d'autres sont morts. Jusqu'à présent, personne n'a encore trahi la cause.*

Il alluma une cigarette et expira la fumée droit devant lui. *Mais je suis sûr d'une chose. Un seul châtiment attend les traîtres. La mort.*

La maison de la famille Boedt, avenue des Croix de Feu, paraissait encore plus lugubre que la première fois. Les murs exhalaient une tristesse glaçante, comme s'ils avaient conscience d'être les parois d'un sarcophage. À l'exception de la lumière bleue qui brillait dans le jardin d'hiver, la demeure était plongée dans l'obscurité la plus profonde. Le vent s'engouffrait en hurlant dans les interstices et faisait frissonner jusqu'aux feuilles.

« Attention ! Ne glisse pas ! » dit Van In en ouvrant la barrière.

Les branches de l'églantier claquèrent de nouveau dans son dos. Il prit Hannelore par le bras et la guida jusqu'à un endroit couvert de mousse, tel un chef de patrouille qui met un louveteau à l'abri.

« Qu'est-ce que tu vas faire s'il ne nous laisse pas entrer ? »

Van In se retourna et lui caressa doucement la joue.

« Tu comprendras bientôt pourquoi je t'ai emmenée avec moi. »

Le sentier était si étroit que Van In dut faire un pas de côté pour éviter le coup de coude qu'elle essaya de lui envoyer dans les côtes.

Leurs chuchotements éveillèrent Olivier Boedt de sa sieste. Une bouteille de whisky ayant appartenu à feu son père était posée devant lui sur la table. Il se releva maladroitement, marcha d'un pas hésitant jusqu'à la porte du jardin et mit ses mains en coque autour de ses yeux pour regarder dans l'obscurité.

« C'est toi, Els ? » cria-t-il avec une anxiété à fendre le cœur.

Il tourna la clé dans la serrure. Van In n'hésita pas une seconde : il poussa la porte et se précipita à l'intérieur en se félicitant : la présence de « son » juge d'instruction le couvrait davantage que n'importe quel mandat de perquisition.

« Désolé d'arriver à l'improviste, Olivier, mais il y avait urgence. Nous venons vous parler de mademoiselle Hocepied. »

Les esprits chagrins ou jaloux, et il y en a, s'étaient souvent demandé à quoi tenait la réussite de Van In. Il n'était pas extrêmement doué, ce n'était pas non plus un Apollon ou un être impitoyable et sans merci. Comment expliquer qu'il engrangeait des résultats là où les autres restaient le bec dans l'eau ? Hannelore s'était aussi posé la question, durant les premiers temps, mais maintenant, elle savait. Van In était le roi de l'improvisation. Il faisait feu de tout bois. Le désespoir dans la voix d'Olivier lorsqu'il avait crié « C'est toi, Els ? » ne lui avait pas échappé.

« J'ai besoin de votre aide », dit Van In en posant une main sur l'épaule d'Olivier et en le conduisant doucement, mais fermement, jusqu'à la table de la cuisine. Il s'empara de la bouteille de whisky et remplit le verre à ras bord.

« Après ce qui s'est passé hier, je vais vous demander d'être fort », dit-il.

Hannelore observait la scène avec stupéfaction, se demandant, à le voir si bien jouer la comédie, si en réalité elle ne s'était pas toujours trompée sur lui.

« Pourquoi je devrais être fort ?

– Parce que j'ai des raisons de penser que la vie de mademoiselle Hocepied est en danger. »

Olivier devint blême.

« Els… en danger ? Vous êtes sûr ? Ce n'est pas possible ! Pourquoi voudrait-on lui faire du mal ? A-t-elle reçu des menaces ? Est-ce que je… »

Van In laissa le jeune homme se calmer, sans répondre à son feu nourri de questions : cela n'aurait pas été raisonnable et aurait pu affaiblir sa très confortable position. Le désarroi d'Olivier lui donnait enfin un atout en main.

« Mademoiselle Hocepied n'arrivera que demain à Zaventem. D'ici là, rien ne peut lui arriver, reprit-il d'une voix rassurante. Buvez un peu ! Ça va vous calmer ! »

Olivier était déjà saoul comme un Polonais, mais il obéit. Quelque part dans son cerveau, un diablotin lui soufflait que Van In était en train de le mener en bateau.

« Trinquons ! dit Van In. Tu veux bien me donner un verre, ma chérie ? »

Il espérait qu'Hannelore se montrerait compréhensive, mais elle fut plus que cela.

« Si tu bois, moi aussi ! » s'exclama-t-elle d'un air de défi avant de se diriger vers le buffet en se déhanchant, ce qui eut pour effet de réveiller les fantasmes qui avaient occupé Olivier tout l'après-midi.

La bouteille se vida rapidement, et la conversation alla bon train. L'excès d'alcool et la présence d'Hannelore, qui ressemblait de plus en plus à Els aux yeux d'Olivier, délia la langue du jeune homme.

« Je n'ai jamais aimé ce Ruiz, dit-il entre autres. Je crois qu'il veut se débarrasser d'Els parce qu'il est jaloux de moi.

– Un petit dernier pour la route, et puis on rentre ! » répondit Van In, apparemment rond comme une queue de pelle, en pelotant les seins d'Hannelore.

Il pleuvait lorsque Van In et Hannelore sortirent du jardin des Boedt par la petite barrière, sur le coup de minuit et quart. La conversation avait duré plus de deux heures. Olivier n'était tombé dans aucun des pièges que lui avait tendus le commissaire, mais il s'était trahi quand il avait été question de la fusillade du canal d'Ostende. « Il est impossible que Ruiz ait pu savoir que j'avais rendez-vous là-bas avec elle ! » avait-il dit.

« Allons d'abord boire une tasse de café », proposa Hannelore, pragmatique, en montant dans la Golf à la place du conducteur.

Van In s'assit à sa droite et boucla sa ceinture.

« Tu ne crois quand même pas que j'en tiens une ?

– Les poivrots ne sont jamais soûls », répondit-elle.

La comédie qu'il venait de jouer avec elle lui restait sur le cœur. *Puis-je encore lui faire confiance maintenant que je l'ai vu comme ça ? Et si les rumeurs étaient justifiées ? Et s'il se tapait vraiment cette salope de Carine en cachette ? Il n'y a pas de fumée sans feu…*

« Excuse-moi pour tout à l'heure, Hanne. C'était pour la bonne cause ! Maintenant, nous savons que…

– Nous savons que Ruiz et Olivier sont amoureux de la même nana.

– Non, Hanne. Je te rappelle qu'à l'hôpital, notre ami était amnésique. Or, avec une demi-bouteille de whisky dans le sang, il se souvient subitement que Ruiz ne pouvait pas savoir qu'il avait rendez-vous avec la petite Els, je veux dire avec Els Hocepied. »

On voit tous plus ou moins quand un orage se prépare. Il est moins facile de prédire à quelle heure exactement il va éclater. Lorsque Van In dit « la petite Els », il comprit qu'il venait de faire une gaffe et que le ciel allait lui tomber sur la tête.

« La petite Els, répéta Hannelore, glaciale. Comment n'y ai-je pas pensé plus tôt ? !

– Mais qu'est-ce que tu vas chercher ?

– Rien, bien sûr. Véronique, Sabine, la petite Els…

– Arrête, Hanne ! Bon ! On va le boire, ce café ?

– C'est ça ! Boire un café ! Ah ! J'ai failli en oublier une ! La fliquette ! La petite Neels ! Est-ce qu'elle prépare mieux le café que moi, celle-là ?

– Son café pue l'eau de vaisselle, si tu veux savoir ! »

Hannelore tourna la tête d'un quart de tour vers Van In. Au fond d'elle, elle savait qu'il n'aimait qu'elle et que s'il draguait les jolies filles, c'était pour cacher sa timidité. Mais après tout ce qu'elle venait d'endurer ces dernières semaines, elle voulait qu'il lui dise qu'elle était la femme de sa vie.

« Excuse-moi, mon amour. Je ne voulais pas te faire de mal. »

Van In passa son bras autour de ses épaules, la serra doucement contre lui et l'embrassa dans cet endroit secret qu'il était seul à connaître et qui la rendait folle. Pour une fois, il fit ce qu'on attendait de lui. Dans une voiture de flics, en plus !

13

Il était une heure et demie du matin quand Hannelore vira sur le quai Louis Coiseau, faisant gicler l'eau dans le sillage de la Golf. La demi-lune joua à cache-cache avec les nuages avant de disparaître sous le rideau de pluie qui tombait de nouveau sur la ville.

« Je me demande ce qu'ils ont bien pu faire toute la soirée ! » dit-elle en coupant le contact.

Elle jeta un coup d'œil aux fenêtres du premier étage. Un rai de lumière indiquait que la cellule d'enquête était toujours au turbin.

Lorsqu'ils descendirent de voiture, Van In enlaça Hannelore. De sa main libre, il tenta de se recoiffer, mais le geste était surtout symbolique, car il avait l'impression d'avoir perdu les cheveux qui lui restaient au cours des dernières heures.

« Hou ! C'est excitant ! cria Hannelore dans les escaliers.

– À qui le dis-tu ! Mais tu sais, à part nous, il n'y a que des personnages de roman pour faire ce qu'on vient de faire !

– C'est peut-être l'inverse.

– Tu voudrais que je me mette à écrire nos aventures ?

– Tu ne trouves pas que c'est un métier de couille molle, écrivain ? »

Avant d'ouvrir la porte, Van In murmura quelque chose à l'oreille d'Hannelore.

Malgré l'heure tardive, Versavel était en train de taper comme un forcené sur les touches de son ordinateur. L'oukase de Van In avait laissé tout le monde vaguement rêveur, mais qui pousserait des cris de joie à l'idée de passer quarante-huit heures d'affilée au bureau ? *Pourtant, ce travail forcé est plutôt fructueux. Et je ne suis pas fâché de passer une nuit loin de Frank…*

« Vous voilà enfin ! s'exclama-t-il à l'arrivée de Van In et d'Hannelore.

– On a raté quelque chose, Guido ?

– J'ai essayé de vous appeler toute la soirée. »

Effarée, Hannelore fouilla son sac et en ressortit son portable.

« Zut ! Je l'avais éteint avant de partir ! dit-elle en pouffant.

– Une urgence ? demanda Van In.

– Ça dépend du point de vue. Tu connais Vermeulen. »

Versavel résuma le coup de téléphone du chef du labo technique avant de pointer un index courroucé vers la date du fax qu'il venait de recevoir.

Van In lut le rapport de six pages en diagonale, ce qui ne l'empêcha pas de repérer *le* détail balistique important.

« Où sont Bruynooghe et Carine ?

– Sous la couette, depuis une demi-heure. »

Bruynooghe était un gros ronfleur, tout le commissariat savait ça. Il pionçait dans son bureau, tandis que Carine s'était installée dans la cuisine.

« Réveille-les, Guido. Nous avons du pain sur la planche !

– Et si je faisais du café ? Ou y a-t-il autre chose qui ferait plaisir à monsieur ? » minauda Hannelore.

Versavel savait pertinemment ce que signifiaient ces petits jeux. Il s'éclipsa dans la cuisine sans demander son reste.

Les réunions nocturnes ont un avantage : elles s'avèrent généralement beaucoup plus efficaces, parce qu'elles vont droit au but. La petite compagnie qui avait pris place autour de la grande table en chêne écouta attentivement Van In en sirotant le café d'Hannelore.

« Je veux que vous surveilliez la maison d'Olivier Boedt, dit le commissaire à Bruynooghe et à Carine.

– Et on fait quoi s'il sort ?

– Vous le prenez en filature. »

Van In demanda à Versavel de dresser une liste d'agents fiables qui pourraient assister Bruynooghe et Carine dès le lendemain matin. Il avait en tête la méthode de travail utilisée par les services secrets britanniques, connue sous le nom de « boîte à chaussures » : trois équipes qui se relaient, dont une à pied et deux dans des voitures banalisées. Le colonel Sanders lui avait donné les pleins pouvoirs, et un juge d'instruction se tenait à ses côtés. Il n'allait donc pas se gêner non plus pour demander de mettre quelques lignes téléphoniques sur écoute.

« Olivier Boedt, Els Hocepied, le Collège d'Europe, Guido Jacobus et Moens ! Allez, hop ! Et que ça saute !

– Moens ? s'exclama Versavel. Il ne va pas apprécier ! »

La nuit a son propre rythme. Les minutes paraissent des heures, comme si le soleil avançait vers la nouvelle journée à contrecœur. En relisant le rapport de Vermeulen, Van In pensa aux travailleurs de nuit et eut l'intuition qu'ils trouvaient longue l'attente du retour à la lumière.

« Le coup fatal provient selon toute vraisemblance d'un pistolet HP MK3, dit-il à voix haute. Est-ce que quelqu'un sait ce que c'est ?

– Non, répondit Versavel. Mais je peux chercher. »

Hannelore, qui revenait avec sa deuxième cafetière, redressa une bretelle de son soutien-gorge et se laissa tomber sur une chaise. Elle commençait à payer les deux verres de whisky qu'elle avait bus chez Olivier Boedt.

« Mais de quoi est-ce que vous papotez ? » demanda-t-elle, l'air de tomber de la lune.

Van In se retira une poussière de l'œil. Hannelore avait raison. On s'en fichait, de ce pistolet HP. La seule chose à comprendre, c'était pourquoi le criminel avait tenu à mitrailler le cadavre d'Arnaldo Ardanza au P90 alors que le flingue l'avait déjà envoyé *ad patres*.

« J'ai une proposition ! » dit-il.

Versavel bâilla. Hannelore huma ses doigts qu'elle venait de réchauffer sous ses aisselles et fit la grimace.

Au petit matin, il n'y eut aucune aurore aux doigts de rose, n'en déplaise à Homère. Le ciel était gris et morne. La lumière faiblarde qui se frayait un chemin entre les nuages ne parvenait pas à estomper les ombres. Van In se réveilla avec un mal de crâne à se taper la tête contre les murs, ce qui, compte tenu de ce qu'il avait ingurgité la veille, n'était que justice. Après un coup d'œil au chrono, qui annonçait l'arrivée du Premier ministre espagnol dans trente et une heures, il zieuta vers Versavel, qui dormait la bouche entrouverte et les bajoues tombantes. Dans son lit de camp, Hannelore était fraîche comme une rose. Van In se traîna jusqu'à la cuisine, en quête d'air frais et d'eau froide. Il ouvrait le robinet lorsque le téléphone se mit à sonner.

« Merde ! dit-il avant de revenir au pas de course à son bureau. Allô ? »

Hannelore s'éveilla au milieu d'un rêve. Elle marchait en haut des remparts d'une ville antique vêtue en tout et pour tout d'une simple toge blanche. Dans la plaine, un cheval de bois, cadeau des assiégeants. *Timeo Danaos et dona ferentes.*

Hannelore bondit sur ses pieds. *Pourquoi se méfier des Grecs et de leur cadeau ?*

Van In enfonça la touche enregistreur du téléphone. Aucun numéro n'apparaissait à l'écran.

« Je ne suis pas habilité à négocier », dit-il.

Versavel se réveilla avec une crampe, tendit les jambes, repoussa ses couvertures et se frotta les yeux. Lorsqu'il se rendit compte qu'Hannelore l'observait en souriant, il posa sur son visage son masque habituel.

Hannelore lui intima le silence lorsqu'il demanda ce qui se passait. Van In enfonça la touche du haut-parleur. Une voix métallique résonna dans la pièce :

« *Le Jugement dernier* vous sera restitué si vous suivez les instructions à la lettre. La transaction aura lieu après-demain à 15 heures à un endroit qui vous sera communiqué ultérieurement. »

La cassette s'arrêta brusquement. La communication avait été interrompue. Sans perdre une seconde, Van In appela les services de Sanders et demanda s'ils avaient pu remonter à l'origine de l'appel. La réponse fut négative.

« Je n'y comprends rien ! » dit Hannelore.

Van In consulta de nouveau le minuteur. Le voleur avait exigé que la rançon lui soit livrée en mains propres, ce qui était très inhabituel. Il avait également décrit avec précision les vêtements qu'il porterait pour l'occasion.

« À quelle heure le Premier ministre et sa famille arrivent-ils à Bruges ?

– Lui et sa femme seront là à quinze heures, répondit Versavel. Leur fille, une heure plus tard. »

Versavel prit le fax qui rappelait tout le programme de cette journée.

« La jeune fille accompagne une délégation commerciale espagnole. Le matin, promenade sur les canaux pour mademoiselle, l'après-midi, visite guidée de la ville.

– Elle compte se rendre dans des musées ?

– Non.

– Qu'est-ce qui est prévu pour sa sécurité ?

– Ce sont les services secrets espagnols qui s'en occupent.

– Et ça suffira ?

– J'ai appelé Madrid hier. La fille est encore plus têtue que son père. Elle ne veut être accompagnée que par son garde du corps personnel. »

Van In hocha la tête. En plein air et au beau milieu d'une délégation, il ne pouvait pas lui arriver grand-chose, de toute façon. Il ressortait des informations qu'ils avaient pu rassembler au cours des derniers jours que, si l'ETA prévoyait une action, ce serait au musée Groningue ou dans les halles de Bruges. Le Premier ministre espagnol devait y donner un discours ; il serait une proie facile.

Une fois de plus, Van In étudia le plan retrouvé dans la sacoche de Viaene. Les noms de différents musées avaient été tracés au crayon en regard des codes, mais les halles n'étaient pas mentionnées.

« Je me demande pourquoi ils veulent absolument que je leur remette l'argent en mains propres », dit-il un peu plus tard, après avoir réécouté le message enregistré.

Il n'y a pas de hasard… se disait Van In en réfléchissant. *Prenons cette histoire que Jos Viaene a apparemment envoyée à Poisson du désert : un jour, il prend des photos pour la reine Fabiola, puis tout le monde les oublie. Deux ans plus tard, une femme lui parle de ces photos et, comme par miracle, c'est la dame de compagnie de la veuve du roi Baudouin, qui arrive tout à trac chez lui ! Le pivot, là, ce sont les photos. Bon. Reprenons. Je veux bien croire que cette anecdote soit véridique. Mais quand les choses collent trop facilement, c'est qu'on a donné un petit coup de pouce au destin, non ? Ou qu'il y a correspondance entre un fait et une période ou une date, oui ! Comme dans* Metabletica, *l'essai de Jan Hendrik van den Berg sur la théorie du changement, qui parle de la relativité historique des concepts freudiens. Le psychisme découvert par Sigmund était le psychisme fin de siècle. Soit. Et si l'axe autour duquel tourne le hasard, c'était le temps, ici aussi ? Ce ne serait pas la première fois que j'observerais ce phénomène avec, de nouveau, l'intuition que ce hasard-là est trop gros pour en être un. Ma main à couper qu'il y a un lien entre les deux timings : celui de la restitution de la rançon et celui de l'arrivée du Premier ministre espagnol à Bruges !*

« Guido, réveille Carine immédiatement ! Je dois absolument lui demander quelque chose.

– Carine ?
– Oui, Guido. Carine. »
Hannelore jugea bon de ne pas relever.
« Et moi ? Puis-je me rendre utile à quelque chose, commissaire ?
– Certainement, madame le juge !
– Un mandat de perquisition, peut-être ?
– Comment as-tu deviné ? ! »

La Constitution belge garantit au citoyen liberté, égalité et droit à la justice, ce qui signifie en principe que les mandats de perquisition ne se délivrent pas à la légère, à moins que des intérêts supérieurs ne soient en jeu ou que le citoyen n'ait pas payé une facture, cas où les huissiers de justice ont les coudées franches pour faire à peu près n'importe quoi. Les indices de preuves à charge contre Ruiz étaient maigres, mais Van In avait plus d'un atout dans son jeu. Dame Justice lui mangeait dans la main.

« J'espère que nous trouverons quelque chose ! » dit Hannelore.

Il y avait un embouteillage devant la maison de Ruiz : deux voitures de police, une camionnette arborant le logo d'un serrurier et l'Audi médiévale de Vermeulen. Le serrurier, un jeune qui travaillait souvent pour la police et avec qui Van In s'entendait bien, commença à jouer de la perceuse.

« Les criminels laissent toujours des traces derrière eux, dit le chef du labo technique en produisant un de ces sourires arrogants dont il avait le secret.
– Qui dit que Ruiz est un criminel, Vermeulen ? »
Le fonctionnaire alla cacher sa déception dans le coffre de sa voiture, prétextant qu'il allait chercher son matériel.

« Ça, c'est envoyé ! dit Van In à la galerie.

– Il y a des gens qu'il est bon de remettre à leur place. Tu devrais le faire plus souvent, Pierrot », estima Hannelore.

La foreuse se tut subitement.

« La porte est ouverte, madame le juge, dit le jeune serrurier en se tournant vers elle, tout sourire, avant d'esquisser une révérence.

– N'exagère pas, Arthur ! dit-elle.

– Moi, exagérer ? ! Vous me connaissez mal ! »

Arthur Swartenbroeckx rangea ses outils avant de prendre congé d'une poignée de main franche et cordiale. Il les aimait bien, ces deux-là. Ils ne le prenaient pas de haut et savaient apprécier son travail à sa juste valeur.

« Tu ne crois tout de même pas que tu vas partir comme ça ! » s'indigna Van In.

Depuis la conversation de la veille avec Olivier Boedt, il soupçonnait que la jolie Els Hocepied était davantage mouillée dans cette affaire qu'il ne l'avait cru au départ. Hannelore avait accepté d'autoriser une perquisition dans l'appartement de luxe de la jeune modèle s'ils faisaient chou blanc chez Ruiz.

« Je pensais que madame le juge était juste là pour compter les points, dit Arthur en repensant à la joute entre le commissaire et le chef du labo technique.

– Arthur, arrête ! »

Hannelore poussa la porte. Elle longea le couloir nu, laissant glisser un doigt sur le papier peint à petites fleurs, où elle repéra çà et là quelques taches d'humidité. Elle secoua la tête d'un air désapprobateur en découvrant les poils noirs et duveteux qui conquéraient l'espace au-dessus de la porte de la salle à manger.

« C'est criminel de laisser aller une maison à ce point-là, tu ne trouves pas ? »

Van In opina du bonnet, se disant une fois de plus que les femmes ne réagissent jamais comme les hommes.

La perquisition dura une bonne heure et demie, mais ne donna rien, à part des vêtements et des livres. Ruiz avait peut-être fait le ménage. En tout cas, le *Cosmopolitan* avait disparu.

« C'est sans doute un meublé », dit Van In.

Dans la chambre, pas de lit mais, posé à même le sol, un matelas recouvert à la diable d'une couette qui n'était plus de première fraîcheur. À hauteur de l'oreiller, un réveil bon marché et un paquet de gaufres de Liège entamé.

« On dirait », répondit Hannelore en soupirant.

Durant ses études, elle avait de temps en temps passé la nuit chez une amie qui était en dernière année de médecine et qui avait campé pendant sept ans dans les mêmes conditions spartiates. Elle reconnaissait jusqu'à l'odeur qu'exhalait le matelas.

« Un souci ?

– Non. Laissons la place à Vermeulen. Il trouvera peut-être quelque chose, lui. »

« Il faudra que je casse la porte, malheureusement, dit Arthur, déclarant forfait devant la serrure à cylindre de l'appartement d'Els Hocepied.

– Ça pose un problème ?

– C'est une porte blindée, commissaire. Sans marteau pneumatique, ce n'est même pas la peine d'essayer. »

Van In alluma une cigarette et laissa errer son regard sur les murs immaculés. La jeune fille débarquerait dans quelques heures à Zaventem. Elle ne serait pas particulièrement enchantée de trouver sa porte en mille morceaux.

« Et si on fracturait une fenêtre ? » proposa Hannelore quand elle comprit que Van In baissait les bras.

Qu'est-ce que je disais ? Encore une idée de bonne femme ! songea Van In en pestant intérieurement.

« Tu connais le numéro des pompiers ? »

Levant les yeux au ciel devant une telle ânerie, Hannelore appela les hommes du feu.

Ils adorent jouer avec le feu, mais ils répondent aussi présents lorsqu'on les appelle pour détruire un nid de guêpes, délivrer un chat coincé au sommet d'un arbre ou extirper de sa baignoire un homme un rien trop corpulent. Les pompiers furent très vite sur place pour briser la fenêtre qui se trouvait dans le chemin de Van In.

« Si je peux faire autre chose pour vous, y a qu'à demander ! » dit le pompier qui actionnait la grande échelle avant de couler un regard équivoque vers Hannelore.

Faisant la sourde oreille, Van In se tourna vers le lieutenant qui, compte tenu de la gravité de la situation (les pompiers avaient été sollicités par le parquet, non ?), avait pris la direction de l'opération.

Pendant que des dizaines de touristes curieux se massaient quai Sainte-Anne pour commenter en langues diverses et variées l'événement qui serait sans conteste le clou de leurs vacances, Van In s'attacha à la petite nacelle qui allait les hisser, lui et Hannelore, tout en haut de l'échelle. Une légère brise faisait voler les cheveux de sa compagne, qui se félicitait d'avoir enfilé un jean ce matin-là.

« Ça va ? »

L'œil fixe, Van In regardait la façade grise défiler devant lui à n'en plus finir.

« On y est bientôt ? »

Hannelore leva la tête.

« Encore deux ou trois mètres. »

Van In réprima un soupir. Il n'avait jamais confié à Hannelore qu'il souffrait du vertige et que ses pires cauchemars le postaient au bord d'un précipice. À huit mètres du sol à peine, il sentait le vide l'aspirer. Lui le chef du peloton Torquemada, il tremblait comme une feuille morte à la seule idée de devoir bientôt enjamber le néant pour entrer dans un appartement par la fenêtre.

« Mon Dieu, que tu es pâle ! dit Hannelore lorsque la nacelle s'immobilisa.

– Ça va, n'aie pas peur ! »

Il avait à peine fini de parler qu'il s'effondrait comme une masse.

« Une nana si bien roulée avec un poltron pareil ! Bon sang, quel gaspillage ! » marmonna un pompier.

Deux infirmiers hissèrent Van In sur un brancard et lui mirent le masque à oxygène en attendant les urgences.

« Pourquoi ne m'as-tu jamais dit que tu souffrais du vertige ? » demanda Hannelore, préoccupée.

Van In ôta son masque.

« Parce que les hommes… »

Il se mit à tousser. Un des deux infirmiers ouvrit sa valise à la recherche de l'ampoule qu'il était autorisé à administrer en pareil cas. Heureusement, Hannelore intervint.

« Laissez mon compagnon tranquille !

– Le médecin arrive d'un moment à l'autre », répondit l'infirmier, obtempérant devant la poigne du juge d'instruction.

L'état de Van In s'améliora à vue d'œil dès que Grietje, la serveuse du café Vlissinghe, lui apporta une Duvel, car elle avait suivi les événements de loin.

« Y a pas meilleur médicament ! » dit-elle en souriant à Hannelore qui croyait bon d'objecter.

Sur ces entrefaites, le pompier qui trouvait Hannelore à son goût avait grimpé l'échelle jusqu'à l'appartement d'Els Hocepied, y était entré par la fenêtre et, constatant que la porte n'était pas fermée à clé et qu'il était donc possible de l'ouvrir de l'intérieur en actionnant la poignée, l'avait fait.

« Tout ça pour ça ! » avait-il dit en allant au rapport auprès du lieutenant, qui le félicita – il connaissait ses hommes – avant d'aller informer la juge d'instruction.

« Je vous remercie, lieutenant », dit-elle sans cesser de caresser le front de Van In avec une compresse humide. « Vous pouvez prendre l'escalier ou l'ascenseur, commissaire, reprit-elle ensuite, sérieuse comme le pape.

– Pour monter ou pour descendre ? dit-il en lui caressant le ventre.

– Ah ! Les hommes ! »

L'appartement d'Els Hocepied sentait bon le magnolia, parfum de l'innocence qui semblait dire aux flics que non, elle n'avait rien à cacher. Les meubles contenaient ce que contiennent généralement les meubles : de la vaisselle, des albums photos, de la lingerie (il y en avait pour une fortune), des serviettes de bain, des provisions (céréales de petit-déjeuner, fruits secs) et des souvenirs, dont la plupart étaient restés emballés.

« Heureusement que nous n'avons pas enfoncé la porte ! dit Hannelore. Tu vois ce que tu me fais faire ! C'est moi qui ai ordonné cette perquize, pas toi !

– Sur le conseil du procureur général ! tenta Van In.

– On s'est juste parlé au téléphone, Pieter. S'il s'avère que tout cela n'a servi à rien et si la presse l'apprend, le procureur général fera savoir *via* son porte-parole qu'il n'était pas au courant de l'initiative du juge d'instruction et il en rejettera la responsabilité sur moi.

– Le colonel Sanders nous soutiendra.

– Sanders est un fonctionnaire, ne l'oublie pas ! »

D'un geste brusque, elle ouvrit la porte d'un débarras, le seul endroit qu'ils n'avaient pas encore fouillé. Lorsqu'elle aperçut la belle paire de Nike posée sur une planche et, dessous, un sac à dos jeté à la hâte, elle sentit les battements de son cœur redoubler de vitesse.

« Je crois pouvoir dire que le colonel Sanders affirmera haut et fort qu'il soutenait l'action du juge d'instruction Martens depuis le début, claironna-t-elle. À moins que mademoiselle Hocepied ne chausse du 43 ! »

14

« Vous avez absolument raison, madame le juge, dit Vermeulen lorsque Hannelore lui présenta la paire de tennis. Le profil de la semelle correspond aux empreintes que nous avons trouvées dans le jardin du musée Groningue. »

Et pour prouver qu'il n'y avait aucun doute possible, il montra les photos qu'il avait prises la nuit du vol.

Hannelore ouvrit son sac à main et en sortit un petit paquet de cigarettes rabougri qu'elle conservait pour les grandes occasions.

« Enfin ! dit-elle, en regardant Van In, les yeux pétillants. Ça vaut bien un bisou, non ? »

Même si l'affaire paraissait désormais presque réglée, le bisou ne fut pas très convaincant. *On dirait qu'il embrasse sa sœur !* pensa Hannelore, dépitée.

C'est que les tennis n'expliquaient pas tout. Car si Ruiz avait orchestré le vol du *Jugement dernier*, il était sans doute aussi impliqué dans l'attentat qui allait être perpétré, Van In le sentait, sur la personne du Premier ministre espagnol, ce qui compliquerait bien évidemment les choses. Il laissa Hannelore déguster sa cigarette et sortit sur la pointe des pieds. Dans la voiture, il appela Versavel par radio.

« Il y a du neuf ?

– J'allais te téléphoner, Pieter. On vient de recevoir un fax de Sanders à propos du P90.

– J'arrive ! »

Malgré l'absence de grèves et de retards dans les arrivées, il y avait un monde fou à l'aéroport de Zaventem. Els Hocepied fit patiemment la queue au contrôle des passeports. Quand ce fut enfin son tour, le gendarme de service lui fit un sourire auquel elle ne répondit que par un petit signe de la tête, toute à ses pensées pour Ruiz. À vrai dire elle se faisait du souci et elle nourrissait de réels doutes. Quand elle l'avait appelé, il l'avait suppliée de ne pas rentrer en Belgique. « J'ai les flics aux trousses. Reste où tu es ! Quand la rançon aura été payée, je viendrai te rejoindre immédiatement. »

La jeune femme prit sa valise et se dirigea vers la sortie. Elle était folle amoureuse de Ruiz et elle lui devait la vie – elle était certaine qu'Arnaldo l'aurait fait liquider s'il n'était pas intervenu –, mais les projets qu'il lui avait exposés lui restaient en travers de la gorge. *D'accord, deux millions d'euros, c'est une belle somme, même pour moi. Mais pourquoi abandonnerais-je ma carrière pour recommencer une nouvelle vie avec lui à l'étranger ? Je vais vite me barber… Même s'il m'emmène sur une plage de sable fin avec des cocotiers… Son île déserte va se transformer en cage dorée, j'en ai bien peur… Je deviendrai sa chose. À la moindre contrariété, il me reprochera de profiter de sa fortune. Jusqu'à présent, je n'ai rien fait de mal. Dans le pire des cas, on peut juste m'accuser de complicité, mais un bon avocat devrait pouvoir me tirer d'affaire. Et puis j'ai une arme irrésistible : mon charme…*

« Els ! »

Ruiz se fraya un chemin à travers la foule et se jeta dans ses bras. Le visage creusé, les yeux fiévreux, il semblait terrifié. L'éclat juvénile qu'Els aimait tant chez lui avait pâli.

« Jaime ! Tu es là ? ! Je croyais que tu n'osais plus sortir !

– Il fallait que je te voie ! »

Ils s'embrassèrent, mais pendant qu'il la serrait contre lui, elle regarda fixement devant elle, voyant sans les voir les voyageurs qui traînaient derrière eux leurs lourdes valises et qu'elle enviait un peu.

« Tu m'as manqué, dit-elle lorsqu'il s'éloigna d'elle pour la regarder attentivement.

– On peut dormir chez Guido Jacobus, dit-il.

– Oui, c'est une bonne idée. »

Je me suis fourrée dans un beau pétrin !

Après le coup raté du lac d'Amour, Arnaldo s'était mis en tête de supprimer tous les témoins gênants avant de passer à l'exécution de son plan avec Jorgi. Même Ruiz, sans l'aide de qui il n'aurait pas obtenu la clé, avait figuré sur la liste des personnes à abattre.

Trois mois auparavant, Ruiz avait téléphoné à Els et lui avait parlé d'Inez, la jeune fille dont il avait été amoureux et qui était morte deux ans plus tôt d'une balle perdue de la *Guarda Civil*. Els avait accepté d'aider Ruiz. Elle l'avait mis en contact avec Olivier Boedt, Guido Jacobus et Jos Viaene, trois amis qui avaient des soucis d'argent et qui pourraient justement l'aider, chacun à sa manière.

Ils marchèrent jusqu'à la gare serrés l'un contre l'autre pour prendre le train en direction de la gare centrale de Bruxelles. Ils n'étaient pas encore installés qu'un avis de recherche au nom d'Els Hocepied accompagné d'une photo floue arrivait sur le fax de la brigade de gendarmerie de Zaventem. Du beau gâchis, vraiment, car les photos d'Els étaient en général prises par des professionnels et d'une netteté à faire se damner un profileur.

« J'ai beaucoup de mal à croire que Ruiz nous aurait trahis », dit Jorgi, assis au bord de son lit, le visage dans les mains.

Pasionario avait allumé le chauffage ; on suffoquait dans la pièce. L'odeur de transpiration et de tabac était quasi insoutenable.

« Arnaldo savait ce qu'il faisait, dit-il. Il n'aurait jamais utilisé le P90 pour une bricole. Et il ne se serait pas laissé surprendre par un gamin du genre d'Olivier Boedt.

– Tu n'es pas en train de me dire que c'est Ruiz qui a descendu Arnaldo, quand même ? !

– Tu vois quelqu'un d'autre ? ! Ruiz savait que sa nana était la prochaine sur la liste ! »

Pasionario fit un effort pour se contenir. Il s'était battu près de quarante ans pour l'autonomie de sa terre bien-aimée. Cette lutte l'avait durci et rendu sans pitié. Oui, son père le disait toujours : les traîtres à la cause ne méritent pas d'autre châtiment que la mort.

« Pourquoi aurait-il tout fait pour sauver l'opération, alors ? demanda Jorgi, désespéré. La manœuvre de diversion, c'est son idée ! »

Pasionario secoua la tête. Il y avait réfléchi toute la nuit.

« C'est un voleur, Jorgi. Sa manœuvre de diversion, comme tu dis, ce n'est pas pour détourner l'attention. C'est le contraire depuis le début ! Il nous a utilisés pour que les flics se désintéressent du vol du tableau ! Après la fusillade du canal d'Ostende, il a abandonné le P90 exprès sur les lieux pour mettre les flics sur notre piste. Il savait que la Belgique ne pouvait plus se permettre le moindre scandale et qu'un attentat contre un chef de gouvernement ternirait trop son image à l'étranger. Pour lui, ça ne faisait ni une ni deux que les Belges allaient lui payer son fric sans moufter et que les flics mettraient le paquet sur la menace terroriste. Crois-moi, Jorgi ! Ton ami, c'est le flouze qui l'intéresse, pas la cause de l'ETA ! Sinon, pourquoi serait-il intervenu quand vous avez voulu donner une petite leçon à Viaene ?

– Quand même pas pour faire bisquer Arnaldo ? »

Pasionario hocha la tête.

« Si Arnaldo avait liquidé Viaene dans le parc, tout le monde aurait cru à un règlement de comptes entre homos. Ça n'aurait pas fait les affaires de Ruiz. Il voulait faire flipper les autres. La fusillade du canal d'Ostende, c'était juste pour mettre la pression sur le père d'Olivier. »

Jorgi jeta un regard incrédule à Pasionario.

« Si je te comprends bien, tu penses que Ruiz avait prévu de voler le tableau depuis le début et qu'il a tué Arnaldo pour pouvoir mettre son petit projet à exécution ?

– Je ne vois pas d'autre explication, dit Pasionario en allant s'asseoir près de Jorgi et en passant un bras autour de ses épaules. Je sais que tu considères Ruiz comme un frère. Mais, étant donné les circonstances, je pense que nous n'avons pas d'autre choix. Nous devons… »

Jorgi vit rouge. Ses paupières se mirent à clignoter. Son cœur battait à tout rompre. Il se précipita sur le P90, mais avant d'avoir eu le temps de le braquer sur

Pasionario, celui-ci le lui arrachait des mains et l'étranglait.

Van In s'assit à son bureau, alluma une cigarette et consulta le chrono qui continuait à grignoter les secondes. Les tennis qu'Hannelore avait découvertes dans le débarras d'Els Hocepied continuaient à le faire gamberger. *Pourquoi Ruiz a-t-il appelé les secours s'il est complice du meurtre de Viaene ? Qui a descendu Arnaldo avec un pistolet avant de le mitrailler au P90 ? Et pourquoi ? D'après le rapport que Sanders a reçu de la* Guardia Civil, *Arnaldo faisait partie d'un groupe dissident de l'ETA, une cellule qui opérait en totale autonomie. Quel est le mobile du meurtre de Viaene et du vol du* Jugement dernier *? Est-il politique ou financier ? Et qui est le complice de Ruiz ? Olivier Boedt ou l'inconnu qui réclame une rançon ? Pourquoi Ferdinand Boedt s'est-il suicidé ? Enfin, que vient faire la jolie Els Hocepied dans cette affaire ?* Les pensées de Van In couraient et s'entremêlaient sans fin comme des traînées d'aquarelle sur du papier absorbant.

« Tu vas te brûler, avec ta cigarette ! »

Van In sursauta, ce qui eut pour effet de faire tomber le long fuseau de cendre sur son bureau.

« Tu es là depuis longtemps ?

– Deux minutes, dit Versavel. Un café ? »

Van In hocha la tête et prit le fax que lui tendait son ami. Le document qu'un certain monsieur Moureaux, directeur commercial de la FN, avait fait parvenir au colonel Sanders après moult pressions était long de plusieurs pages. Il avait été estampillé par la CPI et portait le cachet « CONFIDENTIEL ».

« Tu l'as lu ? »

La question était pour le moins inutile, et Versavel y répondit par un regard qui en disait long.

« Les gens de la FN ont subitement changé leur fusil d'épaule, si tu veux bien me passer l'expression. Ils disent maintenant que ce type d'incident est inévitable, malgré les conditions de sécurité draconiennes qu'ils appliquent.

– C'est toujours pareil, avec les Wallons ! Ils viennent de Kanegem et ils ne savent rien ! » pesta Van In.

Versavel haussa un sourcil impatient, mais ne répondit pas.

« La seule chose que nous sachions avec certitude, c'est que cent P90 ont disparu de la circulation l'année dernière à l'aéroport de Sanaa. On n'a pu en récupérer que quarante-cinq. Le reste a vraisemblablement été écoulé au marché noir.

– Au Yémen ?

– Non. En Europe. »

Les trafiquants pouvaient facilement obtenir six mille deux cent cinquante euros pour un P90 en Europe. Les Yéménites le savaient.

« D'après un rapport de la police suisse, une dizaine de P90 seraient passés entre les mains d'un certain Schumacher.

– Et qui est ce Schumacher ?

– Un antiquaire également armurier.

– Et la police suisse, elle a des preuves de ce qu'elle avance ?

– Non.

– Ah ! Les Suisses ! tempêta Van In. Ils viennent de Kanegem et ils ne savent rien !

– Mais qu'est-ce que tu me racontes avec ton Kanegem ! C'est un village flamand ! Comment veux-tu que des Wallons ou des Suisses viennent de Kanegem ? ! Je ne comprends rien à ce que tu baragouines ! »

Un large sourire s'épanouit sur le visage de Van In.

Depuis peu, il s'était remis à lire. Il s'intéressait surtout à des ouvrages historiques et, à son grand étonnement, il y prenait vraiment son pied.

« Je fais référence, mon cher, à un fait divers non élucidé qui a eu lieu dans les environs de Kanegem, au Moyen Âge. Trois templiers avaient été assassinés. Tous les habitants du village, sans exception, savaient qui avait fait le coup, mais personne n'a jamais parlé. Quand ils ont été appelés à témoigner, chacun a dit : "Je viens de Kanegem et je ne sais rien."

– Ah ah ! Très intéressant ! Revenons-en aux faits, veux-tu ?

– C'est toi qui as commencé, Guido ! »

Versavel haussa les épaules avant d'indiquer un passage surligné en jaune dans un p.-v. d'audition du sieur Schumacher.

« Tu veux que je traduise ?

– *Jawohl, Herr Oberst. Aber schnell,* répondit Van In, dont les rudiments d'allemand provenaient des films de guerre.

– "Je n'ai rien à voir avec ce trafic, commença Versavel.

– Je n'ai pas dit ça non plus, monsieur Schumacher. Mais vous ne pouvez quand même pas nier que vous achetez des armes régulièrement.

– Seulement pour ma collection.

– Possédez-vous un P90 ?

– Non.

– Avez-vous eu l'occasion d'acheter une telle arme à un moment ou à un autre ?

– Non.

– Vous arrive-t-il de vendre des armes ?

– De temps en temps.

– Vous rendez-vous parfois à Bruxelles dans ce but ?

– Seulement si mes clients insistent.

– Puis-je vous demander quand vous avez conclu une transaction de ce type à l'étranger pour la dernière fois ?

– C'est facile à vérifier. Il suffit de consulter la liste que j'ai donnée la semaine dernière au commissaire en chef." »

« On sent que le gars est nerveux, intervint Van In. Et cette liste ? On en a une copie ? »

Versavel fit oui de la tête.

« La dernière transaction date de fin août. Un lot de fusils rares. Tout était entièrement légal, Pieter. Tu veux le nom du client ? Regarde !

– Jésus Marie Joseph ! s'exclama Van In. Le vicomte Charles De Bie de Westvoorde, secrétaire général de la Banque nationale de Belgique, rien de moins !

– Sanders ne t'a pas donné les pleins pouvoirs ? demanda Versavel, légèrement ironique. Veux-tu que j'envoie illico un escadron de la cellule spéciale d'intervention chez monsieur le vicomte ? Ou tu préfères le cuisiner toi-même ?

– Ne dis pas n'importe quoi, Versavel. Tu ne crois tout de même pas que Schumacher allait donner une liste de transactions illégales à la police suisse ! »

Van In alluma une nouvelle cigarette, s'enfonça dans son fauteuil et étendit les jambes. S'il parvenait à mettre la main sur l'acheteur du P90, il remonterait vite jusqu'au meurtrier d'Arnaldo.

« Je suppose que la police suisse avait des raisons de l'auditionner, ce Schumacher ! »

Une annexe ajoutée au dossier par un spécialiste de la CPI expliquait en effet que Schumacher était un commerçant apprécié qui entretenait d'excellentes relations avec des membres éminents du conseil de son canton. Mais Van In n'aurait pas été Van In s'il n'avait pas été tenté de voir ce qui se cachait derrière cette aura de respectabilité.

« Téléphone à Sanders de ma part et demande-lui de faire vérifier si Schumacher est revenu en Belgique depuis le mois de juillet, d'accord ?

– Si tu veux. »

Pendant que Versavel s'exécutait, Van In consulta de nouveau le minuteur. Encore vingt-six heures.

Pas facile de repérer quelqu'un à partir d'une photo floue dans une marée humaine ! se disait un des quatre agents qui patrouillaient dans la gare de Bruges à la recherche d'une dangereuse terroriste.

Lorsque Els Hocepied et Jaime Ruiz entrèrent dans le hall, ils virent aussitôt deux flics armés jusqu'aux dents. Ils commencèrent à paniquer, mais Ruiz reprit rapidement son calme.

« Passe tes mains autour de mon cou et embrasse-moi ! » dit-il.

Ils purent passer inaperçus dans la foule qui se pressait dans la salle des pas perdus, mais ils furent surpris de trouver la sortie presque déserte, hormis la présence d'autres flics. Ruiz pressa le corps d'Els contre lui et lui roula un patin avant de lui chuchoter à l'oreille :

« Tu crois qu'il y a moyen de sortir par le buffet ?

– Oui ! » murmura-t-elle, terrorisée.

Elle avait le sentiment de lui donner le baiser de Judas, mais avait-elle le choix de faire autrement ?

« Viens ! ordonna Ruiz. Et continue à me serrer ! »

Sur la gauche, deux doubles portes donnaient accès au Petit Quai, l'ancien buffet de la gare ainsi rebaptisé depuis une opération de charme lancée par la Société nationale des Chemins de fer belges. Ruiz choisit celle qui était le plus éloignée de la sortie, dans l'espoir que la police ne disposait pas d'assez d'hommes pour surveiller toutes les issues. Bien lui en prit. Trente secondes plus tard, ils s'échappaient par une porte latérale et se trouvaient enfin sur l'esplanade balayée par le vent. Deux voitures de police étaient garées devant la gare, mais elles étaient heureusement vides. Toujours étroitement enlacés, Els et Ruiz prirent à gauche et marchèrent dans la direction de la porte de la Bouverie.

« Tu es démasqué ! » dit Els à la vue d'une voiture de police garée devant la maison de son ami lorsqu'ils furent enfin arrivés rue de la Bouverie.

« N'importe quoi ! »

Ils revinrent néanmoins sur leurs pas.

« Je veux rentrer chez moi, dit Els.

– Pas possible !

– Qu'est-ce que tu vas faire ? Jacobus n'a pas voulu de nous. Personne ne voudra nous cacher !

– Ne t'en fais pas ! On va trouver une solution ! »

Ruiz serra la jeune fille très fort contre lui, en songeant qu'ils ne pourraient pas non plus aller à la résidence La Main d'Or.

De tous les monuments de Bruges, la chapelle du Saint-Sang est sans conteste l'un de ceux qui dégagent l'atmosphère la plus singulière, notamment par son mélange de styles qui désarçonne le visiteur lambda. La double chapelle romane date du douzième siècle ; elle faisait à l'origine partie du château du comte de Flandres Thierry d'Alsace, fervent collectionneur de reliques. Une petite aile Renaissance la flanque, et sa façade gothique arbore des traits orientalisants, comme ses tourelles à l'allure de minarets et sa cage d'escalier qui n'aurait pas déparé dans un *palazzo* italien.

La plupart des touristes s'ébaubissent à la vue des contrastes entre les lignes purement romanes de la chapelle basse, ou chapelle Saint-Basile, et l'apparat néogothique de la chapelle haute, avec sa fresque, sa chaire de vérité en forme de mappemonde et ses vitraux où figurent les ducs de Bourgogne et les princes espagnols et autrichiens dans l'ordre plus ou moins chronologique. Bien sûr, la chapelle du Saint-Sang, hissée au rang de basilique depuis 1923, doit sa renommée à une fiole de cristal supposée contenir quelques gouttes du sang du Christ devant laquelle vient se recueillir toute la chrétienté.

Ce que la plupart des gens ignorent, jusqu'aux guides se targuant de connaître Bruges comme leur poche, c'est que la chapelle basse communique avec la crypte du pélican, composée de trois petites pièces et d'une grande, que les experts font remonter au XIIIe siècle. La porte qui menait à la crypte fait aujourd'hui office de sortie de secours et s'ouvre sur une ruelle donnant sur l'hôtel de ville.

En soi, quelle importance ? Sauf que, dans les années quatre-vingt-dix, la ville avait décidé de sécuriser l'édifice. Cette tâche avait été dévolue à Ferdinand Boedt. Au lieu d'opter pour la solution la plus logique, l'installation de détecteurs à infrarouge, il avait, ici aussi, fait placer un système d'alarme de récupération qui ne commandait que les portes. En régime fermé, le pêne de la serrure enfonçait une lamelle contre un point de contact connecté à la centrale. Si le contact était rompu, l'alarme se déclenchait. À première vue, c'était un système imparable, à ceci près qu'il nécessitait que toutes les portes soient pourvues d'un même type de serrure.

Autrement dit, il suffisait de se procurer une seule clé pour circuler dans la basilique du Saint-Sang comme chez soi.

Pasionario attendit patiemment que le flux de touristes se tarisse. D'après Ruiz, qui avait préparé l'opération avec la plus grande minutie, dix-sept heures trente était le moment le plus propice pour intervenir. À dix-sept heures vingt, le dernier groupe de touristes quitta la chapelle basse (des Américains qui avaient pris des photos à contrecœur, sourds au commentaire du guide sur les techniques les plus modernes employées dans la rénovation des lieux, car ils s'intéressaient davantage à la dentelle de contrefaçon qu'au patrimoine architectural). Pasionario compta jusqu'à six cents, une éternité pour lui qui savait que la réussite de l'opération dépendait de l'estimation de Ruiz, mais il devait jouer avec les cartes en sa possession. Le plan initial avait capoté lorsqu'Olivier Boedt les avait informés que le musée Groningue n'était pas une cible appropriée car il était équipé de détecteurs à infrarouge et de caméras. Ruiz, qui organisait des visites guidées durant ses loisirs, avait aussitôt proposé une autre solution. La crypte du pélican, qu'il venait de découvrir par hasard, était l'endroit idéal. De sa propre initiative, il avait pris contact avec Jos Viaene pour lui dire que les plans de sécurité des musées brugeois étaient sans intérêt, mais que, par contre, une clé de la chapelle du Saint-Sang lui vaudrait une prime de cinq mille euros… Viaene avait accepté, mais Ruiz n'avait pas prévenu tout de suite Jorgi et Arnaldo. Pasionario comprenait, maintenant.

Il enfonça la main dans la poche de son jean et serra la clé qui avait coûté la vie à Viaene. Le métal en était chaud, presque bouillant. Lorsque la voie fut enfin libre, il saisit sa valisette, fixa la statue du pélican qui le considérait, les ailes déployées, depuis une niche de l'abside, se leva et se dirigea vers l'étroit couloir qui reliait la chapelle au mausolée, où une croix monumentale et un ecce homo symbolisaient la Passion du Christ, la victime expiatoire par excellence. Pasionario pensa à Jorgi, qu'il avait tué une heure et demie auparavant, et se signa rapidement. Personne ne découvrirait le corps avant un moment. Ruiz avait été clair : très peu d'étudiants savaient qu'il utilisait parfois une chambre vide de la résidence La Main d'Or.

Il régnait un lourd silence dans la chapelle basse. Les saints marmonnaient une prière muette et la pietà pleurait en silence ses larmes amères. Pasionario avait l'impression que les murs de plusieurs mètres d'épaisseur se rapprochaient, exactement comme dans la nouvelle *Le Puits et le Pendule* d'Edgar Allan Poe, où une victime de la Sainte Inquisition est menacée de périr écrasée par les murs enflammés qui la cernent. Pasionario pensait être un bon catholique et repoussait l'idée que Dieu pût ne pas être de son côté. Dieu était son allié, il était forcément dans son camp.

La voix d'un guide s'éleva au loin, suivie de près par la rumeur produite par un groupe de touristes. Pasionario ferma la porte avec mille précautions et introduisit la clé dans la serrure.

À dix-huit heures quarante-quatre, un agent de la Sûreté de l'État rangea sa Volvo bleu marine devant le commissariat, quai Louis Coiseau. Il s'empara de l'enveloppe matelassée brune posée sur le siège du passager, sortit de la voiture, actionna le verrouillage automatique et se hâta avec une précipitation un rien excessive vers l'entrée du bâtiment. Avant de monter à l'assaut de l'escalier, il rectifia sa mise et vérifia son reflet dans la vitre de la porte. Un nuage d'after-shave de luxe le précéda au premier étage.

« Tiens ! Qui voilà ? dit Van In. Le Bittu ! »

Marc Tavernier était fier de son surnom, car, comme la plupart des hommes, il était relativement satisfait de la noble extension de son organe, mais il préféra la jouer modeste et faire semblant de rien. Il sursauta à la vue de Versavel, qui sortit soudain de l'ombre pour se planter à côté de Van In.

« Je voudrais parler à l'officier de service, dit-il.

– Toujours aussi prétentieux, à ce que je vois ! dit Van In en dodelinant de la tête. Assieds-toi et dis-nous quel bon vent t'amène.

– Pas tant que vous n'aurez pas appelé l'officier de service !

– Tavernier ! Van In est l'officier de service ! » dit Versavel, qui se rappelait comme si c'était hier la fois où ils en étaient venus aux mains, lui et Le Bittu, parce que ce connard de première avait écrit au collège du bourgmestre et des échevins pour demander que les homos ne soient pas pris en compte dans les montées en grade. Versavel avait envoyé Le Bittu à l'hosto. Ce haut fait avait failli lui coûter sa place.

« Inspecteur Versavel, railla Tavernier. C'est à se demander comment tu as fait pour grimper si haut ! »

Versavel se raidit. Plissa les yeux. Sentit son cœur ralentir. Son sang se figer dans ses veines. Fut pris d'une envie folle de cogner. Vit des images de l'enfance défiler, les humiliations devant son père, les regards torves de ceux qu'il croyait ses amis. Entendit les quolibets qu'il avait dû essuyer dans sa jeunesse. Sentit à nouveau le goût du chagrin qui l'isolait dans sa chambre. Et, comme jamais depuis des années, celui de la défaite et de l'impuissance. Malgré tous les efforts accumulés au fil des ans et qui, pierre après pierre, l'avaient aidé à construire le mur de la maîtrise de soi. Tout volait en éclats, à cause de ce petit salopard. Il enfonça son pouce droit dans son ceinturon et laissa glisser sa main sur le cuir souple de son holster.

« Il y a un truc que je n'ai jamais compris, Le Bittu ! dit Van In en jetant un regard nerveux vers Versavel.

– Il y a tellement de trucs que tu ne comprends pas, Van In. »

Tavernier fit un geste vague qu'on pouvait comprendre de diverses manières, mais qui, vu les circonstances, ne pouvait qu'exprimer le mépris.

« En tout cas, je n'ai jamais compris que toi, l'étalon de la minuscule rue du Trèfle, tu obéisses aux ordres d'une poulette ! », lâcha Van In, faisant à la fois allusion à la peu glorieuse origine de Tavernier et au fait qu'il était dirigé par une femme, lui qui ne ratait jamais une occasion de dire qu'une gonzesse, c'est juste bon à écarter les jambes et à faire la cuisine.

« Tu sais à qui tu parles ? ! hurla Tavernier, fulminant.

– Pourquoi je me ferais de la bile ? Un coup de fil de ma part, et tu ne fais plus partie de la Sûreté de l'État. »

Versavel partit d'un grand éclat de rire. Tavernier lança son enveloppe matelassée à la tête de Van In et s'enfuit sans demander son reste.

Dans le couloir, il se heurta à Bruynooghe, qui lui donna le coup de grâce sans le savoir.

« Eh, mon petit gars ! T'as le diable aux trousses ? ! »

15

« Je viens de croiser Le Bittu dans le corridor ! dit Bruynooghe. On aurait dit qu'il avait le feu au cul ! »

Versavel reprit son souffle, regarda Van In et repartit dans une nouvelle crise de fou rire.

« Il s'était trompé de porte », lâcha Van In, l'air très sérieux.

Il prit l'enveloppe, l'ouvrit et en sortit une cassette audio et un classeur à anneaux portant le sigle du labo de Wiesbaden.

« Carine vient d'appeler, dit Bruynooghe. Olivier Boedt a essayé de prendre contact avec Els Hocepied.

– Et… ? »

Bruynooghe sortit un billet de sa poche de poitrine. Il avait tout noté soigneusement. À dix-neuf heures quatorze, Boedt était parti en direction du centre de Bruges. Il avait garé sa voiture dans le parking Biekorf avant de se rendre à pied jusqu'au quai Sainte-Anne. Après avoir hésité un peu, il avait sonné chez Els Hocepied. Comme personne n'ouvrait, il s'était assis sur un banc.

« Il y est toujours ?

– Oui. Ça fait plus d'une heure. »

Van In racla sa barbe naissante et alluma une cigarette avant de demander à Versavel d'aller lui chercher une Duvel au frigo. Il s'assit, le visage entre les mains. De toutes les techniques policières, la filature est une des plus efficaces car, quoi qu'entreprenne le suspect, il finit toujours par livrer des informations précieuses. Le fait qu'Olivier Boedt faisait le pied de grue devant chez Els Hocepied prouvait qu'il savait qu'elle était censée rentrer ce jour-là. Son entêtement à l'attendre montrait en outre qu'il voulait absolument lui parler. Van In passa une nouvelle fois en revue la liste que lui avait faxée le colonel Sanders une demi-heure auparavant. Elle contenait tous les appels passés durant les vingt-quatre dernières heures par les personnes mises sur écoute dans le cadre de l'enquête.

Bon ! Récapitulons ! Olivier Boedt a donné deux coups de fil. Le premier pour commander une pizza, le second pour se défouler sur une ligne rose. Cet appel a duré une vingtaine de minutes, ce qui est le signe, je ne le jurerais pas mais quand même, que notre jeunot est passablement nerveux. À son âge, en général, on va plus vite que ça. Mais ça m'avance à quoi… Els Hocepied ne l'a pas appelé, et lui ne lui a pas téléphoné non plus. Ah ! Ça, ça veut dire quelque chose ! Il ignore où elle était ces derniers jours. Je peux en conclure qu'elle est moins intéressée par lui qu'il n'a voulu nous le faire croire.

« Ta Duvel, Pieter ! »

Versavel nettoya le bureau de Van In d'un coup d'essuie-tout et posa le verre de bière au col magnifique à côté du téléphone.

« Merci, Guido.

– Non, Pieter. Merci à toi.

– Cet abruti méritait une petite leçon. Dans la situation inverse, tu aurais fait pareil, non ? »

Versavel hocha la tête et sourit. Dans son grand corps

bien bâti, il semblait subitement fragile comme un poussin.

« Le commandant de la brigade aéroportuaire vient d'appeler, dit-il. D'après les listes de passagers, Els Hocepied a atterri à Zaventem à seize heures trente.

– Et à quelle heure a-t-il reçu son signalement ? Attends, laisse-moi deviner ! Dix minutes plus tard ?

– Bien vu, Pieter ! »

Le Dyver était plongé dans une atmosphère à la Delvaux : l'endroit était figé par le froid et emmuré dans un isolement irréel. Les lampadaires jetaient un halo de lumière blanche autour d'eux, comme à la recherche des ombres chassées par le soleil.

« Tu es sûr qu'on ne nous trouvera pas ici ? » demanda Els en franchissant la porte du Collège d'Europe que lui tenait Ruiz.

Le bâtiment les avala.

« Pense à demain, mon amour !

– Ça ne marchera jamais, Jaime !

– Je le fais pour Inez ! »

Ruiz tira les rideaux de son bureau et alluma la lumière.

« Inez aimait la vie, pas la mort, Jaime ! Tu m'avais promis que…

– … Qu'il n'y aurait plus de morts. »

Ruiz eut un petit rire nerveux.

« Je n'avais pas le choix, Els. C'était toi ou Arnaldo. »

Il ouvrit la porte du frigidaire et en sortit deux cannettes de coca. *La situation a complètement dérapé. On a commis trop d'erreurs. En soi, ce n'est pas grave. La perfection n'est pas de ce monde. L'homme a été créé pour vivre sur un lit de souffrances.* Jorgi et lui étaient des amis d'enfance.

Avec Inez, sa sœur, il avait connu la passion. Sa mort accidentelle l'avait profondément touché, mais il n'avait jamais eu envie de la venger. Inez n'était pas Hélène, la Catalogne n'était pas Troie. Les temps avaient changé…

« Je comprends, dit Els. Mais pourquoi m'as-tu entraînée dans une aventure qui était vouée à l'échec ?

– J'ai la diplomatie dans le sang.

– Non, Jaime. Ne me dis plus que tu es diplomate. Tu es un voleur. Personne ne t'a forcé à faire chanter Ferdinand Boedt !

– Que voulais-tu que je fasse d'autre ? !

– Je croyais que tu m'aimais. »

Ruiz ouvrit les cannettes et en tendit une à Els. *Elle a raison. J'ai délibérément impliqué Olivier Boedt dans le meurtre d'Arnaldo pour mettre la pression sur son père. « L'ETA dégommera ton fils si tu ne m'aides pas ! » que je lui ai dit au téléphone. « Ces gens ne connaissent pas de limites. Il crèvera si tu ne collabores pas avec nous ! »*

« Je t'adore, Elsounette chérie. Tu le sais, non ?

– Parce que je ressemble à Inez. Ce n'est pas pour ça que tu as essayé de me draguer à Cancún ? »

Ruiz but une gorgée. *Je n'ai pas essayé de te draguer, ma belle. Je t'ai draguée. Nuance !*

« Tu oublies que j'ai sacrifié un ami pour toi.

– Pour deux millions d'euros, plutôt…

– Non, ce n'est pas vrai. L'idée de voler le tableau ne m'est venue qu'après, parce que…

– Mon pauvre ! »

Ruiz posa sa cannette sur le rebord de la fenêtre.

« Tu as raison. Je suis un amateur qui s'est empêtré dans ses bonnes intentions. C'est pour ça que tout a foiré. Les problèmes ont commencé quand j'ai fait une tentative désespérée pour sauver la vie de Jos Viaene dans le parc. Mais j'ai fait de mon mieux, tu sais.

– Personne n'en doute, Jaime. »

Mon Dieu, qu'est-ce que je peux faire ? Comme je l'aime ! Il est irrésistible. L'amour est aveugle, ma pauvre chérie.

Els se précipita dans les bras de Ruiz. *Je suis impliquée jusqu'au cou dans cette histoire. Il a tout préparé avec moi. Que celui qui n'a jamais péché me jette la première pierre ! C'est moi qui ai appelé Olivier, c'est moi qui lui ai fixé rendez-vous au canal d'Ostende. Je lui ai même dit que c'était pour sauver des vies ! Même quand Jaime m'a expliqué qu'il avait mitraillé au P90 la voiture d'Olivier et le corps d'Arnaldo pour faire croire au vieux Boedt que son fils avait échappé de peu à la mort, je n'ai pas protesté.*

« Je t'aime et je veux vivre avec toi toute ma vie », dit-elle subitement.

Les objections qu'elle s'était formulées pas plus tard que la veille fondirent tel un esquimau au soleil quand Ruiz se blottit dans ses bras et se mit à chialer comme un bébé contre son épaule.

Van In ouvrit le classeur et entama la lecture du rapport établi par le labo technique de Wiesbaden. Il était rédigé dans un néerlandais très châtié, mais le commissaire baissa les bras. *Bordel ! Qu'est-ce que c'est que ce jargon ! Et ces graphiques ! On n'y comprend rien !* La seule chose qu'il put comprendre fut que les experts avaient analysé les bruits de fond de la cassette audio. Ils parlaient notamment d'une sorte de tintement, provenant sans doute d'une clochette ou d'un instrument de musique. Les autres bruits de fond étaient clairs : des voitures, des avions, des marteaux-piqueurs, et même un miaulement.

« Tu ne m'avais pas dit qu'avec une minute trente d'enregistrement, ils étaient capables de reconnaître la marque d'une voiture qui passe ? demanda Versavel, un brin moqueur.

– C'est ce qu'ils m'avaient dit, eux.

– Et toi ? Tu ne l'écoutes pas, la bande ? »

Van In haussa les épaules, désabusé. Qui était-il pour espérer faire mieux que des experts allemands ? Sa machine à laver lui rendait toujours de bons et loyaux services malgré ses douze ans d'âge et sa Golf ne l'avait jamais laissé tomber. La qualité allemande, il savait que c'était du solide.

« Ne perdons pas notre temps. Occupons-nous plutôt du Suisse.

– Schumacher ?

– Ouais.

– Pour une commission rogatoire, ça va être un peu juste », dit Versavel en indiquant le chrono.

La porte s'ouvrit à la volée sur Hannelore. Elle alla droit sur Van In pour l'embrasser. Madame le juge paraissait particulièrement guillerette et de bonne humeur.

« D'après les gars du labo, les affaires retrouvées chez Els Hocepied proviennent de deux personnes. Probablement des hommes jeunes, d'origine espagnole.

– Ruiz et Arnaldo ?

– Non, Pierrot. »

Hannelore posa une fesse sur le bord du bureau de Van In et croisa les jambes, montrant davantage qu'on ne l'aurait attendu d'un titulaire de sa fonction.

« La taille des jeans ne correspond pas à celle de Ruiz », lâcha-t-elle, impériale, l'air de dire « Que voulez-vous, il faut être une femme pour faire attention à des détails d'une telle importance ! »

Van In se rendit enfin compte qu'il ne parvenait pas à détacher ses yeux de ses cuisses, ce qui en soi n'était pas grave, puisque, après tout, Hannelore était sa compagne.

« Tu as fait d'autres découvertes aussi époustouflantes ?

– J'allais te poser la même question. »

Van In regarda Versavel, mais celui-ci tint sa langue. Ce n'était pas à lui de dire qu'ils venaient de recevoir les résultats de l'enquête de Wiesbaden.

« Le travail de flic est une affaire de patience, Hanne.

– Je vois », dit-elle en confisquant la Duvel de Van In et en en buvant une gorgée.

Elle se releva, tira sur sa mini-jupe et alla se poster à la fenêtre. *Je sais bien que je ne corresponds pas vraiment à l'idée qu'on se fait d'un juge d'instruction. Mais ne puis-je simplement être moi-même ? Je suis une femme qui a échappé à la mort il y a quelques semaines, une femme qui aspire à l'amour, une femme qui se contrefiche des règles édictées par des vieillards…*

« Nos collègues de Wiesbaden ont analysé la cassette, dit le commissaire à contrecœur. On l'écoute ? »

Le bourgmestre Moens enfonça une touche sur son répondeur téléphonique et décrocha.

« J'écoute », dit-il lorsqu'il eut reconnu la voix de son interlocuteur.

Sa femme épluchait des pommes de terre dans la cuisine. Il lui fit le signe convenu qui signifiait qu'elle devait appeler Van In.

« Le paiement de la rançon s'effectuera comme prévu. »

L'agent de la CPI chargé de l'écoute de la ligne du bourgmestre pria le ciel pour que le satellite parvienne à détecter la position de l'appelant. Car cette fois, il utilisait un portable.

Le Burg, l'une des plus belles places d'Europe occidentale selon les amateurs de patrimoine, était illuminé par des dizaines de lampes à halogène judicieusement placées sous les façades de l'hôtel de ville, du greffe, du Franc de Bruges et de la chapelle du Saint-Sang. La lumière jaune se reflétait dans les flaques qui formaient autant d'îles surréalistes sur la place déserte, hormis un vieil homme promenant son chien et un groupe de touristes japonais occupés à gaver la mémoire de leur appareil photo numérique. Van In jeta sa cigarette fumée à moitié dans cinq gouttes d'eau, salua les agents de faction à l'entrée de l'hôtel de ville et lâcha le bras d'Hannelore. Ils traversèrent le hall d'entrée, où le concierge les salua et les escorta jusqu'au bureau de Moens. L'urgence donne le droit de bousculer les règles de la démocratie. Aussi le bourgmestre avait-il décidé de convoquer une réunion *en petit comité**. Seuls le colonel Sanders et le procureur Beekman y participaient aussi.

Était-ce le stress, ou le bourgmestre se sentait-il plus à l'aise quand aucun membre de son parti n'était présent ? Toujours est-il qu'une bouteille de whisky trônait à côté du traditionnel thermos de café. Van In, qui n'avait pratiquement pas fermé l'œil depuis quarante-huit heures et qui savait que l'alcool ne lui ferait aucun bien, hocha la tête avec enthousiasme lorsque Moens déboucha le vingt ans d'âge et qu'il remplit son verre d'autorité.

« Il n'y a pas de problème pour ce qui est de la rançon », dit-il lorsque tout le monde fut servi.

Quatre banques et une poignée de bienfaiteurs avaient apporté l'argent nécessaire, à condition que la police réussisse à récupérer *Le Jugement dernier* sans dommage. Beekman étudia la couleur du liquide malté au clair de lune, but une gorgée et fit une grimace qui tenait à la fois de l'approbation et de la désapprobation car il estimait que les autorités ne devaient sous aucun prétexte négocier avec les terroristes. D'un autre côté, il devait bien admettre qu'un Jérôme Bosch est chose aussi inestimable qu'irremplaçable.

« Les malfrats qui empochent une rançon sans se faire coffrer sont extrêmement rares, dit-il lorsque le bourgmestre Moens attira l'attention du petit groupe sur le fait que les électeurs désapprouveraient leur modus operandi.

– Ne pourriez-vous pas les faire changer d'avis, monsieur le procureur ? » tenta Moens.

Van In but une gorgée de whisky en ignorant délibérément le regard inquiet d'Hannelore. Il devait admettre que Moens avait raison. Les voleurs avaient élaboré un plan sans faille. Van In était censé prendre un avion pour Malte le lendemain matin avec un lot de diamants d'une valeur de deux millions d'euros. Là, un bateau l'attendrait pour la Libye.

« Mes services sont occupés à vérifier toutes les listes de passagers qui s'envolent demain pour la Libye, dit Sanders.

– Ce n'est pas une mauvaise idée, fit Van In. Mais… » Il s'interrompit pour boire une gorgée de whisky. « Mais rien ne nous prouve que l'homme qui a téléphoné au bourgmestre fera vraiment le voyage. »

Sanders hocha la tête. S'il s'agissait bien d'une action de l'ETA, une organisation qui, comme l'IRA, avait des contacts dans des pays qui n'appréciaient pas forcément l'Occident, il était fort possible que les voleurs aient des complices sur place qui réceptionneraient la marchandise en échange d'une petite commission, voire par sympathie avec leur cause.

« Et pourquoi veulent-ils que tu y ailles en personne ? demanda Hannelore.

– Je me suis aussi posé la question. »

Van In s'enfonça dans son fauteuil. *Tout a commencé au parc du lac d'Amour. C'est là que j'ai fait la connaissance de Ruiz, qui avait appelé les secours après avoir découvert Viaene baignant dans son sang. Plus tard, j'ai trouvé son nom sur un plan de sécurité des musées brugeois. Oui, tout indique que ce jeune intellectuel est impliqué dans le vol du* Jugement dernier *et peut-être aussi dans l'attentat qui se prépare sur la personne du Premier ministre espagnol, enfin si nous ne nous laissons pas aveugler par la présence à Bruges d'Arnaldo, membre connu de l'ETA. Je sens que ces deux histoires sont liées, même si je ne dispose d'aucun élément objectif pour étayer ma thèse.*

« Quoi qu'il en soit, reprit Moens d'une voix grave, Bruges ne peut pas se permettre une agression contre un chef d'État étranger. Ce serait aussi dramatique pour nous que si *Le Jugement dernier* disparaissait dans la nature. »

Le colonel Sanders, demeuré silencieux jusque-là, passa un pouce dans son ceinturon.

« Passons d'abord en revue les mesures de sécurité possibles, dit-il. La facture sera lourde si nous voulons récupérer le tableau. Mais si un attentat est commis sur la personne du Premier ministre espagnol, le prix à payer le sera plus encore : ce sont les fondements de l'Europe qui risquent d'être menacés.

– Dès minuit, le musée Groningue, le beffroi, où aura lieu la séance académique du Collège d'Europe, et le bunker seront placés sous étroite surveillance. Dès demain matin, le quartier sera fermé hermétiquement à la circulation. Les habitants qui voudront rentrer chez eux seront fouillés des pieds à la tête. Une équipe d'ouvriers municipaux bloquera toutes les bouches d'égout de la grand-place et du Dyver et éliminera toutes les poubelles dans un rayon de deux cents mètres. Trente agents de la Sûreté de l'État seront déployés dans le beffroi et aux alentours. Et ce n'est pas tout ! Vingt tireurs d'élite d'un escadron spécial d'intervention de la gendarmerie surveilleront tout le périmètre depuis les toits.

« Le Premier ministre espagnol arrivera dans une Mercedes blindée, à grande allure, avec une escorte de vingt agents de la police montée. Dès qu'il aura franchi le portail menant à la cour intérieure du beffroi, toutes les issues seront fermées. Tous les invités qui assisteront à la séance académique devront se soumettre à un double contrôle d'identité. Vingt-trois caméras ont déjà été installées dans les halles pour enregistrer les mouvements de chacun. »

Ce long discours donna soif à Van In. Il but une grande lampée de whisky. Il en eut un moment le tournis, mais il aurait préféré tomber raide mort que de le montrer.

« Nous ne pouvons rien faire de plus, dit le bourgmestre Moens en soupirant.

– Tu ne seras pas là pour coordonner l'opération, dit Hannelore. Dommage.

– Mon vol part à neuf heures dix », dit-il.

Personne ne prit garde aux étincelles qui brillaient dans ses yeux.

Jan Decuyper sourit à Carine, leva son verre d'une main légèrement tremblante et lui porta un toast.

« Si j'étais toi, je ne traînerais plus trop longtemps ici ! dit-elle.

– Comme tu veux. Mais n'oublie pas que tu as promis de me tenir compagnie !

– Au salon, Jan, ça s'arrête là ! »

Carine avait eu un mal de chien à rallier l'homme à sa cause. Elle y avait peut-être mis un rien trop d'enthousiasme et prononcé des mots ambigus, et peut-être aurait-elle dû porter une jupe qui mettait moins ses rondeurs en valeur, mais il était maintenant trop tard pour y changer quoi que ce soit.

« Buvons un dernier verre », dit-elle, en souriant à son tour.

Ingénieur commercial, Jan Decuyper vivait seul depuis peu, après un divorce musclé. Il se leva en s'humectant les lèvres et ouvrit le frigidaire, où une demi-bouteille de champagne comptait ses bulles depuis la veille.

« Je te propose aussi un morceau de fromage ? »

L'homme se pencha pour vérifier le niveau de la bouteille et pour prendre le reste de gouda qu'il réservait en réalité pour son petit-déjeuner du lendemain.

« C'est toujours meilleur quand on a le ventre plein », dit-il.

Comprenant très bien qu'il n'y avait aucune ambiguïté dans ses propos, Carine décida de prendre les devants. Elle se leva, enlaça le gars et l'embrassa à pleine bouche. Lorsqu'il posa une main avide sur son sein gauche, elle le repoussa gentiment.

« C'est un acompte ! dit-elle. Tu auras le reste quand tu auras fait le boulot. »

Elle se rassit dans le canapé pour siroter le champagne éventé, en imaginant la suite de la scène avec Van In dans le rôle de Decuyper.

« J'ai tout fait pour toi, Els ! »

Ruiz prit une cigarette dans le paquet chiffonné posé devant lui sur le bureau.

« Non. Tu le dis toi-même : tu fais ça pour Inez. »

Il alluma sa sèche avec le briquet que lui avait tendu Els et aspira la fumée goulûment. C'était sa première clope en quatre ans. La tête lui tourna.

« Inez est morte, dit-il.

– Justement. »

Els déboutonna son jean et descendit sa braguette de deux centimètres. Malgré sa taille de guêpe, elle fut parcourue d'un frisson d'aise à se libérer.

« J'ai vu une photo d'Inez la semaine dernière, dit-elle.

– Alors, tu sais qui elle est, dit Ruiz en tapotant nerveusement sur le filtre de sa cigarette.

– La sœur de Jorgi. La jeune fille que tu devais épouser. La vierge morte en martyr.

– Elle n'était plus vraiment vierge. »

Dans la journée, le soleil d'automne avait peiné à réchauffer la campagne, mais la température de ce début de soirée restait clémente. Ruiz sonna. Malgré son prétexte en or, c'est le cœur tremblant qu'il attendit qu'on lui ouvre. Les parents d'Inez étaient heureusement très gentils. Ils ne firent aucune difficulté, bien au contraire. Ils lui donnèrent même un peu d'argent pour le taxi, au cas où le vernissage auquel il était invité traînerait en longueur. Ruiz avait donné un bon pourboire au chauffeur et lui avait demandé de venir les reprendre une heure plus tard. Inez lui avait pris la main et ils s'étaient éloignés dans la direction des champs, à un jet de pierre de sa maison natale. Les jeunes filles sentent quand elles sont désirées et elles savent à qui se donner la première fois. Inez avait conscience que le temps était compté. Elle avait entraîné Ruiz dans les maïs. Lui connaissait l'odeur des filles quand elles veulent faire l'amour et toute la volupté dont elles peuvent combler l'homme de leurs rêves. Et, oui, elle l'avait mené au septième ciel, dans un feu d'artifices qu'avait brusquement interrompu le taxi venu les rechercher.

« C'est vrai, tu lui ressembles », dit Ruiz, les larmes aux yeux.

Après le jour tragique où la *Guardia Civil* avait abattu Inez par erreur, Jorgi lui et avaient juré de la venger. Le reste n'avait été qu'une succession de hasards plus ou moins calculés : sa rencontre avec Els à une terrasse de Cancún, son engagement au Collège d'Europe, ses amis en Libye, où il avait travaillé six mois, la visite du Premier ministre espagnol à Bruges à l'occasion de la séance d'ouverture de l'année académique et, enfin, le cercle des amis indéfectibles d'Els : Olivier Boedt, Jos Viaene et Guido Jacobus.

16

Les chiffres du minuteur numérique passèrent de 14:00:00 à 13:59:59. Van In réprima un bâillement et écarta les rapports qui s'étaient empilés sur son bureau au cours des dernières heures. La paperasserie lui donnait envie de baisser les bras. Il en avait marre de lire ces transcriptions sans fin de communications téléphoniques, ces fax disant que les recherches de Ruiz et d'Els Hocepied n'avaient rien donné et ces courriels de la CPI, de la gendarmerie et de la Sûreté de l'État qui semblaient ne rivaliser que pour une seule chose : faire grossir le dossier. Les deux seuls éléments dignes d'intérêt, c'était, primo, que, vers minuit moins vingt, Olivier Boedt avait abandonné son poste devant chez Els Hocepied et qu'une petite marche dans la ville l'avait conduit à un café du Marché-aux-Œufs, où il avait enfilé les whisky-cocas. Et, deuxio, un communiqué disant qu'une section spéciale de la *Guardia Civil* à Madrid était sur la piste de la famille Otegi, dont la fille avait eu une relation avec Jaime Ruiz. Cette info venait de tomber.

« Tu appelles Madrid pour moi ? » demanda Van In à

Versavel lorsque celui-ci se pointa avec du café fraîchement préparé.

Le commissaire alluma une cigarette et regarda Hannelore, qui dormait dans un lit de camp depuis une demi-heure. *La Belgique est un drôle de pays,* songea-t-il. *Elle a une magistrature assise et une magistrature debout, mais aussi une magistrature couchée.* Hannelore était allongée sur le côté, les jambes légèrement pliées, la tête en oblique. Van In ne parvenait pas à détacher ses yeux de ce spectacle qui le ravissait. *La Belgique est un beau pays. Elle a la plus belle magistrature couchée d'Europe.*

« Qu'est-ce que tu veux que je leur demande ?

– Je veux savoir qui est cette fille ! » dit le commissaire en rassemblant les fax reçus d'Espagne les douze dernières heures. Ils faisaient tous deux pages, sauf le dernier, qui était laconique. Pourquoi ?

Pendant que Versavel appelait la *Guardia Civil* sur la ligne sécurisée, Van In se rendit dans la cuisine. Hannelore lui avait conseillé de prendre du repos – « Demain, tu auras une journée bien chargée, mon chéri ! » –, mais il ne parvenait pas à trouver le sommeil. *Une petite Duvel ne peut pas me faire de tort ! De toute façon, je ne suis jamais saoul quand je bûche sur une enquête. Le lien entre le vol du* Jugement dernier *et l'attentat éventuel sur le Premier ministre espagnol me semble aussi improbable que la rumeur selon laquelle le roi Baudouin, loin d'être mort, serait en train de faire la java avec Pamela Anderson. Les terroristes ne perdent pas leur temps à voler des toiles de maître. Un tueur professionnel de l'acabit d'Arnaldo ne se laisse pas non plus surprendre par un fils de fonctionnaire. Conclusion : le vol du* Jugement dernier *n'est pas l'œuvre de l'ETA ! Ah ! Van In, tu te réveilles ! Et Olivier Boedt n'est pas responsable de la mort d'Arnaldo ! Bien, Van In ! Continue ! Le seul suspect qui vaille, une fois de plus, c'est l'étrange, l'insaisissable Jaime*

Ruiz. Alors me voilà avec une liste de nouvelles questions. Un, pourquoi aurait-il dégommé son pote ? Deux, pourquoi l'aurait-il fait avec un pistolet, pour ensuite mitrailler le corps et la bagnole au P90 ? Trois, pourquoi aurait-il laissé une arme aussi précieuse sur place ?

« *Sí, soy Guido Versavel. Llamo desde Brujas...* » commençait Versavel à coups d'Assimil.

La communication dura un bon quart d'heure.

« Alors, qu'est-ce qu'il dit ? demanda Van In lorsque Versavel eut raccroché.

– Inez Otegi et Jaime Ruiz se connaissaient. Ils allaient même se marier quand... »

Versavel lui expliqua toute l'histoire.

« La *Guardia Civil* regrette cet incident et considère la mort d'Inez comme un malentendu regrettable.

– Ce qui explique pourquoi le fax était si bref ! Ils sont bien embarrassés, quoi ! »

Van In songea au communiqué que le commandant américain Norman Schwarzkopf avait envoyé au monde entier en pleine guerre du Golfe pour s'excuser en quelques mots maladroits des dégâts collatéraux causés par le lancement d'un missile de croisière sur le centre de Bagdad, une bavure qui avait fait plusieurs centaines de victimes, femmes et enfants.

« Rappelle-les ! Je veux en savoir plus sur cette Inez ! »

Versavel hocha la tête. Le regard combatif de Van In le rassurait. Le faucon avait localisé sa proie. Il n'aurait plus de repos, désormais, tant qu'il ne la tiendrait pas entre ses serres.

Van In empoigna sa Duvel.

« Et fais arrêter Olivier Boedt ! Je veux savoir pourquoi il voulait voir la petite Els ce soir.

– Pour ça, j'ai besoin d'un mandat d'arrêt », dit Versavel.

Van In posa son verre sur son bureau.

« Et alors ? ! Ça pose un problème ?

– Non, commissaire. »

Versavel marcha jusqu'au lit de camp où Hannelore dormait en souriant. Il attendit cinq secondes avant de la réveiller, car il savait que les beaux rêves ne durent jamais bien longtemps.

« Hanne ! »

Le sourire de la jeune femme lui montra que son timing était bon.

« Salut, Guido ! »

Elle étendit les bras et cligna des yeux. Le souvenir de l'infirmière qui venait de poser un bébé sur son ventre ne dura pas plus longtemps que son merveilleux rêve d'accouchement.

« Pieter a besoin de toi », dit l'inspecteur d'une voix douce.

Le tapis qui ornait le bureau de Ruiz n'était pas très moelleux et grattait, mais Els s'en fichait totalement. Elle se pelotonna contre le jeune homme. Du bout de l'index, elle traçait des cercles invisibles autour de ses mamelons.

« Je suis contente que tu m'aies tout raconté, dit-elle.

– Je l'ai fait pour toi. »

Ruiz repensa à la soirée qu'il avait passée avec Inez dans le champ de maïs sur un lit de terre sèche et de mauvaises herbes, à la passion qui avait dévoré leurs corps et qui avait coûté la vie à la jeune fille deux mois plus tard. Ce n'était pas la *Guardia Civil* qui était responsable de sa mort. C'était le destin qui avait dirigé la balle fatale dans sa direction.

« Arnaldo voulait te tuer, reprit-il. Je ne pouvais pas le laisser faire.

– Chut, maintenant ! »

Els laissa glisser sa main sur le ventre de son ami, vers une zone qui se réveillait déjà, alors qu'ils avaient pourtant fait l'amour deux fois. Deux minutes plus tard, leurs sexes se touchaient de nouveau.

Malgré la concurrence cruelle entre filles, malgré la lutte acharnée qu'on se livre pour survivre dans un monde où seule compte l'apparence, je suis… enchantée… ravie… ensorcelée… par cet homme… Je crois à l'amour ! L'amour qui panse toutes les blessures… l'amour qui pardonne… l'amour éternel… l'amour plus fort que la mort… l'amour qui console… l'amour qui s'inscrit dans le plan cosmique et qui donne un sens à la vie… On dirait qu'en quelques jours, je suis devenue adulte !

« L'argent ne fait pas le bonheur », dit Ruiz, comme s'il avait suivi les pensées d'Els pendant qu'elle caressait ses poils pubiens de son index mutin.

Il poussa un profond soupir, la tête en arrière. *Arnaldo est mort. Jorgi, mon frère de sang, ne me pardonnera jamais d'avoir trahi nos idéaux pour du fric. Mais la chair est faible… Quand je pense à l'effet qu'elle me fait avec un seul doigt ! Bon sang, comme je suis accro à elle !*

« Tu as tout fait pour éviter un nouveau bain de sang, chuchota la jeune fille. Et tu n'as pas trahi Jorgi.

– Si, Els. »

Il prit appui sur un coude, se retourna et s'allongea sur elle. Le sexe le soulageait de son sentiment de culpabilité. Il n'avait pas seulement trompé ses amis. C'était aussi sa faute si Jos Viaene était mort et si Ferdinand Boedt, le père d'Olivier, avait volé le tableau pour lui.

Heureusement, Els l'empêcha de s'enfoncer davantage dans le tourbillon de ses pensées mortifères. Elle ouvrit les jambes, les referma en ciseaux autour de sa taille et poussa un long cri. Les tremblements frénéques qui agitaient son corps dans l'orgasme se changèrent en spasmes lorsque le désir atteignit le seuil de l'insupportable. Elle lacéra son dos de ses ongles rouges.

« Je t'aime, murmura-t-elle.

– Alors, viens avec moi sur mon île, mon amour ! » dit Ruiz en levant la tête et en la suppliant du regard.

Cela dura plusieurs secondes. Lorsqu'elle fit enfin oui de la tête, il éclata de rire. Les ondes de sa joie firent vibrer sa maîtresse.

Oui, je suis ensorcelée par l'amour de lui !

« Depuis le canal d'Ostende, Olivier Boedt a la faculté avec lui, dit Hannelore lorsque Van In lui demanda de lui délivrer un mandat d'arrêt. Cela n'a de toute façon aucun sens de l'arrêter. Et puis tu n'auras pas le temps de l'interroger. Je te rappelle que tu pars à Malte dans une heure. Tu n'arriveras jamais à lui sortir les vers du nez si vite, même sous la torture !

– Tu oublies que je dirige le peloton Torquemada !

– Torquemada était un couillon ! Il regardait faire les autres et se rinçait l'œil ! »

Van In lui pinça les fesses. Elle poussa un petit cri.

« Répète-moi ça, si tu l'oses ! »

Versavel, qui revenait de la cuisine avec du café, répéta d'une voix forte :

« Il regardait faire les autres et se rinçait l'œil !

– Tu aimerais bien, pas vrai ? » dit Van In en souriant.

Ils éclatèrent de rire tous les trois.

Carine sirotait son Élixir d'Anvers. C'était le sixième en moins de deux heures. Elle était ivre à rouler sous la table, et c'était exactement ce que voulait Jan Decuyper. Il posa la bouteille, l'œil mouillé.

« Laisse-moi te caresser au moins une fois ! supplia-t-il.

– Et pourquoi je me laisserais faire ? »

Elle essaya de se relever, mais perdit l'équilibre et retomba dans le canapé.

« Si je fais quelque chose pour toi, tu dois faire quelque chose pour moi !

– Je te propose des vacances gratis, Jan ! Ça suffit pas ?

– Seulement si tu viens avec moi !

– Tu sais bien que je dois aller bosser.

– Dans ce cas… »

Jan Decuyper commença à peloter Carine sans plus aucune hésitation. La fliquette ferma les yeux.

« Une seule fois, alors ! Parce que c'est toi ! »

Van In était loin de se douter à quel point Carine payait de sa personne pour remplir la mission dont il l'avait chargée, mais il avait mal au cœur à l'idée que Jan Decuyper pût faire ce qu'en réalité il rêvait de faire, lui, tout en se rinçant l'œil.

« Tu sais aussi bien que moi qu'Olivier Boedt n'est pas amnésique !

– Ha ! Et tu prouverais ça comment ? »

Le temps pressait et les enjeux étaient énormes, mais ils vivaient encore dans un État de droit. Si Hannelore avait eu à sa disposition suffisamment d'indices qui justifiaient d'ordonner une perquisition chez Ruiz et Els Hocepied, là c'était beaucoup plus difficile.

« Je te rappelle que rien ne nous indique qu'un attentat va vraiment être commis sur la personne du Premier ministre espagnol, Pieter. Ce n'est toujours qu'une supposition ! La *Guardia Civil* elle-même nous a dit que la faction de l'ETA à laquelle Arnaldo appartenait était en dormance depuis un bon moment. Qui nous dit que ce n'est pas simplement et bêtement une histoire de fric ? »

Hannelore se servit une tasse de café et alla s'asseoir sur le bord de la table en chêne. L'enveloppe matelassée brune s'y trouvait toujours, à côté du plan de Bruges. *Tiens ! Le logo du labo de Wiesbaden ! Qu'est-ce que c'est que ce truc ?*

La cassette et le rapport tombèrent sur la table quand Hannelore s'empara de l'enveloppe. Van In tourna la tête brusquement dans sa direction.

« L'enquête sur les bruits de fond n'a pas révélé grand-chose, dit-il, anticipant ses questions.

– Pas grand-chose, c'est-à-dire… ? »

Van In haussa les épaules et cligna des yeux.

« Ne me dis pas que tu n'as même pas écouté la bande ? !

– Rien d'intéressant, je te dis.

– Tu en es certain ? »

Van In avait des défauts, bien sûr, et le plus irritant d'entre eux était son incapacité à admettre ses erreurs. Son obstination à tenir tête à Hannelore dans les situations où un minimum de bonne foi aurait dû lui faire entendre raison avait déjà donné lieu à des disputes aussi longues que stériles. Elle savait par expérience que, dans ces cas-là, le seul moyen d'avoir la paix, c'était de céder, mais, en l'occurrence, elle disposait d'un argument de choc : la cassette.

« Tu veux bien nous faire écouter ça, Guido ? »

Versavel consulta Van In du regard.

« Comment pourrais-je m'opposer à la volonté de madame le juge ? » dit le commissaire d'un ton las.

Il poussa un profond soupir et alluma une cigarette en secouant la tête. La course contre la montre lui donnait des bourdonnements d'oreille et lui tordait l'estomac. Une semaine plus tôt, il avait lu dans un magazine, sous la plume d'un universitaire, que l'homme moderne avait de toute urgence besoin de cesser de se presser. *On vit mieux et plus longtemps quand on prend le temps de vivre. Prendre le temps… à côté du stress, l'alcool et le tabac seraient même presque inoffensifs… Comme quoi, le discours scientifique évolue avec l'air du temps ! Universitaires à la mords-moi-le-nœud !*

« Je crois que je…

– Chut ! »

Versavel venait de lancer la bande. On entendit d'abord les bruits de fond. *Des bruits… parasites… !* se dit Van In. *Bien sûr !* Il se remémora la conversation qu'il avait eue avec Ruiz lorsqu'il avait fait sa connaissance dans le parc du lac d'Amour. Le jeune homme avait prétendu que ce n'était pas son nom qui figurait sur le plan de sécurité des musées brugeois, mais le mot néerlandais « ruis », signifiant « bruit parasite ». *Et si cet Espagnol de plus en plus louche était, lui, le parasite venu se mettre entre Arnaldo et Jorgi pour compliquer leur plan et le faire capoter ? !*

« Tingeling ! »

Hannelore rembobina la bande et la réécouta.

« Tingeling ! »

Son visage s'éclaira.

« Le magasin d'antiquités au Sablon ! cria-t-elle, triomphante. Tu m'entends, Van In ? ! Hé ho ! On se réveille !

– Je ne dormais pas, je réfléchissais !

– Ça va, à d'autres ! Tu es tout simplement incapable d'accepter que je puisse avoir raison ! »

Elle l'attira vers la table en chêne, où Versavel avait installé le magnétophone.

« Écoute, si tu ne me crois pas ! »

Elle rembobina une deuxième fois la bande et enfonça de nouveau la touche PLAY. Elle avait le regard pétillant et un sourire qui aurait fait sa fortune à Hollywood. En temps normal, Van In aurait été capable de dire que des carillons comme ça, on en trouve dans des milliers de magasins, mais, cette fois, il s'avoua vaincu.

« Tu as raison, Hanne. Je suis désolé d'avoir... »

Hannelore ne le laissa pas terminer. Elle avala son excuse dans un baiser.

« Guido Jacobus était ami avec Jos Viaene, Els Hocepied et Olivier Boedt. Ce n'est quand même pas un hasard...

– Non, ce n'est pas un hasard. »

Si Guido Jacobus était l'homme qui avait appelé le bourgmestre Moens, il savait où se trouvait *Le Jugement dernier*.

« J'avertis Sanders. »

La conversation avec le boss de la CPI ne dura pas plus d'une minute et demie, mais elle fut suivie d'un intense regain d'activité. Moins de vingt minutes plus tard, une unité de la police de Bruxelles bouclait le quartier du Sablon. Des membres masqués de l'escadron spécial d'intervention de la gendarmerie encerclaient la maison de maître de Guido Jacobus et, pendant qu'un juge d'instruction se dépêchait de mettre la paperasserie en ordre, un négociateur se préparait à intervenir au cas où Jacobus s'énerverait. Enfin, un hélico s'envolait pour Bruges afin d'y prendre Van In, Hannelore et Versavel.

« Excellent boulot, Pieter ! » dit Sanders lorsque Van In referma la portière de la Mercedes qui devait les conduire de l'héliport de Bruxelles au centre de la ville.

« Merci ! »

Durant le vol entre Bruges et la capitale, Van In avait passé les hypothèses en revue. Pour une raison ou une autre, Ruiz avait essayé de sauver la vie de Jos Viaene en appelant les secours. Cette intervention avait sans doute fait échouer les plans de la bande, qui ne lui en avait pas été reconnaissante. Mais le gars disait avoir la diplomatie dans le sang, et il avait concocté une manœuvre de diversion pour endormir la méfiance des uns et faire croire à la police que la mort de Viaene était liée au vol du *Jugement dernier.*

« Tout le monde est à son poste, colonel », dit un échalas d'environ quarante-cinq ans vêtu d'un imper beige et porteur d'une moustache à la Charlie Chaplin.

Il jeta un regard glacial à Van In avant de prendre les instructions de Sanders. Il repartit ensuite vers une voiture banalisée de la CPI, où un collègue lui tendit une tasse de café.

« Je propose que ce soit toi qui ailles sonner, Pieter. Tu le connais.

– C'est nécessaire ? demanda Hannelore.

– On ne va pas l'abandonner », dit Sanders en souriant.

Une fliquette apportait justement un gilet pare-balles au commissaire.

« Si tu te sens menacé, tu te laisses tomber par terre, conseilla Sanders pendant que Van In essayait tant bien que mal de fermer son gilet.

– Au moins, je ne risque pas de me faire mal, dit-il. Je ressemble à un bonhomme Michelin ! »

C'est vrai, mais ce n'est pas à cause du gilet pare-balles, faillit dire Hannelore. Elle se retint juste à temps. Elle embrassa son homme.

« Sois prudent, mon amour !

– T'en fais pas ! »

Van In traversa la rue. *Les héros marchent la tête droite, à pas mesurés*, pensait-il. *Ils ne tremblent pas. Ils ont un regard d'acier. La montée d'adrénaline les rend lucides et donne un rythme régulier à leur respiration.* Il était à peine arrivé au milieu de la rue qu'il fut pris d'un point de côté, que ses mains se mirent à trembler et qu'il eut le vertige. En calculant mentalement le nombre d'armes à feu braquées sur lui à cet instant, il en eut des sueurs froides. Les gars de l'escadron spécial d'intervention avaient beau être extraordinairement bien drillés, personne n'est infaillible. *Mourir sous les balles des siens : il n'y a rien de plus stupide. Mais tout peut arriver, non ? Mon grand-père s'est bien brisé les os en ratant une marche dans l'escalier de la cave ! Je ne serais pas le premier de la famille à mourir d'une mort stupide !*

La vitrine de l'antiquaire était plongée dans l'obscurité. Au premier, les rideaux étaient fermés. Van In sonna. Il regarda derrière lui et compta jusqu'à vingt. Puis, il sonna une deuxième fois. Il entendit des pas au loin, vit un rai de lumière. On venait. Van In posa la main sur la crosse de son arme.

Dans son peignoir molletonné à petites fleurs, ses chaussettes en accordéon et ses mules, la femme de Guido Jacobus avait l'air totalement inoffensive, mais il faut toujours se méfier des apparences.

« Police ! dit Van In d'une voix peu amène lorsqu'elle lui ouvrit la porte. Je voudrais parler à votre mari. »

Elle le fixa d'un œil tranquille, comme si elle avait coutume de recevoir la visite des flics en pleine nuit.

« Vous n'avez pas le droit d'entrer ici à cette heure, dit-elle poliment mais fermement.

– Si, répondit Van In en produisant le mandat d'arrêt au nom de Guido Jacobus qu'Hannelore avait rédigé une demi-heure plus tôt.

– Mon mari n'est pas là. Il ne rentrera que demain. »

Lorsqu'elle voulut refermer la porte, deux hommes masqués surgirent du néant, la poussèrent dans le corridor, lui passèrent les menottes et la jetèrent au sol. La deuxième vague de l'assaut se composait de quatre hommes. Deux d'entre eux se précipitèrent à l'étage, tandis que les autres investissaient les pièces du bas. Tout alla à la vitesse de l'éclair, dans le silence le plus total. La femme de Jacobus fixait Van In de ses grands yeux éberlués. Elle parut le reconnaître, mais elle ne dit rien. Van In soutint son regard jusqu'à ce qu'elle détourne le sien. Puis il alla faire rapport à Sanders.

« Il n'est pas là ! dit un des gendarmes quand la maison eut été fouillée de fond en comble.

– Je le lui avais dit ! s'exclama madame Jacobus en indiquant Van In qui rentrait dans la maison.

– Et où est-il ? »

Les gendarmes entouraient la femme de l'antiquaire. L'un d'entre eux s'excusa d'avoir usé de la manière forte avec elle, en ajoutant aussitôt qu'ils avaient été forcés de prendre des mesures de sécurité car ils craignaient une fusillade. Ils n'avaient pas envie qu'une balle perdue fasse des blessés inutiles.

« J'aurais préféré crever », dit-elle d'une voix pleine de colère rentrée.

Van In demanda à un gendarme de lui retirer les menottes, ordre que celui-ci fit confirmer par son supérieur avant d'obtempérer.

« La vie de votre mari est en danger, madame. Les gens avec qui il traficote sont des meurtriers. Ils n'hésiteront pas à l'éliminer.

– Épargnez-moi vos salades », répondit-elle, forte de ce que son mari avait déjà été arrêté plusieurs fois pour recel, mais qu'il avait toujours été libéré car les flics n'avaient jamais pu les faire parler, ni lui ni elle.

« J'ai tout mon temps », dit Van In.

Il s'assit dans un fauteuil Louis XV et alluma une cigarette. Pendant ce temps, Sanders lançait deux avis de recherche, l'un concernant Guido Jacobus, l'autre, sa voiture.

À quelques centaines de mètres de là, rue des Quatre-Bras, deux techniciens s'étaient mis au travail. Mission : repérer Guido Jacobus *via* son téléphone mobile, ce qui devait être un jeu d'enfant, à condition que l'appareil soit inscrit dans l'une ou l'autre banque de données.

« Bonjour, madame. »

Hannelore serra la main de l'épouse Jacobus et lui sourit comme si elles étaient les meilleures amies du monde.

« Je suppose que madame a été mise au courant de tout, commissaire, dit-elle à l'adresse de Van In.

– Je pense bien, madame le juge d'instruction. »

Hannelore échangea avec la dame un regard qui en disait long.

« Vous savez quel est votre problème, commissaire ? Vous pensez trop. Et vous fumez trop, ajouta-t-elle en pointant un doigt accusateur. Faites-moi le plaisir de déguerpir et d'aller vous adonner à votre vice hors de ma vue ! »

Van In prit une mine de chien battu, enfin il l'espérait, et sortit la tête basse.

Versavel était en grande conversation avec le colonel Sanders, de l'autre côté de la rue.

« La moitié du stock a disparu du magasin, dit Van In lorsque Sanders lui demanda s'il avait remarqué quelque chose de suspect. Soit ils ont beaucoup vendu ces dernières semaines, soit… »

Van In ne crut pas nécessaire de terminer sa phrase. Les intentions du couple Jacobus étaient claires.

« Si Hannelore ne parvient pas à soutirer des infos à cette bonne femme, on n'est pas dans la panade », conclut-il élégamment.

Ils disposaient désormais d'un nouvel élément : l'antiquaire magouillait avec Ruiz et Els Hocepied, et sans doute aussi avec Olivier Boedt et Jos Viaene.

« Il faudra quand même que tu ailles à Malte, dit Sanders. Car tant que Jacobus se balade dans la nature, nous devons tenir compte du risque qu'il détruise le tableau si nous ne lui donnons pas satisfaction.

– Exact », répondit Van In.

Il se tourna vers Versavel, qui était resté dans l'ombre.

« Tu as des nouvelles de Carine ?

– Elle vient d'appeler.

– Et… ?

– Mission accomplie. »

Versavel préféra ne pas préciser quel moyen Carine avait employé pour parvenir à ses fins. Ce ne fut pas très difficile, car Van In ne lui posa pas la question.

Malgré la fraîcheur de la nuit, il régnait une chaleur agréable dans la crypte du pélican, sans doute grâce aux murs épais et aux fenêtres étroites, caractéristiques du style roman. Pasionario alluma une cigarette et réprima sa toux. Le P90 était posé à côté de lui sur un mouchoir ; on aurait dit un jouet. Ils étaient tombés dans le panneau. Il l'avait compris la veille au soir, en traversant la grand-place, où des mesures de sécurité draconiennes semblaient avoir été prises, tandis qu'il n'y avait que deux misérables agents sur le Burg. Le plan avait encore de bonnes chances de réussir, malgré les erreurs de

Jorgi et d'Arnaldo. Pareil pour l'itinéraire de fuite qu'ils avaient prévu. *Je m'en fiche, d'être arrêté ou non. De toute façon, dans un an, peut-être moins, je serai mort. Le toubib a été formel il y a trois mois. Un cancer du poumon ! Moi qui ne fumais pas ! Dix minutes plus tard, j'allumais ma première clope. Faut pas charrier.* Depuis, il en était à trois paquets par jour, pour se venger du destin. *Je suis comme Inez. Je ne méritais pas de crever ainsi, ni si jeune. Je maudis ce Dieu qui me fait clamser d'une mort qui ne m'était pas destinée. Ils peuvent bien parler de miracle, après ça ! Quand je pense à tous ces connards qui viennent se prosterner ici devant trois gouttes du sang de Jésus !*

17

Vêtu d'un jean, d'un t-shirt blanc et d'un loden vert sapin, Jan Decuyper était loin de se douter qu'il était observé par deux gendarmes en civil alors qu'il sirotait son café et que, non loin de là, des collègues à eux étaient à la recherche de Guido Jacobus, dont ils pensaient qu'il viendrait vérifier si Van In prenait bien l'avion pour Malte. En pensée, il était encore à Bruges, avec Carine, qui était enfin tombée dans ses bras après des années d'une cour assidue. Il allait bien volontiers à Malte pour lui livrer son paquet, d'autant plus que Carine lui avait dit que c'était une action couverte par les flics et qu'il ne courait pas le moindre risque.

« Incroyable ! dit Hannelore à Versavel. C'est lui tout craché !

– Excellent boulot ! » dit Sanders, qui n'avait pas un registre très étendu dans l'éloge.

Quand les travaux d'approche d'Hannelore auprès de Mme Jacobus s'étaient révélés vains, Van In avait expliqué qu'il avait demandé à Carine de persuader Jan Decuyper, un ingénieur industriel pour qui elle en pinçait et qui lui ressemblait, à lui Van In, comme deux gouttes d'eau, paraît-il, de prendre sa place dans l'avion de Malte. Heureusement, Hannelore s'était abstenue de demander des éclaircissements.

« C'est qu'il y en a là-dedans ! » s'était-elle exclamée.

Personne ne fit attention au hassid posté près de la grande vitre qui regardait les avions décoller et qui rajustait de temps en temps son *shtreiml*.

« On a dû mettre Jacobus en garde », dit Sanders lorsque Jan Decuyper se leva pour rejoindre les deux cents passagers impatients qui se rassemblaient devant la porte d'embarquement du Boeing 737 d'Air Malta.

Le boss de la CPI était en contact permanent avec ses agents, qui n'avaient rien d'autre à communiquer que des R.A.S.

« J'ai l'impression que nous les avons sous-estimés », dit Hannelore.

Les demandes de rançons sont relativement rares en Flandre. D'après la littérature spécialisée, les malfaiteurs se font le plus souvent arrêter au moment de la transaction ou juste après, soit parce que l'argent est marqué, soit parce que le butin est trop difficile à écouler. Jacobus avait manifestement su éviter tous les écueils. Il était impossible de suivre des diamants bruts à la trace, et les eaux territoriales libyennes étaient inaccessibles aux services de renseignements occidentaux.

« Je suis curieux de savoir qui viendra prendre livraison des diams », dit Sanders.

Une heure auparavant, il avait discuté avec ses collègues espagnols et américains. La question que tout le monde s'était posée était celle-ci : y aurait-il un lien entre l'ETA et la Libye ? Ç'aurait été un scoop. Le directeur de la CIA avait décidé d'apporter son appui aux Européens et leur avait accordé deux heures de temps satellitaire. Bientôt, les collaborateurs de Sanders pourraient suivre l'opération sur écran. Les informations qu'ils récolteraient par ce biais vaudraient sans doute davantage que les deux millions d'euros que la ville de Bruges avait investis dans la rançon.

Hannelore bâilla, se recoiffa et pêcha une cigarette dans son paquet tout chiffonné.

« Il est interdit de fumer ici, lui dit gentiment Sanders.

– Et toi, tu ne peux pas me mettre sur écoute.

– Mais je ne ferais jamais une horreur pareille !

– Pas pour le moment, Maurice, mais ça va venir ! Quand je vois ce que vous êtes prêts à faire pour attraper ce bonhomme !

– Sans l'accord d'un juge d'instruction, je suis le plus impuissant des hommes.

– Impuissant, impuissant ! Je suis certaine du contraire.

– Tu es adorable, pour une juge d'instruction. J'ai envie de t'embrasser. »

Hannelore lui tendit sa main à baiser.

« Faisons les choses avec classe, très cher ! »

Elle pensa à Van In, qui était rentré à Bruges quatre heures plus tôt et qui devait sans doute lutter contre le sommeil autant qu'elle, à moins qu'il ne soit en train d'écluser une Duvel de plus.

« Rendez-vous à Bruges ! » dit Sanders alors qu'Hannelore et Versavel montaient dans la voiture qu'ils avaient demandée.

Ils filèrent à deux cents à l'heure sur l'autoroute avec un très agréable sentiment d'impunité. Le chauffeur, un jeune gendarme, avait l'air d'y prendre autant de plaisir qu'eux.

« Je me demande comment Van In a su que Carine connaissait quelqu'un qui lui ressemblait comme deux gouttes d'eau, dit Hannelore à hauteur d'Aalter.

– Aucune idée ! » répondit Versavel.

L'intérêt marqué de Carine pour les hommes grassouillets de plus de quarante ans avait quelque chose de freudien, mais il ne pouvait pas s'étendre sur le sujet sans mettre Van In en porte-à-faux.

« Je m'en doutais un peu, dit Hannelore en se pelotonnant contre lui. Réveille-moi quand on arrive ! »

Versavel consulta sa montre et le tableau de bord, mais ne fit aucun commentaire. Trois minutes de sommeil, c'était toujours ça de pris.

Van In dormait, affalé sur son bureau. Devant lui, un fax récent de la *Guardia Civil*, qui précisait qu'Inez ne s'appelait pas réellement Otegi. La jeune fille avait été adoptée à sa naissance par les parents de Jorgi. Le reste de l'histoire était triste à pleurer.

« Apparemment, les Duvel ne l'ont pas aidé à tenir debout », dit Hannelore en comptant les bouteilles alignées sur le rebord de la fenêtre.

Elle réveilla son homme d'un baiser sur la bouche.

« Ton double est dans l'avion », dit-elle.

Une petite sieste peut faire un bien fou. Van In s'éveilla en un clin d'œil. À son grand étonnement, il se sentait plus frais et dispos qu'un matin normal.

« Quelle heure est-il ?

– Neuf heures et demie. »

Le chrono indiquait 5:29:59.

« Je prépare du café ? demanda Versavel.

– Non, répondit Van In en tendant le fax à Hannelore. Lis ça dans la voiture », conseilla-t-il d'une voix douce.

À neuf heures, les ouvriers municipaux avaient commencé à installer les barrières métalliques. Toutes les voies d'accès à la grand-place avaient été bouclées avec des véhicules blindés de la gendarmerie, de sorte que le beffroi était totalement isolé du monde extérieur. Les invités à la séance d'ouverture de l'année académique du Collège d'Europe devaient se signaler au poste de contrôle du Marché-aux-Œufs et ne pouvaient entrer dans l'enceinte sacrée qu'après s'être faufilés entre des minibus garés en travers de la rue. Van In, Hannelore et Versavel durent montrer patte blanche avant d'accéder à la grand-place.

« Quelle triste histoire ! » dit Hannelore lorsqu'ils entrèrent dans la cour intérieure du beffroi.

La mère d'Inez avait seize ans lorsqu'elle avait été contrainte d'assister au martyre et à la mort de ses parents, de ses oncles et de ses tantes dans les geôles de Franco. Elle-même avait eu le privilège de n'être que violée par un de ses gardiens. Lorsqu'elle était tombée enceinte, il l'avait confiée à une vieille qui pratiquait des avortements clandestins dans un village voisin. Après l'intervention, elle avait réussi à s'enfuir et à se cacher. Treize ans plus tard, elle épousait un certain Hernando Ruiz, un homme qui avait commencé par la traiter avec amour, mais qui s'était montré de plus en plus violent après la naissance de leur fils, ce qui réveilla les traumatismes de son adolescence. Aussi, quitta-t-elle une nuit le domicile familial, abandonnant mari et enfant. Après une longue errance, elle aboutit auprès de la famille Otegi, où elle tomba enceinte trois mois plus tard, cette fois d'une fille, qu'elle baptisa Inez. Elle se suicida un an après.

« Si je comprends bien, commenta Hannelore, Inez était la demi-sœur de Jaime Ruiz. »

Van In hocha la tête.

« Celui qu'on suppose être le père d'Inez, Carlo Otegi, refuse de parler.

– Et de faire un test ADN ?

– Pareil.

– On ne peut pas l'y contraindre ?

– Ma chérie ! En tant que juge d'instruction, tu devrais savoir… »

Il ne termina pas. Il savait que cette histoire l'avait profondément remuée. En pareil cas, on oublie facilement les principes les plus élémentaires du droit.

Ils montèrent les marches menant aux halles où aurait bientôt lieu la cérémonie. À l'entrée, quatre agents armés jusqu'aux dents les reconnurent tout de suite et les laissèrent passer.

« Tu n'y es pas allé avec le dos de la cuiller », remarqua Hannelore.

Quatre militaires du service de déminage de l'armée belge et autant de gendarmes accompagnés de leur chien pisteur vérifiaient l'absence d'explosifs dans la salle. Ils devaient renouveler l'opération une heure plus tard.

« C'est que je ne paie pas un franc de ma poche ! » dit Van In en riant.

C'est peut-être un cliché, mais un enquêteur qui a les moyens a davantage de chances d'obtenir des résultats qu'un autre. Van In se souvenait de l'enlèvement du jeune fils d'un roi du textile ouest-flandrien. Celui-ci avait demandé aux autorités de placer des centaines de caméras à des endroits stratégiques dans tout le pays, du Westhoek au Limbourg en passant par Bruxelles, lorsqu'il était apparu que les ravisseurs téléphonaient toujours depuis une cabine téléphonique. L'opération avait coûté des dizaines de millions de francs, mais les kidnappeurs avaient fini en prison et l'enfant avait retrouvé sa famille.

Ils traversèrent les halles jusqu'à l'endroit où les cuisiniers s'affairaient à la préparation du buffet dînatoire qui serait offert aux invités à l'issue du volet protocolaire.

« Goûtons voir si rien n'est empoisonné ! » dit Van In en plongeant une petite louche dans une boîte de caviar d'un kilo six cents.

Hannelore regarda autour d'elle d'un air gêné.

« Tu devrais avoir honte ! »

Le commissaire haussa les épaules et enfourna une portion royale de précieux œufs noirs. Il y a plusieurs façons de prendre son pied.

« Tu veux que je t'en achète une boîte ? » dit-elle encore.

Mais Van In faisait la sourde oreille, étudiant maintenant très sérieusement l'étiquette d'une bouteille de champagne.

« Tu es devenu complètement fou ? !

– Je ne fais que regarder. C'est interdit ? »

Hannelore lui arracha la bouteille des mains, la replaça avec les autres et le poussa gentiment vers la sortie. Versavel, qui était resté dans la cour intérieure, se rendit compte qu'il y avait un souci, mais tint sagement sa langue.

Au premier étage du beffroi, derrière la balustrade, deux tireurs d'élite de la gendarmerie faisaient le guet, tout vêtus de noir, jusqu'à la cagoule. L'un d'eux fit un pas en arrière et alluma discrètement une cigarette.

« Rien de neuf, je suppose ? demanda Van In alors qu'ils passaient le portail.

– Non, répondit Versavel.

– Dans ce cas, si on allait prendre le petit-déj ? Quelqu'un propose une adresse ? »

Van In parcourut du regard les façades de la grand-place. Les commerçants avaient certes protesté lorsqu'on avait annoncé que la ville serait bouclée de 9 à 18 heures, mais quand un fonctionnaire leur avait parlé d'un éventuel attentat à la bombe, ils avaient obtempéré.

« Il y a un truc sympa au coin de la rue, dit Hannelore.

– Rue aux Laines ?

– Chez Deldycke !

– Ils servent le petit-déjeuner, là, maintenant ?

– Non, mon amour, mais ils vendent du caviar ! »

Guido Jacobus avait commencé à se faire du souci lorsqu'il avait appelé sa femme, deux heures auparavant, et qu'elle n'avait pas décroché. Son inquiétude n'avait fait que croître quand, dix minutes plus tard, il avait réessayé et qu'elle n'avait pas répondu non plus. Elle n'était donc pas dans la salle de bains. Qu'est-ce qui avait bien pu se passer ? Son excellent ami Jehuda Singer lui avait envoyé un texto : « L'homme de la photo est bien parti à Malte. » Les Juifs orthodoxes ne mentent pas. Lorsque Jehuda lui avait confié, deux jours plus tôt, qu'il devait prendre l'avion de New York pour y revoir de la famille, Jacobus avait saisi cette occasion trop belle pour être vraie et lui avait demandé de vérifier si Van In tenait bien ses engagements, ce qui lui épargnait de le faire lui-même.

Jacobus se creusa les méninges. Il s'en était fallu de peu. Il avait failli annuler toute l'opération quand le commissaire Van In était entré incognito dans son magasin, mais il était acculé. La faillite menaçait. Il avait absolument besoin des deux cent cinquante mille euros que lui avait promis Ruiz en échange de sa collaboration. Notamment pour sauver la face vis-à-vis de son paternel, qui avait prédit sa déconfiture depuis longtemps. Pour éviter que les flics ne soient tentés de faire le lien entre lui et la remise de la rançon, il avait passé la soirée et la nuit chez un collègue anversois, ce qui lui donnait un bel alibi.

Le hululement d'une sirène le fit sursauter.

Au moment où Van In posait cent vingt-cinq euros sur le comptoir d'une main et empochait de l'autre la minuscule boîte d'osciètre qu'y avait placée la vendeuse, Hannelore entendit sonner son portable.

« Juge d'instruction Martens. »

Le sourire qui s'était dessiné sur ses lèvres lorsqu'ils étaient entrés chez Deldycke s'agrandit encore.

« On vient d'arrêter Guido Jacobus !

– Où ? !

– Bon, ça y est, tu l'as ton caviar ?

– Que dites-vous, madame le juge ? »

Hannelore rougit.

« Excusez-moi, monsieur le procureur. Nous faisions quelques menues courses, mon compagnon et moi. »

L'ancien chef de la Sûreté de l'État fronça les sourcils. Il avait rencontré Van In lors d'une réception et l'avait trouvé un peu « olé olé ».

« Pourrais-je parler à votre compagnon ?

– Mais je vous en prie, monsieur le procureur. »

Hannelore tendit son téléphone et sortit du magasin en gloussant.

« Ils nous amènent Guido Jacobus, dit Van In après avoir raccroché. Nous pourrons l'interroger dans une heure. Dommage, ce n'était pas Beekman. Un peu coincé, ce procureur-ci, non ?

– Comment ont-ils retrouvé Jacobus ? demanda Versavel.

– Ce n'était pas très difficile. Il avait garé sa voiture devant la porte. »

« Asseyez-vous, monsieur Jacobus. »

Van In consulta le chrono. Il restait cent trente-quatre minutes. Vu la gravité de la situation, plusieurs personnalités assistaient à cette audition peu commune : le procureur Beekman, le commissaire en chef De Kee, le commandant de district de la gendarmerie, le colonel Sanders – qui venait tout juste d'arriver – et le juge d'instruction Martens. Elle était la seule à sourire, mais c'était parce qu'elle avait pu déguster en solo les cinquante grammes de caviar achetés par Van In.

« Vous savez que nous n'avons pas beaucoup de temps devant nous, dit Van In, la voix déterminée malgré un léger trac. Aussi, je n'irai pas par quatre chemins. Je veux savoir deux choses. Si vos réponses me satisfont, vous aurez droit à une petite récompense. N'est-ce pas, monsieur le procureur ? »

Van In et Beekman s'étaient concertés. Le procureur avait ensuite pris contact avec le collège des procureurs-généraux et le ministre de la Justice. Même si la loi belge ne prévoit pas de régime de faveur pour les repentis, ce qui veut dire en pratique que le ministère public ne peut pas offrir de remise de peine ou de libération en échange d'informations, il avait été décidé en haut lieu de déroger à cette règle en cette occasion. Car la réputation de l'État était en jeu.

Beekman se leva et fusilla le suspect du regard.

« Le commissaire Van In est habilité à conclure avec vous un accord qui pourra éventuellement mener à une levée des poursuites, dit-il avec une ambiguïté délibérée.

– C'est clair, monsieur Jacobus ?

– Je veux un avocat, Van In.

– Ah non, ça, je crains que ce ne soit pas possible, Jacobus. »

Van In prit la liste des chefs d'accusation que le procureur avait fait établir. Elle était longue : association de malfaiteurs, complicité de vol, recel, complicité de meurtre et extorsion de fonds. Il les lut à voix haute, calculant mentalement que le gars pourrait en avoir pour un bon bout de temps derrière les barreaux.

« Si vous me dites quand et où va avoir lieu l'attentat et si vous me révélez l'endroit où se trouve *Le Jugement dernier*, seul le dernier chef d'accusation sera retenu contre vous. Avec un peu de chance, vous vous en sortirez avec une peine avec sursis. C'est à prendre ou à laisser. »

Jacobus fit non de la tête. *Pas fou ! À l'exception de la cassette, ils n'ont aucune preuve contre moi. Personne ne pourra démontrer que je suis impliqué dans les deux affaires. Un bon avocat retournera les faits en ma faveur et persuadera le juge que j'ai été victime d'un monstrueux complot. Il montrera que les vrais coupables, ce sont Olivier Boedt, Els Hocepied et Jaime Ruiz. C'est eux qui ont conçu les plans des opérations, et c'est eux qui les ont mis à exécution.*

« Je regrette, Van In. Je crains fort de ne pas pouvoir vous aider. »

Tous les regards étaient tendus. Le commandant de district de la gendarmerie déplaça nerveusement sa chaise. De Kee tirait une tronche de tous les diables. Les autres étaient atterrés.

« Je croyais que vous étiez un homme raisonnable, monsieur Jacobus. »

Ce n'était pas bien malin, mais Van In n'avait rien trouvé de mieux à dire.

« En effet, commissaire », dit Jacobus en souriant et en posant un regard triomphant à la ronde.

Ces enfoirés ressemblaient tous un peu à son père, et cela lui procurait une sensation agréable. Mais quand il vit Van In consulter le chrono et qu'il lut le doute dans ses yeux, Jacobus fut soudain envahi d'une véritable vague de bonheur. Ils étaient cuits, et ils le savaient.

À bout, le commandant de district se leva, s'excusa et sortit à grandes enjambées. Hannelore fit ses prières. De Kee se félicita de ne pas être dans les chaussures de Van In.

« Je suppose que vous savez ce qu'est une illusion ? »

Van In ignora l'oppression qui lui enserrait la poitrine. Il alluma une cigarette, pour gagner du temps, car il n'avait aucune idée de ce qu'il pourrait ajouter après ça. Certains disent que les ivrognes ont un ange gardien qui les assiste en cas de pépin. Van In ne croyait pas aux anges (et puis, de toute façon, il n'était jamais saoul), mais il ne put s'empêcher de penser que l'idée qui venait de jaillir dans son esprit lui tombait du ciel.

« Une illusion, reprit-il sur un ton presque nonchalant, c'est une représentation fallacieuse du réel. On croit qu'elle y correspond, mais c'est un leurre. La plupart des hommes aiment se nourrir d'illusions, monsieur Jacobus. Sauf les Suisses. Ah, ça, les Suisses… ! Voilà des gens qui ont les pieds bien sur terre ! Monsieur Schumacher, par exemple. Il a tout de suite accepté ma proposition, lui ! »

Van In tira sur sa cigarette et souffla la fumée joyeusement devant lui.

« Et pourtant ! Que représente un petit trafic d'armes

en comparaison des chefs d'accusation qui pèsent contre vous ? ! »

Le colonel Sanders venait de comprendre où Van In voulait en venir. Il en ajouta une couche.

« Je vais immédiatement faire faire une copie de la déclaration de monsieur Schumacher, dit-il. Monsieur Jacobus pourra la lire au calme dans sa cellule. »

Le public choisi de cette petite représentation sourit discrètement.

« Il vous reste nonante-huit minutes, monsieur Jacobus, dit Van In et il se dirigea vers la porte d'un pas tranquille. En attendant, moi, je vais boire un café ! »

« Bravo ! C'était du grand art ! » dit Hannelore une heure plus tard alors qu'ils traversaient la grand-place.

En échange d'une remise de peine, Guido Jacobus avait fait des aveux complets, du moins en ce qui concernait le vol du *Jugement dernier* et la livraison des deux P90 à Jaime Ruiz. Mais il n'était pas au courant d'un éventuel attentat sur la personne du Premier ministre espagnol.

Dix minutes auparavant, une patrouille spéciale avait retrouvé le Jérôme Bosch intact à l'endroit indiqué par Jacobus, dans un immeuble vide situé à proximité de son magasin d'antiquités. Sanders avait aussitôt appelé ses collaborateurs dépêchés à Malte pour leur demander de repérer le dénommé Jan Decuyper, de l'installer dans un hôtel sous surveillance policière et de l'y garder au frais jusqu'à ce que l'officier de liaison de la CPI stationné à Rome puisse se rendre sur place pour le débriefer.

L'opération avait été un succès, car la police maltaise avait empêché le transfert des diamants au dernier moment. Mieux, elle avait arrêté les Libyens chargés de la réception de la rançon, car les ordinateurs du satellite américain avaient calculé qu'ils se trouvaient à ce moment-là cinq cents mètres en dehors des eaux territoriales libyennes.

« Merci, dit Van In sèchement.

– Tu n'es pas content ? »

Il poussa un profond soupir.

« Non. »

Il était maintenant clair qu'Olivier Boedt, Els Hocepied, Jaime Ruiz et Guido Jacobus étaient tous complices d'un vaste complot et que Jos Viaene avait été un pion dont ils s'étaient servis sans scrupule. Mais trop de portes demeuraient ouvertes.

« Tu ne crois pas Guido Jacobus ?

– Si. Mais je crois aussi que le vol du *Jugement dernier* était une manœuvre de diversion censée nous faire oublier la possibilité d'un attentat sur la personne du Premier ministre espagnol. Cela dit, ça m'étonnerait que Ruiz soit membre de l'ETA.

– Et s'il n'y avait aucun projet d'attentat ?

– Si, j'en suis sûr. Sinon, pourquoi auraient-ils acheté un deuxième P90 ?

– Mais si Ruiz n'est pas le terroriste que nous cherchons, qui ? Je te rappelle qu'Ardanza est mort.

– C'est justement ça qui me turlupine, Hanne. »

Loin au-dessus de leurs têtes, dans la tour du beffroi, un mécanisme complexe s'enclencha et le carillon sonna le quart. Au même instant, une Mercedes blindée gris foncé traversa la grand-place à toute allure. Van In jeta un regard vers les toits, qui grouillaient d'hommes en tenue de combat.

« À la grâce de Dieu ! » s'exclama-t-il.

18

Le Premier ministre espagnol était un homme frêle au visage anguleux et aux yeux sombres qui semblaient exprimer l'ennui. Mais ce n'était qu'une apparence. Van In traversa la cour intérieure du beffroi à sa rencontre et fut sous le charme de son regard de braise lorsqu'ils se serrèrent la main.

« Je vous remercie pour tout ce que vous avez fait pour moi et ma famille, dit l'Espagnol en français avec un fort accent, mais une voix très chaude.

– Je n'ai fait que mon devoir, monsieur le Premier ministre », répondit Van In non sans un certain pathos.

Hannelore fronça les sourcils. *« Je n'ai fait que mon devoir, Monsieur le Premier ministre ! » Gnagnagna-gnagnagna ! D'où sort-il ça ? !*

Mais lorsque l'Espagnol se tourna vers elle, ce fut à son tour d'être touchée par le charisme naturel du chef d'État.

« C'est un grand honneur de vous accueillir à Bruges, monsieur le Premier ministre », voilà ce qu'elle aurait voulu dire. Mais elle se contenta d'un cordial : « Bienvenue à Bruges, Monsieur le Premier ministre ! » qui lui valut un regard torride à la Julio Iglesias.

Quatre autres voitures arrivaient déjà. Trois d'entre elles déversèrent sur le pavé leur cargaison : les gars baraqués de la Sûreté de l'État belge et leurs collègues espagnols équipés d'une oreillette. La quatrième véhiculait un homme de corpulence forte dans un costume mal coupé. Hannelore l'avait vu des centaines de fois à la télé, mais c'était la première fois qu'elle rencontrait en chair et en os Jean-Luc Dehaene, l'ancien Premier ministre belge, qui présidait depuis peu le conseil d'administration du Collège d'Europe. Lorsqu'elle le vit mettre le cap sur elle, elle lui tendit la main. Les gens qui prétendent que Dehaene ne s'intéresse pas aux femmes se mettent le doigt dans l'œil, car le sourire qui se dessina alors sur les lèvres de cet homme qui comptait parmi les plus influents de Belgique était aussi large que le fossé qui sépare la Flandre de la Wallonie.

« Juge d'instruction Martens, dit-elle. Membre de la magistrature couchée. »

Dehaene éclata d'un rire tonitruant.

« J'ai vu des magistrats debout qui avaient moins fière allure que vous, madame Martens ! »

Van In, qui était en train de monter les marches menant aux halles en compagnie du Premier ministre espagnol et de son épouse, se retourna. Lorsqu'il vit qui draguait ainsi Hannelore, il poursuivit son chemin, soulagé.

Dans les halles pavoisées, la rumeur s'arrêta net à l'entrée des hôtes de marque. Le public, composé essentiellement d'étudiants, d'anciens et de professeurs, dirigea ses regards vers la scène où les personnalités prendraient bientôt place. Les hommes portaient un costume noir ou quelque chose approchant le plus possible du smoking, les dames étaient en tailleur, noir également. À l'exception d'une Suédoise en mini-jupe et chemisier presque transparent qui se hâta sur la pointe des pieds dans l'allée centrale, le spectacle était d'une lamentable monotonie vestimentaire. C'était à croire que la future intelligentsia européenne était encore plus vieille que le continent qu'elle représentait. Les conversations étaient elles aussi d'un ennui confondant : à part quelques exclamations enthousiastes, ce n'était que clichés et ronronnements d'universitaires satisfaits. La seule vraie vie venait d'une volière d'hôtesses, jeunes et jolies Flamandes aux jambes rasées de près et au petit chignon impeccable qui s'étaient donné beaucoup de mal pour gâter les invités et qui formaient maintenant une haie d'honneur pour les plus prestigieux d'entre eux.

« À partir de maintenant, plus personne ne peut entrer ! chuchota Van In à Versavel.

– Même pas Dehaene ? ! »

Van In se retourna. L'ancien Premier ministre belge semblait s'amuser énormément. Hannelore aussi, d'ailleurs.

« En cas de danger, je propose qu'on le prenne comme bouclier. Ça a la peau dure, les vieux éléphants. »

Versavel sourit. Van In, jaloux de Dehaene ? ! Qui aurait jamais cru ça ? !

Otto, le recteur démissionnaire du Collège d'Europe, tapota le micro du bout du doigt avant de prendre la parole. Il avait préparé un discours truffé de références à Aristote, sous le patronage duquel était placé l'année académique qui s'ouvrait, mais il n'en balbutia pas moins les premières phrases comme un bleu. Était-il impressionné par la présence massive des forces de l'ordre, ou éprouvait-il une forte émotion à la pensée de cette période si féconde de sa vie qui s'achevait ? Van In et Hannelore étaient debout, dans le fond de la salle, et écoutaient sa voix policée d'une oreille distraite. Ils se faisaient du souci. Plus le temps passait (mais le discours d'Otto semblait ne jamais devoir finir), plus le public, pourtant rompu aux exposés interminables, s'impatientait. Lorsque la première femme se leva discrètement pour passer aux toilettes, Van In porta automatiquement la main à son arme. Trois flics firent le même geste, preuve qu'eux aussi étaient à cran. Un photographe de presse qui longeait le mur en direction de la scène s'en rendit compte à ses dépens lorsque deux agents en civil l'agrippèrent et le reconduisirent manu militari à l'arrière.

« Quelle est la suite du programme ? demanda Hannelore lorsque ce fut enfin au tour du Premier ministre espagnol de prendre la parole.

– La réception.

– Et après ?

– L'inauguration de HiBrugia. »

À faire une fixation, on en vient à oublier des éléments capitaux. « Je vous remercie pour tout ce que vous avez fait pour moi et ma famille », avait dit le chef du gouvernement espagnol en le saluant. Van In jura. Ils s'étaient focalisés sur la sécurité du ministre, et tout le monde avait oublié sa fille.

« Il faut aller la chercher ! dit-il à Hannelore sous les chut courroucés de ses voisins.

– Qui ?

– Pilar, la fille du Premier ministre ! »

Les pièces du puzzle se mettaient subitement en place. En sa qualité de secrétaire particulier du recteur, Ruiz avait participé de près à l'organisation de la visite de la délégation espagnole. Il savait que Pilar serait du voyage, et c'était un secret de polichinelle que la jeune fille refusait toute mesure de sécurité particulière. Et le jeune homme avait un mobile particulièrement puissant : il avait une morte à venger, l'amour de sa vie. Pourquoi ne s'en prendrait-il pas à la fille du Premier ministre de son pays ? D'autant plus qu'il avait pu bénéficier de l'appui logistique et financier de l'ETA. Ce qui se préparait, ce n'était pas un coup d'État, c'était un cri d'amour.

Pilar consulta sa montre et soupira. Quatre heures cinq. Encore une demi-heure, et la visite guidée serait enfin terminée, à condition que le guide accélère un peu les choses et qu'il ne s'attarde pas inutilement devant la Madone de Michel-Ange.

« Sortons un peu, Carlos, dit-elle à son garde du corps. J'ai envie d'une cigarette.

– Votre père n'apprécierait pas, mademoiselle.

– Allez, s'il te plaît ! Une seule !

– Ce n'est pas possible, mademoiselle. »

Pilar fit la moue et fouilla son sac, mais elle n'y trouva qu'un paquet vide, à la plus grande satisfaction de son garde du corps.

« Je veux une cigarette ! dit-elle d'une voix d'enfant gâtée. Tout de suite ! »

La plupart des gens ignorent que les épouses, les filles et les fils des hommes politiques sont souvent contraints d'assister à des mondanités d'un ennui abyssal pendant que leur mari chéri ou leur papa adoré sert le pays : visite d'un hôpital ou d'un orphelinat, concert de bienfaisance, voire visite guidée dans des villes où ils n'auraient jamais mis les pieds autrement, et, le bouquet, en compagnie de toute une délégation. En l'occurrence, il s'agissait de membres du conseil d'administration de la chambre de commerce de Salamanque qui suivaient le Premier ministre dans tous ses déplacements avec l'espoir de conclure des contrats intéressants en Belgique. Une fois de plus, Pilar s'était sacrifiée car, selon ses propres termes, elle trouvait moins barbant de se promener dans Bruges que d'assister à des discours lénifiants.

« Si tu ne vas pas me chercher des cigarettes tout de suite, je dirai à papa ce que tu faisais hier ! »

La veille, elle avait surpris l'homme en train de flirter avec une femme de chambre au lieu de monter la garde devant sa chambre.

Señor Pujol, le chef de la sécurité espagnole, écoutait attentivement ce que lui disait Van In, ou du moins le compte rendu au pas de charge qu'en faisait un interprète réquisitionné pour la circonstance. Il réagit aussitôt et appela Carlos.

Le guide polyglotte termina son explication d'une manière abrupte et mena son groupe vers la sortie de l'église Notre-Dame ; les Espagnols le suivirent comme des moutons. Il savait que Pilar avait quitté l'édifice parce qu'elle bâillait d'ennui, mais cela ne l'empêcha pas de lui sourire lorsqu'ils se retrouvèrent sous le tympan et de s'excuser d'avoir été aussi long, ce qu'il ne faisait jamais qu'avec les V.I.P.

« Nous allons nous dépêcher de rattraper le temps perdu », ajouta-t-il.

Convaincue qu'on vendait des cigarettes à deux pas et que Carlos rejoindrait vite le groupe, Pilar esquissa un sourire diplomatique qui aurait rempli son père de fierté. Elle suivit le guide, qui mettait le cap sur le Burg au pas de course.

Il y avait la loi du hasard qui n'en était pas un, mais il y avait aussi la loi de Murphy, sans laquelle Carlos n'aurait pas trébuché sur un pavé mal scellé et ne se serait pas étendu de tout son long au moment même où son portable se mettait à sonner.

« Un souci ? demanda Van In.

– Carlos ne répond pas, répondit le chef de la sécurité espagnole.

– Où sont-ils ? »

Cinq précieuses minutes s'écoulèrent avant que le responsable de la fédération des guides ne puisse leur répondre que la délégation espagnole se trouvait sans doute maintenant dans les environs du Burg, à moins que la visite ne soit déjà terminée. « Si vous voulez vraiment le savoir, avait-il ajouté, appelez le responsable de la chapelle du Saint-Sang. C'est leur dernier arrêt. »

Les touristes catholiques, car cela existe, demandaient souvent à se recueillir devant la fiole de cristal censée contenir quelques gouttes du sang du Christ. On n'accédait pas à leur requête, sauf s'il s'agissait de personnalités. Dans ce cas, un prêtre, généralement à la retraite, les accompagnait pour sortir le trésor du saint des saints et le leur montrer, moyennant une obole.

Mais ce jour-là était le jour de la semaine où la fiole sacrée était exposée à tous. Des dizaines de touristes piétinaient sur place dans l'abside de la chapelle basse. Certains faisaient la file pour se recueillir devant le sang du Christ. C'était tout un cérémonial : après avoir monté les quelques marches du podium, ils s'agenouillaient, embrassaient le petit tube en verre, se recueillaient et puis se relevaient après s'être signés. Mais beaucoup se hâtaient d'aller prendre l'air après avoir pris une ou deux photos. Pasionario avait ouvert le vitrail que tout le monde prenait pour une fenêtre extérieure mais qui communiquait en réalité avec la crypte du pélican. Debout sur une échelle, il avait le doigt posé sur la détente du P90. Et il attendait.

Du beffroi au Burg, la distance n'est que de quelques centaines de mètres. Van In commença à peiner dès la rue Breydel, mais lorsqu'Hannelore fit mine de le dépasser, il força et tint bon. Le chef de la sécurité espagnole le serrait de près, à un ventre de distance.

Le guide polyglotte poussa la porte de la chapelle basse et sourit en voyant le prêtre qui les attendait patiemment, assis sur une chaise de paille. Un doigt sur la bouche, il invita Pilar à le suivre. La jeune fille s'exécuta pieusement. Même si elle avait perdu la foi de son enfance, elle avait reçu une éducation catholique, et il y a des choses qui laissent des marques. Elle dessina un rapide signe de croix sur sa poitrine. Quelques croyants priaient. Elle frémit en repensant au pensionnat de sa jeunesse et aux bonnes sœurs qui lui avaient rendu la vie si difficile. Elle se souvenait des couloirs froids où il lui était arrivé de passer la nuit, à genoux sur le carrelage, faisant pénitence pour un péché qu'elle estimait ne pas en être un. Ces épisodes lui inspiraient maintenant une honte vague. Elle restait là, immobile, comme si quelqu'un ou quelque chose la retenait. Elle leva la tête. Dans sa niche, la pietà la fixait de ses grands yeux cerclés de noir. Les gens qui prétendent rester de marbre devant la statuaire chrétienne devraient aller regarder la Vierge du Saint-Sang d'un peu plus près.

Van In se fraya un chemin en hurlant parmi le flot de touristes qui s'agglutinaient dans l'étroite entrée de la chapelle, mais son cri fut couvert par le brouhaha général.

« Pilar ! »

Une rafale de mitraillette causa la stupeur générale. Touché par une balle qui avait ricoché sur un mur, le guide polyglotte porta la main à sa poitrine et tomba au sol dans une mare de sang. Pilar s'était agenouillée devant la pietà. Van In n'hésita pas une seconde. Il plongea sur la jeune fille et la plaqua contre le sol. Dans sa chute, sa tête heurta un banc de communion, et il perdit connaissance.

« Ça va ? »

Hannelore plongea un mouchoir en papier dans un bénitier, l'essora et le passa sur le front de Van In.

« Pilar ? Comment va Pilar ?

– Elle n'a rien, dit Hannelore, qui ne comprenait pas

pourquoi la jeune fille s'était agenouillée devant la pietà au moment même où Pasionario faisait feu sur elle.

– Et le type à la mitrailleuse ?

– On l'a attrapé, ne t'en fais pas. »

Deux jours plus tard, Van In reçut un fax de l'unité spéciale de la *Guardia Civil* disant qu'elle avait intercepté Els Hocepied et Jaime Ruiz lors d'un contrôle de routine. Ils étaient sur le point d'embarquer pour Alger. Il allait se servir une Duvel lorsque Carine entra pour lui dire qu'une étudiante du Collège d'Europe avait fait une découverte macabre dans une chambre de la résidence La Main d'Or. Van In posa sa bouteille, mais, avant de se rendre sur les lieux, il prit le temps de téléphoner au Karmeliet, le restaurant trois étoiles. Il réserva une table pour trois personnes. Une soirée en tête à tête avec Hannelore et Carine, voilà qui promettait d'être excitant.

DU MÊME AUTEUR

Aux Éditions Albin Michel

LE CARRÉ DE LA VENGEANCE, 2007

CHAOS SUR BRUGES, 2008

LES MASQUES DE LA NUIT, 2009

LA QUATRIÈME FORME DE SATAN, 2009

LE COLLECTIONNEUR D'ARMES, 2009

DE SANG ROYAL, 2010

LA MORT À MARÉE BASSE, 2011

Composition Nord Compo
Impression CPI Bussière en mai 2011
à Saint-Amand-Montrond (Cher)
Éditions Albin Michel
22, rue Huyghens, 75014 Paris
www.albin-michel.fr
N° d'édition : 18696/01. – N° d'impression : 111531/4.
Dépôt légal : juin 2011.
ISBN 978-2-226-22965-6
Imprimé en France.